ホワイトネスとアメリカ文学

安河内英光
田部井孝次
編著

開文社出版

ホワイトネスとアメリカ文学・目次

序文……安河内英光……1

アメリカの文化戦争からホワイトネス研究へ——近代の闇……安河内英光……13

トニ・モリスン『ビラヴド』——所有する「者」とされる「物」……銅堂恵美子……73

アーネスト・ヘミングウェイの『エデンの園』における「白さ」の問題……内田　水生……101
——キャサリン・ボーンの人種に関する強迫観念と
ヘミングウェイの「白さ」への不安

ダーク・ラヴァー、ホワイト・ガール……高橋美知子……139
——『夜はやさし』における人種と性

アメリカの中のイタリアが生み出す悲劇……岡裏　浩美……173
——『橋からの眺め』における白さと男らしさのゆらぎ

人種認識の経由地としての南部
——ジェイムズ・ボールドウィンの『もう一つの国』……永尾　悟……203
経験がものを言う
——フランシス・E・W・ハーパーの
『アイオラ・リロイ』とプラグマティズム……藤野　功一……231
白から赤へ——マーク・トウェインとアメリカ・インディアン……田部井孝次……263
あとがき……田部井孝次……341
執筆者一覧……345
索引……356

序文

安河内英光

未来において歴史を学ぶひとは、自らの思いの中で、自分の世代をインディアンと結び付け、その人種との共感を持つことを称賛することになろう。そのとき、私たちの歴史は、少なくとも、あかがねの色合いと姿を帯び、インディアン・サマーの陽炎の中で読みとられることであろう。

ヘンリー・デイヴィッド・ソロー『日記 一八三七―四七』

私はこの病的な世界の完全な溶解に努めたい。一人一人の人間が人間の条件に付随している普遍主義を引き受けることを目指すべきである。

フランツ・ファノン『黒い皮膚・白い仮面』

本書は、福岡アメリカ小説研究会から出版する三冊目の論文集である。研究会の最初の成果は『60年代アメリカ小説論』（二〇〇一年）となって結実した。この本では、若者を中心とする反核運動、反戦運動、公民権運動、フェミニズム運動等でアメリカのみならず、ヨーロッパや日本でも連動した世界的な反体制運動となり、六八年にピークに達する激動の六〇年代において、西洋近代の啓蒙思想の理念を批判的に問い続けた作家たち――ジョン・バース、トマス・ピンチョン、ジョセフ・ヘラー、カート・ヴォネガット・ジュニア、ケン・キージー、ジャージー・コジンスキー、ウィリアム・ギャス等――の作品を分析し論考した。

七〇年代のアメリカは、ヴェトナム戦争の実質的な敗戦により、体制変革の潮流は沈静化し、社会は保守的傾向となり、その流れは八〇年に登場したレーガン大統領によって決定的となる。レーガンに結集した保守派の人材によって、小さな政府、経済における新自由主義、大幅減税と軍事費の増大等の、いわゆる「レーガノミックス」が実施された。また、平等の理念より自由を重視し、伝統的価値観の復活を求め、人工妊娠中絶や同性愛などに反対し、公立学校での祈祷の復活を求めた。また、この時代は、モダニズムの事後処理的状況が生まれ、大量消費文明やコンピュータを始めとするテクノロジーによって生み出されたモノや情報が氾濫し、確たる基準や中心がなく差異と多様性が尊重され、人々は分裂し四散していった時代である。

この時代の主要な社会の動きとして特筆すべきことは、アメリカ人の本質やその根幹の理念や精神は何かというテーマについての、一般的に「文化戦争」といわれる激しい論争がなされたことである。この文化戦争では、白人の保守派は、アメリカはアングロサクソン系の白人が中心となり、西洋近代の自由と平等の理念を根幹とする歴史と社会を創ってきたのだという主張をし、他方、アフリカ系アメリカ人を中心とする多文化主義者は、アメリカは多人種、多民族の社会であり、多くの人種と民族が交流し交じり合ってアメリカの社会と文化を創ってきたのであり、白人が中心となって創ってきた文化を差別と抑圧と排除の構造のヘゲモニー文化だと強く批判した。二冊目の論文集『ポストモダン・アメリカ――一九八〇年代のアメリカ小説』（二〇〇九年）は、この時代に活躍した主要な作家たちを取り上げて論述した。作家たちには、レイモンド・カーヴァー、ボビー・アン・メイソン、ジョン・アーヴィング、リチャード・フォード、ブレット・イーストン・エリス、ポール・オースター、ドン・デリーロ、リチャード・パワーズ、スティーヴ・エリクソン、アリス・ウォーカー、ルイーズ・アードリック等の多彩な顔ぶれが並ぶ。この時代の作家たちは、六〇年代のように反体制、反近代文明の一色で括られない多様性を示す。その大きな特徴は、六〇年代のポストモダンの流れを引く作家たちのほか、カーヴァーやメイソン等の現実に生きる場としての日常性を細かに描いていく現実回帰とも言える作家が登場することである。

八〇年代から九〇年代にかけて、文化戦争とほぼ同時期かやや遅れてホワイトネス研究が盛んにおこなわれた。九〇年代には、ホワイトネス研究の成果としておびただしい研究書の出版がなされたが、文化戦争と時代的にはほぼ同じ時期だから、文化戦争とホワイトネス研究は西洋近代文明とそれを中心になって創ってきたと言われるヨーロッパの白人の実態は何かという問題意識や問いかけが、顕在化したとも言える。私見によれば、ホワイトネス研究は、文化戦争で問題になったアメリカの文化と社会の根幹を支えるものは何かという多文化主義者の問いに対して、それはアングロサクソンを中心とする白人と近代啓蒙思想であるという白人中心主義者の主張があり、それでは、その白人とは何か、白人の白さとは何か、そして、その白人は非白人といかなる関係を持ち、非白人はいかに取り扱われ、さらに、啓蒙思想は近代世界をいかに作ったのか、等の問いの焦点化から生じていると思われる。研究会からの既刊の二冊の研究書は、それぞれの作家たちが、アメリカの六〇年代と八〇年代の共時的にもつ時代精神と社会の動きを踏まえながら、それらをいかに捉え表現したかを論考したものである。

三冊目の論文集である本書『ホワイトネスとアメリカ文学』は、ホワイトネスの問題が、一九世紀から二〇世紀の代表的な作家たちによっていかに理解され作品化されたかを通時的な面から考察したものである。ある歴史家が述べたように、白人のアングロサクソンの植民地から始まり、多種多様な人種と民族の移民によって成り立つアメリカの歴史は人種の歴史とも言える。その人種の歴史で、白人（ホワイトネス）が、歴史と文化の根幹にいて大きな実行力と影響力を行使したことは確かであろうが、ホワイトネスの問題を、ホワイトネスとは何かという大上段に振りかざしたテーマで論じると、ホワイトネスの問題そのものが、人種を中心として政治、経済、軍事、文化、歴史、社会の諸問題の全体、言い換えれば、近代西洋世界の問題をトータルに内包する問題であるから、アプローチの仕方や視点をある程度限定しなければ、問題は、漠として、いくら考察しても、霧の中で掴みどころがなく、核心には至らない状態に終わる可能性がある。したがって、今回の論文集では、研究会のメンバーの共通のホワイトネスに対するアプローチの仕方ないしは視点として、従来白人〈ホワイトネス〉が中心（主体）で非白人（非ホワイトネス）を客体（他者）として見る立場にあったが、その立場や視点を反転ないしは逆転し、非ホワイトネスがホワイトネスを見るという視点の転換を試みて、その視点から見えてくるホワイトネスはいかなる姿をしているかという問題意識をもって作家ないしは作品を考察するという点を研究会のメンバーの共通認識とした。取り上げた作家たちは、マーク・トウェイン、アーネスト・ヘミングウェイ、F・スコット・フィッツジェラルド、フランシス・エレン・ワトキンス・ハーパー、ジェイムズ・ボールドウィン、アーサー・ミラー、トニ・モリスンらであり、ハーパーを除けばキャノンの作家といわれる作家たちばかりであるが、アメリカの作家が意識的か無意識的かは別にして、いかに人種の問題にかかわってきたかがわかる。以上の三冊の研究会の論文集は、近現代の西洋の啓蒙思想の功罪を視野に入れながら、特に二〇世紀後半のアメリカの思想状況が文学にいかに反映され書き込まれているかを考察したもので、三冊はテーマ上の関連性と共通性を持つ三部作と言える論文集である。

以下、本書の概要を簡潔に紹介する。安河内論文は、アメリカの二〇世紀後半の六〇年代から九〇年代までの文化的、社会的特徴を、特に「文化戦争」と「ホワイトネス研究」の隆盛に的を絞って、この時代に特に強くなる、アメリカ人やアメリカ文化とは何か、白人とは何か、というアメリカの人種や文化の根幹に関する問いかけや、ホワイトネスという問題の歴史的原因を視野に入れながら、ホワイトネスとは何かという問いの焦点化された状況を描き、後に続く個別作家や作品研究の背景理解の見取り図となるよう意図した。銅堂論文はモリスンの『ビラヴド』における奴隷制度化の所有概念とその定義を巡って、定義するものとしての白人、「物」と定義され売買され交換可能な黒人、法制化された法の現実的、社会的強制力等を細部にわたって論じる。ヘミングウェイの死後出版された作品で、編集者の大幅な改竄がなされた作品として物議を醸している『エデンの園』を、内田論文は、白人女性が日焼けによって皮膚を黒くし、服装や髪形などにより通常の白人女性の外に出る行為や、夫との男女の性的役割交換や同性愛等の行為を行うことを描くことによって、ヘミングウェイ自身の人種やジェンダーや結婚という制度に対する疑念や「白さ」への不安を見る。『夜はやさし』を論じた高橋論文は、二〇世紀初めの移民と人種をめぐる動乱の時代に、アイリッシュ系アメリカ人を主人公とするこの作品で、ワスプ的メインストリームの世界のすぐ外側で、人種的なアイデンティティのせめぎ合いから演じられる人間関係の中に、人種主義や結婚制度の揺らぎをも読み込んでいく。岡裏論文はミラーの『橋からの眺め』を論じ、イタリア系アメリカ人が、姪への近親相姦的願望とその不法移民の恋人への羨望と同性愛的欲望を持つことの中に、ホワイト・エスニックのホワイトへのアンビヴァレントな感情を読み取り、それがギリシャ悲劇的な人間精神の普遍性の考察につながる内容を持っていることを指摘する。永尾論文は、ボールドウィンの『もう一つの国』における、北部黒人男性の死とその死に密接に関わる南部白人たちの物語を通して、南部という地域性を介して白人が人種とセクシュアリティを再考し、人種としてより人間として他者を見るほうへと自己変革していく姿を論じる。藤野論文は、一九世紀末に『アイオラ・リロイ』を出版した作者ハーパーと二〇世紀初頭に『プラグマティズム』を著したウィリアム・ジェイムズを、当時の白人優位の社会の思潮に理論的裏付けを与えたスペンサーの社会進化論に抵抗した同時代人として扱い、どちらも現実を変革する実践的知性を重視し、個人の経験がもたらす社会変革の力を強調している点が共通していると論じる。田部井論文は、トウェインのインディアン観を初期の作品から晩年の作品までほぼ網羅的に取り上げて、初期のインディアン嫌いから、中期の作品における好悪の揺らぎを経て、晩年の作品においては、先住民の立場から白人移住者の無慈悲さを描き、トウェインのインディアンへの共感への変化の過程を丁寧に跡付ける。

以上、多種多様なホワイトネスと非ホワイトネスの関係が描かれるが、いずれの作品においても白人は非白人の視点にさらされている。そして、それらは単に逆転した視点の問題や他のホワイトネスと非ホワイトネスの多様な問題のみならず、最終的には、ほとんどの作家が人種間の問題を通して普遍的な人間としての在り方や生き方を問うという問題設定をしていることが分かる。

以上の本書で取り扱った作品は、アメリカ文学に書かれた数多くの人種やホワイトネスを取り扱った作品のほんの一部であることは言うまでもない。同じ作家の中でも人種ないしはホワイトネスを取り扱った作品としては別の作品を論じたら、という思いがなかったわけでもないが、研究会のメンバーの問題意識やその時点での研究計画のほうを重視した。ないものねだりを言い出したらきりがないが、最近日本でも、歴史学や社会学の分野ではホワイトネス研究がなされ始めたが、アメリカ文学の分野では、纏まった研究書はまだ出ていないと思われるので、少なくともその先陣を切る意義はあると思われる。

多くのホワイトネス研究のテーマは、集約すれば、通時的テーマとして、ホワイトネスが生じた原因についての歴史研究や（差別の）法制化の問題——その典型的な例としては、奴隷法（一七世紀後半）、帰化法（一七九〇）、ジム・クロウ法（一八九〇年代から）、公民権法（一九六四）等——がある。共時的テーマとしては、社会の現実の中でいかにホワイトネスが特権と権力を持ち非ホワイトネスを差別し弾圧しているかについての具体的事例に基づく考察がなされる。例えば、ベル・フックスは、ホワイトネスは「特権ある意味行使者」（the privileged signifier）（一六七）だと言い、トワイン／ギャラガーは「世界に広がる特権と権力」（一〇）、ヴロン・ウェア／レス・バックは「権力とアイデンティティの軸として世界を回る」（一九）と述べる。さらに、シェリル・ハリスは「奴隷制と侵略の時代の後、白人のアイデンティティは一種の地位と財産として法に制度化された人種差別的特権の基礎となった」

（一七一四）と指摘する。また、A・J・ロペスは、ホワイトネスが、現代世界において、「物言わぬ規範（a tacit norm）」（一）となっていると言う。このような批評家の意見に表れていることは、ホワイトネスがアメリカだけの問題ではなく現代世界全体の問題であり、ホワイトネスが特権と権力を持ちそれらを規範化し法的に制度化されていることである。そこには人種的差別の構造が厳然として存在する。その歴史的原因の根幹を考察すれば、それは、一七世紀に始まる西洋列強が植民地主義によるアジア、アフリカ、南北アメリカへ進出し土地の強奪と人民の支配を行ったことと、その植民地主義を背後で支えた理念としての近代の啓蒙思想にあると言える。

現代世界は、ISのテロリズムを始めとして、アメリカ、イギリス、フランスのほか、世界各地で起こっているテロの恐怖にさらされており、また、アフリカや中東からのEUへの多くの難民の流入も西洋諸国の深刻な問題となっている。特にアメリカにおいては、人種間のトラブルや殺人事件が頻発している。これらの問題は、もちろん歴史や文化や価値観の違いはありながらも、人種と宗教の対立や経済格差が主な原因になって生じている。そして、その問題の根源を辿れば、ほぼ西洋近代の植民地主義に行き着く。近代文明の根幹を創った西洋の功績は認めても、植民地主義の深刻な結果をもたらした西洋諸国の責任は重い。

現代の多文化社会とホルクハイマー／アドルノが言う「人類は一つだ」（三五二）という理念を尊重し人間の共存を重視する考えから要請されるものは、多様性と個別性を認めながら、エピグラフに引用したソローの言葉が表す異質なものに対して想像し共感する力と寛大な心の重要性と、ファノンの言う人類の共通な理念を求める普遍主義であろう。

引用文献

Harris, Cheryl I. "Whiteness as Property." *Harvard Law Review* 106.8 (June 1993): 1710–91.

hooks, bell. "Representing Whiteness in the Black Imagination." *Displacing Whiteness: Essays in Social and Cultural Criticism.* Ed. Ruth Frankenberg. Durhum and London: Duke UP, 1997.

Lopez, Alfred J. "Whiteness after Empire." *Postcolonial Whiteness: A Critical Reader on Race and Empire.* Ed. Alfred J. Lopez. Albany: State U of New York P, 2005.

Twine, France Winddance and Charles Gallagher. "The Future of Whiteness: A Map of the Third Wave" *Ethnic and Racial Studies* 31.1 (Jan.2008): 4–24.

Ware, Vron and Les Back. *Out of Whiteness: Color, Politics, and Culture.* Chicago and London: U of Chicago P, 2002.

ホルクハイマー／アドルノ『啓蒙の弁証法――哲学的断想』徳永恂訳　岩波書店、二〇〇七年。

アメリカの文化戦争からホワイトネス研究へ——近代の闇

安河内英光

やがて外国人たちは、未来の強国となる土地に粗末な礎を打ち建て、道行く先々、いたるところで絶滅の原理なるものをばらまいていくだろう。この原理は常に力を強めながら、土着の種族を根絶し、遂にはその存在の記憶すらも……地上から抹殺するまで止まることはない。……北米の野蛮主義はやがてヨーロッパの洗練に屈する運命にあった。

レム・コールハース『錯乱のニューヨーク』

われわれのこのような祖先について、妙なことが一つある。それは、平和と幸福、政治と信教の自由を求めると公言したくせに、彼らは泥棒をし、毒を盛り、殺人を働き始め、この広大な大陸の占有者であった人種を絶滅に瀕せしめたことである。

ヘンリー・ミラー『ヘンリー・ミラー全集9 冷房装置の悪夢』

はじめに

アメリカでホワイトネス研究が一九八〇年代から九〇年代にかけて非常に盛んになり、その成果としての研究書の出版がほとんど爆発的大洪水現象を呈した。ルース・フランケンバーグは、「白さ〈ホワイトネス〉の意味への批判的注目は、レイシズム批判から出てきた」(一)と言うが、ホワイトネス研究とほぼ同時か若干先行する時期になされた文化戦争の影響ないしはそれとの関連性から、ホワイトネス研究の興隆や意義を考察したのがこの論文の趣旨である。八〇年代から九〇年代にピークを迎える文化戦争において、西洋白人の植民地形成から始まり過去五〇〇年にわたる所業が政治、経済、宗教、文化等のすべての領域に及ぶトータルな問題として批判的に検討され、その焦点化としてホワイトネスとは何かというテーマの研究がなされてきたのである。

この文化戦争では、アメリカ文化の根幹を支えている理念とは何かというテーマについて、ヨーロッパ系白人の建国の理念を尊重する保守派と、非白人の特にアフリカ系アメリカ人を中心とする多文化の共存の主張（多文化主義）がぶつかり合った。ホワイトネス研究は、文化戦争で議論されたいわゆる白人中心主義の、アメリカの国家理念を支えてきたと主張する白人の、そもそもその白人（の実態）とは何か？　白人の白さ（ホワイトネス）とはどのような意味を持つのか？　という問い直しや問題意識の焦点化から生じている。中心にいた（いる）白人は、周辺にいた（いる）他者を常に見る立場にあったが、今度は見られる対象としての立場に立たされたのである。言い換えれば、今まで見る立場として「見られない」「無標の（unmarked）」の存在であった白人およびホワイトネスが「見られる」「有標の（marked）」存在となったのである。これをアルフレッド・J・ロペスは、「ホワイトネスが、自らが、ある程度、他者の視線にとらえられたと意識している」現象であり、これは、「共にある（being with）という不安な状態を形成し始めて、他者によって見られることを学び始めることだ」と言い、「存在の間主観的関係性（intersubjective relation for being）」（一五）の必要性を強調する。

この論考は、歴史的プロセスの中で、西洋白人を中心とする人種の問題が出現する古代と中世の主要な特徴と、特に近代という時代の特殊性と近代が白人優越主義の構築に果たした役割を踏まえながら、ホワイトネスの実態とは何なのかについての管見を述べたものである。

アメリカにおける文化戦争は、レーガン政権下に激しくなり九〇年代にそのピークを迎え、おおよその方向性は多文化主義に傾いているようであるが、一九世紀の「坩堝」論まで遡及しなくても、ダイアン・ラヴィッチ、アラン・ブルーム、アーサー・シュレジンジャー・ジュニアのようなアメリカとアメリカ人の共通のよりどころ、つまりアメリカのアイデンティティとして独立宣言の内容や合衆国憲法の理念を遵守するべきだという保守派の主張がある一方で、アメリカの共通の理念はない、あるとすればそれはヨーロッパ系白人のアメリカ人の帝国主義的、覇権主義的理念であるという多文化主義者、ないしはリナス・A・ホスキンスやモレフィ・K・アサンテなどのアフリカ中心主義者の主張も強くあり、多人種、多文化のアメリカ文化の根幹の概念規定をすることは一筋縄ではいかない。

1　六〇年代のアメリカ

近年のアメリカの文化戦争といわれるものの始まりは一九六〇年代にあるというのが定説になっている。六〇年代のアメリカは、反核運動、ヴェトナム反戦運動、公民権運動、大学紛争、フェミニズム運動等により、南北戦争以来、国家と社会が最も喧騒と動乱を極めた時代であったが、運動に参加した学生を中心とする一般民衆はアメリカの国家や社会のシステムのあり方を根底から疑いその変革を求めた時代であった。核による地球と人類の破滅の危機が叫ばれ、共産主義の侵攻から自由主義体制を守るという大義名分によってヴェトナム戦争に全面的に介入していき、膨大な戦費と人員が投入され、おびただしい数のヴェトナム兵と無辜なるヴェトナム民衆とアメリカ兵が戦争の犠牲者になる。さらに、アメリカ国内ではアメリカ南部を中心に反人種差別運動が公民権運動へと盛り上がり、マーティン・L・キング牧師のワシントン大行進でクライマックスに達するが、この六〇年代は国家的指導者——ジョン・F・ケネディ大統領、キング牧師、マルコムX、ロバート・ケネディ上院議員——が次々に暗殺されていった時代でもあった。これらのアメリカの状況に対する学生や一般民衆の反体制運動は、表面的ないしは現象面では、アメリカの軍事的、政治的、社会的体制の変革を求める運動だったが、それだけに留まらずに、そういう国家や社会の体制の理念的基盤を作ってきた西洋近代の啓蒙思想の理性とロゴス中心主義と、それらの具体的現れである科学的、合理的思考方法と、アメリカ建国の理念が具現されている民主主義と自由と平等の実態が徹底的な疑念と批判の対象となったことである。このアメリカの反体制運動は、ヨーロッパや日本にも飛び火して広がり一九六八年にそのピークを迎える世界的な反体制運動となった。

ジョヴァンニ・アリギ／テレンス・K・ホプキンス／イマニュエル・ウォラーステインは、「世界革命は、これまで二度起こっただけである。一度は、一八四八年に起こっている。二度目は一九六八年である。両方とも歴史的失敗に終わった。両方とも世界を変化させた」（九七）と言って、六八年の世界的反体制運動を高く評価し「世界革命」として位置づけている。一八四八年の革命は、イギリスにおいて産業革命が一八三〇年代に終了しその経済の産業資本主義体制に即して起こった政治的、社会的革命であり、それが広く西洋世界に波及していったものであるが（河野 一、二）、ウォラーステインは六八年の革命を次のように説明する。一九四五―六七年の時期は世界システムにおけるアメリカ覇権の時代であり、その基盤となったのは第二次世界大戦の結果アメリカがあらゆる分野で築いた生産効率であり、この経済的優位を世界規模の政治、文化の支配に転化させた。それらは具体的には、ソ連との様式的な冷戦構造を作り出しアメリカ的イデオロギーの優位性を主張すること、アジア、アフリカの非植民地化を漸進的に進めながら政治的、経済的に支配すること、また、国内では階層対立や人種対立の顕在化を抑える方向の政策を実施する、等々の諸政策によってアメリカが世界を政治的、経済的、軍事的に支配することが五〇年代は順調に、また、円滑に機能した。しかし、六〇年代初期にヴェトナム戦争介入時からアメリカのヘゲモニーがほころび始め、そして、それが上記の各種の反体制運動によって革命と言えるものになった。六八年革命は世界におけるアメリカのヘゲモニーに対する抵抗運動である。（ウォラースティン　六六―六八）

つまり、啓蒙主義の理性とロゴス中心主義と科学的合理的思考、政治体制としての民主主義、経済体制の資本主義、等の西洋の近代を形成する諸理念が合体して大国アメリカの政治、経済、軍事の巨大な制度として実現し、それらがアメリカの国内統治と世界支配に巨大な力を行使することに対する根源的な疑念と批判が六〇年代のアメリカ国内での体制変革運動と世界での革命の実態であったと言える。さらに、リュック・フェリー／アラン・ルノーは、フーコー、デリダ、ラカン、ドゥルーズ、アルチュセール等のフランス哲学者たちが、「近代哲学の人間主義は、一見、解放者であり人間の尊厳の擁護者に見えるが、実はその反対者に転化してしまったのであり、圧制を決定し、またその原因になったのである」と主張したとし、「六八年のフランス哲学の場合は、はっきりと反人間主義を選択したということである」と言う（七―九）。

つまり、近代の人間主義は対象を利用価値によって決定し、人間がすべての関係の中心なのであり、この理性を中心に成立した近代社会のシステムは、表面的には反封建制の自由と平等を掲げながら、実際には、男女の性差別や人種、民族の差別、支配という権力的暴力を内包しているシステムであり、いわゆるフーコーの理性と権力の「共犯関係」があるのであり、この意味での近代の人間中心主義批判が六八年の思想の中心だとフェリー／ルノーは言うのだ。一五、六世紀の大航海時代と一七、八世紀の植民地主義の時代はヨーロッパ諸国の近代精神の形成期に当たり、理性と科学の啓蒙精神がヨーロッパ人中心の人種と民族の差別と弾圧のシステムを生み出したことは確かであろう。アメリカの六〇年代はこの近代のヨーロッパの精神とシステムが根本的に批判と検証の対象になるのであり、八〇年代と九〇年代に激しくなるアメリカの文化戦争とホワイトネス研究の基本的な問題点の提示はこの六〇年代になされたことは明白である。

フレドリック・ジェイムソンは、六〇年代の始まりをイギリス領及びフランス領のアフリカが、つまり第三世界が、植民地支配から脱却することに見ている。たとえば、ガーナの独立は一九五七年、コンゴの独立は一九六〇年、アルジェリアの独立は一九六二年だが、このような世界史的な政治的大運動が与えた影響をジェイムソンはこう言う。

六〇年代とはこれらの「原住民」が、内部的にも外部的にも、すべて人間となった時代だといえる。つまり、第一世界の外部に存在する主体、すなわち、いわゆる「原住民」ばかりでなく、第一世界の内部において植民地化されている人々――すなわち、「少数民族」、辺境居住者、女性――も等しく人間となったのが六〇年代なのだ。（一八一）

植民地主義が世界に及ぼした規模の絶大さは、「いま世界に生きている人々の四分の三以上の生活は、過去の植民地主義体験によって形作られたものである」（アッシュクロフト／グリフィス／ティフィン　一―二）という言説があり、アーニャ・ルーンバによれば、「一九三〇年代までには、植民地主義が地球の表面積の八四・六パーセントに支配権を及ぼしていた」（三―二）と指摘するが、その影響の政治的、経済的な側面だけではなく社会的、文化的、精神的なものをも考えれば、原住民に対する植民地主義の途轍もない残酷さは想像を絶する。上の引用文でジェイムソンは、第三世界の人々の植民地からの解放と第一世界の内部において植民地化されている人たち、すなわち、差別と弾圧を受けている非ホワイトネスの人たちが等しく人間となったのが六〇年代だと言うが、ジェイムソンが言う「人間」とは、隷属状況から解放されて認識上「人間」という概念が与えられたのであって、社会的、政治的に差別や弾圧がなくなったというわけではなく、また、これらの人々の文化的、精神的な状況が六〇年代に人間らしくなったというわけではないだろう。

ポストコロニアル文献の必読書であるフランツ・ファノンの『地に呪われたる者』の序文でサルトルは、「最近まで地上に住む二〇億の人々は、五億の人間と一五億の原住民からなっていた。前者は『言葉』を自由に駆使し、後者はそれを借りていた」と書く。ここには、言語が支配と弾圧の道具であり、そして、人間が人間であるための証である言葉を奪われた一五億の原住民がいかに人間以下の状況に陥れられたかをサルトルは適切に表現している。ファノンは述べる。

植民地主義は非統治国の現在と未来に自己の掟を押し付けるだけでは満足しないのだ。植民地主義は、その鉄鎖で民衆を締め付け原住民の頭脳からいっさいの形態、いっさいの内容を取り去ることで満足するものでもない。一種の論理の逸脱、退廃によって、植民地主義は、非抑圧民族の過去へと向かい、それをねじ曲げ、歪め、これを絶滅するのだ。（二〇三）

ここでファノンは、植民地主義はそれが持つ掟やルールやシステムを被抑圧民族に押し付けて政治的、経済的に支配と弾圧を実施するだけではなく、身勝手で強引な論理で原住民の歴史と文化と人間らしさのいっさいを壊滅状態に追い込む残酷きわまる所業を述べる。植民地主義は第三世界を帝国主義的隷属の下に置く大義名分として封建制や王制の下に置かれ、かつ、精神的迷妄な状態にある住民を解放し啓蒙するという大きな虚構の物語を作り上げそれを現実化するために政治的、経済的、軍事的力を行使する。サイードは、この西洋植民地主義の身勝手な自己中心的正当化を以下のように述べる。

世界の重要な運動と生活のすべては西洋にあり、西洋の代表者たちが、おのが幻想と博愛主義を、精神の枯渇した第三世界に勝手きままに押し付けているのだ。こうした観点によれば、世界の周辺地域では、いうなれば、いかなる歴史も、いかなる文化も存在しないのであり、西洋なくしていかなる独立も統一もないことになる。(xix)

このようにしてなされた西洋が押し付けた植民地主義的隷属に対して第三世界が立ち上がり、

それを打破して独立を勝ち取っていったのが六〇年代だが、六〇年代のアメリカと世界における「革命」的な体制変革の運動のうち、とくに八〇年代からの文化戦争には、六〇年代の世界的規模の人種と民族の解放運動に連動した動きがあったのである。植民地主義には西洋近代を創った啓蒙主義、民主主義的政治体制、資本主義的経済体制、等々が密接に結びついているので、西洋近代精神はその裏面に暴力性や残虐性を持っているのであり、したがって、その政治的、経済的、文化的側面のみならず、理性や主体を中心とする人間中心主義という西洋の人間観が根源的な疑念と批判の対象となったのである。

六〇年代の民族解放闘争の影響を受けた、ないしは、それと連動した反体制運動の一つに「エスニック・リバイバル」現象がある。これは一九五〇年代半ば以来アメリカ南部の黒人を中心に展開された社会的、経済的差別に反対し黒人の地位向上を訴える、一般に、公民権運動と呼ばれるもので、「公民権法」(一九六四)や「投票権法」(一九六五)「積極的差別是正措置(Affirmative Action)」(一九六四)などを勝ち取った。しかし、社会の現実においては、黒人に対する差別的状況はなかなか是正されず、以前とあまり変わらないことを踏まえて、黒人のグループによっては、キング牧師が提唱した非暴力主義運動に飽き足らずに、北部の大都市で人種暴動という行動に出たり、また、マルコムXが提唱した「ブラック・ナショナリズム」

によって、黒人のアイデンティティと尊厳の回復を求めて、アフロ・ヘアーやアフリカの民族衣装を身に着けたり、黒人の呼称も「アフリカ系アメリカ人」を使用するようになった。そして、大学では、学生のカリキュラムの見直しの要求によって、「黒人研究」、「人種、民族研究」等の「エスニック・スタディーズ」という講座が新設され、「少数民族研究学科」――その代表的なものが「アフロ・アメリカン・スタディーズ」――が多くの大学で設置された。さらに、六〇年代後半から「女性研究」が設置され、最近盛んな「ジェンダー」研究がこのときに開始され、伝統的な家族関係や家父長中心主義を批判的に検証する教育と研究がなされた。それと同時に、いわゆるそれまで古典と言われていた作品が、キャノンとして文化的ヘゲモニーを持ち西洋的価値観や思考方法を学生に植え付け、それがマイノリティに対する抑圧や差別の道具となっているという批判の対象となり、必修科目からはずされるというケースも出てきたし、それに代わってマイノリティを取り扱った作品が取り上げられるようになった。そして、このようなマイノリティに対する差別を緩和する方向で一九六五年に移民法が改正されて「それまでヨーロッパ人に好意的で他の地域からの申請者には厳しかった政策を転換し、第三世界からの移民が容易になった」（『タイム』一九九一年七月八日号）。ヘンリー・L・ゲイツ・ジュニア（一九八六）は「現在の多文化主義運動の高等教育機関における起源は一九六〇年代後半のアフロ・アメリカン・スタディーズの誕生に辿れる」(xii)と言う。

だが、六〇年代に激しかった人種とジェンダーに対する体制改革運動は七〇年代に入ると沈静化する。その理由として大きいのはヴェトナム戦争の終結であり、アメリカは膨大な戦費とマン・パワーが導入されたヴェトナム戦争によって経済的に疲弊し、七一年には一九世紀末以来の貿易赤字を出す。さらに、七三年の石油危機によってアメリカの世界におけるプレゼンスは大いに低下する(ギトリン 七三)。また、ニクソン政権の体制批判の運動に対する規制の強化もあるが、実質的な敗北に終わったヴェトナム戦争にアメリカ国民は精神的な疲労感を覚え、反体制運動の七〇年代の半ばを過ぎると、アメリカにおける社会変革の声は、六〇年代に沈黙していた保守層の波に飲まれ、共和党保守政治の基盤となる「モラルマジョリティ」が六〇年代以降の社会批判のバックラッシュとして現われる。そして、八〇年代末、大学が保守層による格好の攻撃の的となり、「文化戦争」が本格化するのである(樋口 二八五)。

2 文化戦争

九〇年代初期から「文化戦争」（Culture Wars）と言う言葉がかなり浸透したが、それは、ジェイムズ・D・ハンターの著書『文化戦争――アメリカの定義をめぐる闘争』によるところが大きい。ハンターは、文化戦争を、宗教も含めて次のように述べる。

堕胎、子育て、芸術の基金、積極的差別是正措置、クォータ・システム、同性愛者の権利、公教育の価値観、多文化主義等の、議論されているあらゆる分野の問題についての政治的な不一致の核心は、究極的に、また、最終的には（善悪、正誤、受け入れ可能か否か等、を決定する）道徳的権威（moral authority）をどこに置くかということに辿れる。（四二）

八〇年代以降文化戦争が激しくなったのは、少数民族、特に、黒人の多方面における要求に対して、ベルリンの壁の崩壊やソ連邦の解体に伴う東西冷戦構造の終焉のあと、アメリカ的自由主義や資本主義体制が優位になった世界状況を背景として、アメリカ国内における、ハンターが言う「道徳的権威」の失墜に対する保守派の懸命な巻き返しにあるといわれる。その代表的な学者がアーサー・M・シュレジンジャー・ジュニアであり、アラン・ブルームである。

まずシュレジンジャーは、他民族の混交によって新しいアメリカ人が生まれるというクレヴクール以来の人種の「坩堝」論を述べる。彼は、アメリカ人は多様な民族からなる人々がアメリカの習慣や生活方法や法律に同化することによってひとつの国民となり、そこに国家的アイデンティティを生み出していくのであり、国民は過去の文化を維持するのではなく、今から作り出す新しい文化の中に生きるという未来志向をしめす。そして、新しいアメリカのナショナリティは建国以来のアメリカの歴史と、言語と思想と制度などのアメリカ社会や文化の基礎から判断して、アングロサクソン的であることは避けられないと言い、そして、アメリカ人を結集させる理念は民主主義と人権思想であると言う。つまり、シュレジンジャーは、私的領域では多数の民族の複数の文化が存在することは認めるが、公的な共通の文化の領域では歴史的プロセスから単一のアングロサクソン的ヨーロッパ文化と政治制度の存在が、アメリカが国家として存続していく場合に不可欠であることを主張する。そして、アメリカの過去においては、民主主義と人権思想が十全にすべての人民に適応されず、特にインディアンや黒人に対して不正や悪を行った、と言ってアメリカの過去の罪状を認める。ただし、その直後に、いかなる人種、文化、国民も一時期には何らかの罪を犯したり悪事に手を貸したりしたものだと言い、さらに、最近の多文化主義のような分離主義者は、アメリカの罪だけを告発しその長所である民主主義、市民の自由、人権思想を生み出したヨーロッパ的アメリカの基礎を認めずそれをただ悪の根源であると批判するのは、国を混乱させ分裂させるだけだと主張する。多文化主義者はアメリカを個人によって成り立つ国というよりも民族や人種のグループによって成り立つ国であるという考えを出したが、これは個人の同化や統合によって成り立つという歴史的アメリカの国家目標を拒否するものであり、彼らは違いを強調し緊張感を拡大させ、敵意を増大させるものであり、これが無制限にすすむと、アメリカに生活様式の断片化と再分離と部族化というアメリカを分断させ混乱させる結果をもたらす、と強く黒人を中心とする多文化主義者に警告し、次のように指摘する。

（多文化主義者の）民族性崇拝はアメリカの歴史の動きを逆転させた。多数集団と一緒に共通の努力をすることに関心を抱くよりも、むしろ、抑圧的な、白人の、家父長的な、人種差別的、性差別的、階級的社会から自らの疎外を宣言することに関心を持つ少数民族派の国を作り出しつつあるのだ。（一一二）

シュレジンジャーは、他民族の混交と、自由と民主主義というアメリカの国家理念への同化と統合による一つの国民形成という考えを明確に、ある意味で、見事にまとめている。ただしこれは、従来の保守派の意見を代表したもので、現状肯定的で結果的に白人の文化的ヘゲモニーを擁護し、白人の差別と抑圧と支配の構造を追認し、現状維持を承認することにしかならない。特にシュレジンジャーは、アメリカのマイノリティ（特にインディアンと黒人）に対して行った不正と悪をどんな国でも不正や悪を行うものだと一般化することによって、アメリカの特殊性を曖昧にし、責任の所在を曖昧にしている。従って、六〇年代からなぜマイノリティ・グループが彼らの民族文化とアイデンティティをアメリカ社会において強く主張し、それを学校や社会において具体化する運動を展開したのかという点に対する回答が弱いし、さらに、文化と政治的、経済的状況についての緊密な関係についての視点がないので、マイノリティが置かれている差別と抑圧と社会的、政治的、経済的な悲惨な状況に対する言及もない。

シュレジンジャーのような保守派の巻き返しによって、六〇年代に作られた「積極的差別是正措置」（Affirmative Action）を見直せという動きが九〇年代に出てくる。（筆者が研究者としてボストンにいた九四年から九五年にかけてもこの法案に対する賛成と反対の両方の運動や集会があり、たとえば、『ニューズウィーク』（一九九五年四月三日号）と『ニュー・リパブリック』（一九九五年四月三日号）の両誌にそれぞれ「積極的差別是正措置――人種と怒り」「階級と人種――積極的差別是正措置の展開」というタイトルで特集記事が載った。）法案廃止賛成者の主な理由は、民族単位のこの法案は個人を対象とするアメリカの国家理念に矛盾するものであり、社会問題として改善や改革しなければならないのは人種のレベルではなく個人や階級のレベルの問題なのだと主張する。他方、この法案の継続に賛成する者は、この法案は成立してからまだ三〇年しか経っておらず、アメリカの長い差別と弾圧の歴史を考えれば、それらを是正するためにはこの法案の継続は当然であると主張する。カリフォルニア州では州としてはこの法案を廃止している。

次に多文化主義者の急先鋒であるテンプル大学のアフロ・アメリカン・スタディーズ学科のモレフィ・K・アサンテの意見を紹介する。この「多文化主義――一つの転換」という論文は一九九一年の『アメリカン・スカラー』誌に掲載されたものだが、アサンテは次のように主張する。

コロンブスが大航海を始めた一四八〇年以降の、アフリカを含む世界に関する知識において、ヨーロッパ人がほぼ完全にヘゲモニーを握って情報を支配し事物を命名し概念や解釈を広げて今日に至っているが、過去五〇〇年の歴史上近年になって始めて、西洋の覇権主義的ヨーロッパ流の考え方からおおむね解放された学者のグループが、おびただしい数の歴史の歪曲を暴きだすようになったと、過去五〇〇年のヨーロッパとアメリカの関係を述べたのち、さらに次のように指摘する。

われわれが過去二五年間に目の当たりにしてきたのは、白人優越の事態に合致した教育システムがゆっくりと解体しつつあるということである。いまや白人のヘゲモニーを支えてきた知識体系はもはや弁護されないし、白人は他の人種よりも上でもなければ下でもない、白人以外の人々と横に並んだ立場に立たねばならない。（二六八）

と言って、白人の文化的ヘゲモニーを徹底的に否定し、完全な対等の立場を表明する。そして、具体的には、教育の現場やカリキュラムで、すべての項目、すべての単元においてアフリカ系アメリカ人の研究成果が浸透し、アメリカ史の中でアフリカ人が果たした役割に対する知識、理解、承認が社会に広がり、一般化することを求める。アサンテはさらに、「共通のアメリカ文化などというものは存在しない。あたかも共通の文化であるかのごとく押し付けられたヘゲモニー文化ならば確かに存在している」（二七〇）と言って、シュレジンジャーが言う多民族が同化し統合することによって形成されるひとつの国民が創るアメリカ文化の存在を白人のヘゲモニー文化として手厳しく批判する。そして、「共通の文化は存在しないが、わが国はその方向を目指して進みつつある。共通の文化を得るために多くの困難に直面しなければならないにしても、すべてのエスニック集団を有効なカリキュラム作りの戦いに完全に参加させるならば、その可能性は高くなるだろう」（二七一—七二）と言って、国家としての共通文化の今の時点での不在とその必要性を主張する。

シュレジンジャーとアサンテの主張の違いは、これを煎じ詰めれば文化論争の核心になるのだが、アメリカに公的な共通の単一の文化の存在を認めるか（シュレジンジャー）、あるいは、その存在を認めずに共通の文化の複数性を主張するか（アサンテ）ということになる。アサンテは、アメリカのアングロサクソンを中心としたヨーロッパ文化を今日まで差別と支配と弾圧を続けてきたヘゲモニー文化として強く批判し、それをアメリカ文化の中心におくことを断固拒否する。アサンテは、ヨーロッパ中心文化に挑戦してアフリカ中心主義（Afrocentrism）を主張し、ヨーロッパ文明の起源はエジプト文明にあり、エジプト人はアフリカ人であるから、したがって、古代エジプト文明はアフリカ人によって建設されたのだと主張する。また、アサンテに近いアフリカ中心主義者のリナス・A・ホスキンスは、一一万年前に地球に住んでいたのはアフリカ人のみで、アフリカ文化はそこからすべての文化が出てくる文化の起源であり、アフリカの歴史はヨーロッパよりも数千年も古いのだ（二四八）と主張し、アフリカ文化を強力にアメリカ文化の中心に置こうとする。アサンテは、「アフリカ中心主義はアフリカ的観点を高く評価する一方で、ほかの民族を貶めるようなことはしない。この点において、アフリカ中心主義はヨーロッパ中心主義とは異なっている」（二七〇）と言い、これはアフリカ系アメリカ人の「自尊心と自信」（二七〇）を高めるためには必要なことであると主張する。

こういうアフリカ中心主義者の主張に対して、ダイアン・ラヴィッチは、アメリカの政治、宗教、教育、経済の体制がヨーロッパから来た子孫によって形作られことを基礎にして、現在では、いろいろな人種や民族のものからなる多文化的なものが共通の文化としてあることを認めるが、特にアサンテが主張するアフリカ中心主義を「図々しいほど先祖崇拝的で、決定論的で、……このような個別論的多文化主義は、民族分離のイデオロギーであり、黒人の民族主義運動であり、共通文化を否定するものだ。」（三三七—五四）と手厳しく批判する。さらに保守派の論客アラン・ブルームは、アメリカの独立宣言文の自由と平等の精神はアメリカが誇る自然権であり、「この自然権（natural rights）の光に照らされたとき、階級、人種、国の起源、文化のすべては、消えるか霞んでしまうかする。移住者は、新たな教育が容易に身につくように、旧世界のさまざまな要求を忘れなくてはならない」（二七）と主張し、一方で、六〇年代以降の文化相対主義と自民族中心主義は、アメリカの国家理念の根幹を揺るがし、また、西洋精神のもっとも特徴的なものである理性と科学を蔑ろにするものだと、これらを強く批判する。

アサンテとホスキンスの主張は、これまでのヨーロッパ中心のアメリカ文明の差別と支配と弾圧を批判しそれに代わる、ないしは、対置する文明としてアフリカ文明を置こうとするが、基本的に彼らの主張は、人種主義や本質主義をさらに強めた形の民族分離主義の向かう傾向にあり、シュレジンジャーやラヴィッチやブルームが危惧する国家内の対立や混乱を生じさせ、また分離や分裂を生み出す危険性がある。問題は彼らがそのアフリカ的文明を生かそうとし、そして、現実に人生を生きる場がアメリカであり、そのアメリカは歴史のプロセスとして、その善悪は別として、アングロサクソン的ヨーロッパ文明が中心になっているということである。つまり、彼らはアフリカ的文明を主張しながら、現実生活ではアメリカの独立宣言や建国の理念である自由、平等、人権、というヨーロッパ的文明の中で生きている、という現実である。つまり、アサンテやホスキンスも、不十分でありながら、「自由、平等、人権」というアメリカの理念の中に生きているのだ。この現実の二重性の根源は煎じ詰めればアメリカの建国にあり、アングロサクソン人を中心にしたヨーロッパ人がアメリカ原住民を虐殺し、追放し、三角貿易によってすぐにアフリカから黒人を奴隷として導入して、さらに多くの移民を受け入れて、抽象的、観念的な理念によって国を建設したという国家建設そのものの中にある。前述したように、アメリカは、アメリカ人としての国民的要件を政治的、人権的、経済的ファクターとして、文化や歴史や宗教のファクターを否定した。この国家形成の人工性や理念の抽象性や観念性に根本的問題があって、理念そのものの中に現実にそぐわない矛盾や不正を含んでいた。文化や歴史や宗教のファクターを否定した政治と人権と経済のファクターのみによる共通性の形成というものは、そのほとんどの要素がヨーロッパ的な理念や精神で構成されているとはいえ、非現実的、非人間的で、マジョリティを構成する白人にとっても強い違和感を持つ制度であろう。たとえば、メルヴィルやポーやフォークナーやオースターという一九世紀と二〇世紀の大作家が、それぞれ「バートルビー」「アッシャー家の崩壊」、「エミリーへの薔薇」『シティ・オブ・グラス』などのよく知られた作品で、それぞれその内容は違うとはいえ、外部世界に徹底して背を向けて自己の家や部屋の閉じこもる、という自己幽閉のテーマの作品を書いていることは、文化的ファクターを切断して政治的ファクターによって国家的アイデンティティを形成してきたことと大いに関係がある。

アメリカ人はマイノリティであろうがマジョリティであろうが、アメリカ性と民族性、民族の文化、歴史、宗教とアメリカの政治、経済の分断、国家理念と現実、個人と社会、等のいろいろな矛盾や分裂と二重性を生きざるを得ないのではないか。もちろん矛盾や分裂や二重性のなかに、既存の支配階級のヨーロッパ系の白人の文化的ヘゲモニーがあり、それを現実に是正する政治的、社会的政策は必要であろう。たとえば、公教育の中にもっとマイノリティの文化や歴史を取り入れるべきであろうし、それによって、従来キャノンと言われてきた古典が取り扱われることが少なくなる可能性もある。また、「積極的差別是正措置」は個人を基本的単位とする国家理念に反するからこの法案を廃止するべきだという考えは、長い間差別と弾圧を受けてきたマイノリティの現実を無視した観念的な考えである。国家理念のなかに不正や矛盾があり、多民族国家で一定の人種（ホワイトネス）が優位な立場を維持してきた過去の経緯があり、差別され弾圧された人種（非ホワイトネス）に対しては特別な措置を取るというのが現実的政策であるので、この法案はもっと続けていくべきであろう。しかし、他方、マイノリティもアメリカで生活する限り建国のプロセスやヨーロッパ的文化や政治制度によって生み出された建国の理念を無視することは出来ないし、何らかのアメリカの国家のアイデンティティや共通性を認めていこうとする姿勢は必要であろう。ハーヴァード大学のアフロ・アメリカン・スタディーズ学科のヘンリー・L・ゲイツ・ジュニア（一九八六）は、次のように指摘する。

多くのことを一度に全体として見て、互いの価値を理解し相互依存する力を涵養することが大学の使命であり、……共同して自己と他者を発見することを通して、葛藤、その内容、自己主張などを融和、相互性、認識、創造的交流などに変えてゆくのが高等教育機関の役割である。……われわれの住む世界はすでに多文化主義的で、混合と異種混淆（mixing and hybridity）は例外ではなくルールとなっている。（xv- xvi）

つまり、ゲイツは、他民族と他文化の相互理解と相互依存の重要性と、アメリカ文化はすでに多文化主義的で混合と異種混淆が現実であると論じる。そして、「今日、ただ（文化の）違いを心無く持ち上げることはノスタルジックに単調な同質性に帰ることを主張することと同様に支持されない。私の希望は、たとえぎこちなくても、その中間の道を探ることに寄与することである」（xix）と言って、「違い」を強調する多文化主義者も「単調な同質性」を主張する保守派のヨーロッパ中心主義者の両方を批判しその中間の道を探ろうとする。このゲイツの考えは、最近ポストコロニアル批評の指導的批評家として注目されているホミ・バーバの理論に近い。バーバは言う。

批評の有効性とは、対立の当面の基礎を克服して、何らかの翻訳空間を開くことがどこまで可能かという問題である。それは比喩的に言えば、異種混淆の場を開くことだ。その空間では、二項対立のどちらか一方ということではなしに、新たな政治目標が設定され、それによってわれわれが政治に寄せる期待の地平が当然ながら異化される。（二五）

バーバの理論はアメリカの文化状況を論じたものではなく世界のポストコロニアル的状況に対する一般論を述べたものだが、アメリカの文化状況に対しても十分に通用するものである。彼は、対立する状況のどちらか一方ではなく、両方の力の作用からそこに生じる裂け目や矛盾や二重性に注目し、そしてそこから出てくる「異種混淆性」に可能性を求める。また、バーバが指摘した次のようなファノンのアイデンティティの二重性は、ほぼそっくりアメリカのマイノリティ、特に、黒人のケースに当てはまるであろう。

ファノンの『黒い皮膚、白い仮面』が暴露するのは、アイデンティティのそうした二重化だ。一方には、現実の暗示ないしは存在の直接的知識として個人のアイデンティティがあり、もう一方には、主体に問いを発し続ける精神分析的な同一化の問題があって、

この二つは決して一つにはならないのだ。（七二）

このアイデンティティの二重性は、強いられたものとはいえアメリカの黒人が常に意識せざるを得ない状態であり、W・E・B・デュボイスがすでに指摘していた二重性である。デュボイスは言う。

……彼はいつでも自己の二重性（double-consciousness）を感じている。アメリカ人であることと黒人であること。二つの思想、二つの調和することなき向上への努力、そして一つの黒い体で闘っている二つの理想。しかもその身体を解体から防いでいるものは、頑健な体力だけである。（三）

ゲイツやバーバやデュボイスが言うように、アメリカのマイノリティは、その中でも特にインディアンと黒人は、このような二重性や矛盾や異種混淆性を生きざるを得ないのであろう。だが、二重性や矛盾や異種混淆性という状況は、何もマイノリティの置かれている状況だけに限らず、マジョリティの置かれている状況でもある。サイードは、第一世界と第三世界の関係を今までのような第一世界の支配と弾圧、第三世界の第一世界に対する過去の罪状の告発という関係ではなく、第一世界と第三世界の「地理と物語と歴史の違いをもとおして共存したり角突き合わせているという『文化領域における相互依存関係』(interdependence of cultural terrains)」(xx) の構築の必要性を指摘し、さらに次のように言う。

いかなる文化も単一で純粋ではない。すべての文化は異種混淆的でかつ異分子より成り立っており (all are hybrid, heterogeneous)、異様なまで差異化され、一枚岩ではないのだ。思うに、このことは現代のアラブ世界のみならず、現代の合衆国にもあてはまる。(xxv)

多民族、多文化のアメリカ社会において、アメリカ人は、サイードが指摘する、相互依存性と、二重性や矛盾や異種混淆性を生きる状況として引き受けていかざるを得ないであろう。

3　ホワイトネスの問題

(1) 問題の所在

アメリカの文化戦争において、伝統的なヨーロッパ出身のアングロサクソンが中心の白人がアメリカ文化の根幹を作ってきたのであり、また今からも担っていくのである、という主張や議論に対して、それでは、その白人とは、また、その白さ(ホワイトネス)とは何なのかという、問いかけや議論の焦点化が研究者をホワイトネス研究に向かわせたと言える。ホワイトネスに関する多くの研究者の問題意識は、ホワイトネスという概念が、白さ、白人性、白人であること、等々の意味で使われ、その間に若干の違いはありながら、共通している点は、ホワイトネスが、ただホワイトネスであるということだけで、非ホワイトネス、つまり、ホワイトネス以外の「他」に対して社会的有利な立場に立ち、差別し、威厳と権力を持ち、社会的地位を得、国の富(土地、仕事、契約、学校等)に接近できるのはなぜか、という点にある。アルフレッド・J・ロペスは「白さは特権へのパスポート」(一)だと言い、シェリル・I・ハリスは、「人種の階層性の上に成り立つ社会において、白人であることは大事な財産(property)とみなされる」(一七一一)と考え、ヴロン・ウェア/レス・バックは、「ホワイトネスは権力とアイデンティティの基軸(axis)として世界を動き回る」(一九)と言う。ホワイトネスが人種と結びついたときに、人間として皮膚の色が白いという点だけで白人の非白人への差別(白人優越主義）はなぜ起こるのか？　その場合、「ホワイトネス」はいかなる歴史的、社会的、政治的、哲学的意味を持つのか？　という問いがホワイトネス研究の根幹にあり、ルース・フランケンバーグは、「普遍的価値のふりをしているホワイトネスのマスクを暴くことが研究の目的である」（三）、とまで言う。その功罪は別にして、近・現代西洋文明と世界を創ってきた人種の中心が西洋の白人であることは疑いないことであろうが、ホワイトネス研究は、歴史、政治、経済、軍事、社会、文明、文化の総体をその中に含む研究であり、したがって、研究テーマは多種多様であり、前世紀末から、膨大な数の研究書と論文が発表されてきたが、それらをすべて読むことは到底不可能であり、また、その必要もないであろうが、本論考は、めぼしい先行研究を参照しながら、白人優越主義が生まれてきた主要な歴史的経緯にスポットを当てながら問題点についての管見を述べたものである。

（2）人種の概念

ホモ・サピエンスという生物であるヒトは、約二〇万年前にアフリカの一地域で発生し、アフリカから地球の各地へと広がっていったという人種単一起源説が現在有力となっており、世界中のどの人種も、からだ、脳、遺伝子構成等は基本的には今も同じで、生物学的、科学的な人種の実在性は否定される傾向にあり、人種は社会的構築物に過ぎないという考えが通説となっている。ヘンリー・L・ゲイツ・ジュニア（一九八六）は、「人種は生物学的にはフィクションである」（四）と言い、マシュー・F・ジェイコブソンは、人種は「創られたカテゴリー」（invented categories）であり、「神話」や「迷信」に過ぎないと言う（一）。だが、竹沢泰子は、「ヒトゲノム解読や集団病理学などの進展によって、一部の研究者によって人種実体論ともいえる説が劣勢を巻き返して」（五八）いると言い、生物学的人種の実態は完全には否定できないようだ。さらに、スティーヴン・ピンカーは、人種の社会的構築物という考えに以下のように疑義を呈する。

個々の人は遺伝的に同一ではないし、身体のあらゆる部位に影響を及ぼす差異が、脳だけを例外にするとは考えにくい。それに人種間や民族集団の遺伝的差異は、個人差に比べればずっと小さいとはいえ、存在しないわけではない。……今日では、人種は存在せず、まったくの社会的構築に過ぎないという言い方が好まれている。それは、「カラード」「ヒスパニック」「アジア人・太平洋諸島民」といった役所的な分類や、「黒人」のワン・ドロップ・ルール……などついては確かに真実であるが、全般的な人間の差異については言い過ぎである。……したがって、人種の区別は、固定されたカテゴリー同士の厳密な境界ではないにしても、ある程度の生物学的事実を伴っているのではないかと考えられる。（一八）

さらにピンカーは、人種の差異の原因は主に気候への適応の仕方にあり、「遺伝子の一部がパーソナリティーや知能に影響を及ぼしている可能性」（一九）も指摘する。だが、それらの差異に関する生物学の発見が人種差別や性差別を正当化することには断固として反対し、近年の人種の平等の考えは、政治的、道徳的な姿勢であると言う（二〇、二一）。

また、世界の各地域には、肌の色、顔や体形、気質や感情、思考、生活の仕方、等が大きく異なるヒトが住んでおり、からだ、脳、遺伝子構造等は基本的には同じでも、科学技術文明の中で生きる先進国の人々と、南米の密林の奥地で狩猟採集の生活をしている、文明のレベルでは非常に遅れた民族との違いをヒトとして一元化することに抵抗を感じる考えもあり、人種の多元発生説を唱える一派も根強くある。特に、一八世紀の啓蒙思想時代の有力な思想家であるボルテールやゲーテやライプニッツが、人類の複数創生説を主張したことはよく知られていることである。独立宣言文を起草した第三代大統領トマス・ジェファソンは『ヴァージニア覚書』の中で、(白人と黒人の)「自然が作った明白な相違」は肉体的なものだけではなく気質的、精神的なものであり、(二つの人種の)激しい衝突は、「どちらか一方が消滅してしまうまで終わらないであろう」(二九四)と書いているし、また、リンカーンは、南北戦争中の一八六二年に黒人のリーダーをホワイトハウスに招いて、アメリカのすべての黒人をアフリカに返す考えを示した、といわれる(ゲイツ・ジュニア(一九八六)(三〇))。ジェファソンもリンカーンも黒人と白人の人種としての違いに架橋できないことを強く意識していたのである。この啓蒙思想の複数起源説は、一七世紀から始まる西洋列強の植民地主義のアジア、アフリカにおける支配、弾圧、収奪と人種差別を正当化する思想に大きな影響を与えたのであり、これが一八、一九世紀に強くなる疑似科学の優生論やダーウインの自然淘汰説と相まって、白人至上主義の理論的根拠となったことは否めない。問題の根幹には、一八世紀の啓蒙思想が根源的に内包している大きな矛盾や分裂がある。

(3) ホワイトネスの起源

人間には、自分とは違うもの、他者に対して本能的に違和感を持ったり、警戒したりする性向があり、人種や部族の中のみならず、身近な仲間や親族・家族に対しても、嫌悪感や恐怖心を示すことがある。この人間の本性に基づく「異なるもの」や「他なるもの」に対する嫌悪や恐怖を示す感情をヘテロフォビア（異人種嫌悪症）やゼノフォビア（外国人恐怖症）と言うが、ポール・G・ローレンは、人間の差別意識の出現を以下のように述べる。

差別の起源は古い。人類が出現した初期の頃から、集団は他に対する偏見を広げ、自分たちと異なるか劣ると考える者たちを差別した。権力、権威、あるいは富を維持ないしは強化するためには、他の集団が自分たちよりもとにかく劣るのだから平等の待遇に値しないという考え方をでっちあげたり受け入れたりすればいいということに気づいた。

（二五）

ローレンが指摘するように、原始的人間の差別の原因ないしは目的は、何らかの権力や富の獲得と維持することにあるが、それらとは別に、人間の自己保存の欲求がその前提にあると思われる。人間が差別意識を持つ根本としては、身体的特徴である皮膚や髪の毛の色、鼻の形、唇の厚さ、頭蓋骨の形や大きさ等の身体上の形状認識が、われわれが現在人種意識と呼ぶもののほとんど普遍的性質を説明するのに役立つ。ローレンはさらに、人種意識や差別は先史時代の洞窟の壁の原始的スケッチやエジプトの墳墓の絵画に表れており、また、ヒンドゥー教のカースト制度には、階層分離の仕分けに、肌の色に基づいた序列があったことが示されていると言う。すなわち、この序列は上位から順に、白（バラモン）、赤（クシャトリア）、黄（ヴァイシャ）、最後は黒（シュードラ）——それぞれ括弧内はカースト制の序列を表す言葉——で、明るい色のほうが暗い色よりはっきりと優位にあると言い、このような例から、「肌の色による偏見が極めて早い時期からあったことを示しており、現代の人種主義出現のはるか以前に人種思考が存在したことは明らかであると指摘する（ローレン 二五）。また、フレドリクソンも、「ひとつの集団から別の集団に向けられる反感は、ほとんど人間の普遍的欠点であると思われる」（一）と言うが、人間が本能的ないしは本質的に他者に対して持っている嫌悪や恐怖が他人種の差別につながる傾向は、人間が古代から持っているほとんど人間の本性の中にある問題である。

次に、二〇世紀の人種主義に繋がる歴史的過程として中世社会の在り方を考察したい。歴史家ロバート・バートレットによると、一一世紀から一三世紀のヨーロッパ社会は、貴族・騎士と聖職者と商人らを基本的な構成要素とする共同体により成り立っていたが、カトリシズムが拡大され、富と支配を求めて共同体同士が相争い、周辺地域の植民地化と先住民への優越的支配が実施された。ここには「征服者と原住民との間に司法の併存状態のケースもあったが」（バートレット 三三二）、ほとんどの場合、支配者のルールが適応される場合が多く、場合によっては征服された者は奴隷的取り扱いを受けた。このヨーロッパにおける武力による地域的制圧と支配のプロセスやパターンは、一七世紀以降、ヨーロッパがアジア、アフリカ、南北アメリカ、オーストラリアへ領土的に拡大していく際に特徴となる先住民に対する生殺与奪権を持つヨーロッパ人のメンタリティーを先取りするものであった。……ヨーロッパのカトリック社会が一四九二年の国土恢復運動《レコンキスタ》以前に、すべての植民地事業に深い経験を有しており、彼らは新しい領土に入植することに含まれる問題や将来性に精通しており、非常に異なる文化を持つ人々と接触することで起こる問題にすでに直面した経験があった（バートレット 四七九）。

さらに、フランシス・ジェニングスが強調することは、ヨーロッパの領土拡大に際しては、「戦争が正当なものであれば、征服の成果は合法的なものになり、十字軍が、聖なる教会のためになされた戦争は、自動的に正当という原則が打ち立てられた。……そして、聖地の征服の正当化に始まる原理が、世界征服の正当化に拡大された」（ジェニングズ 四）のである。同様に徳永恂は、「聖なる国土恢復運動になったエネルギーが、……野蛮な征服のエネルギーへ転化していった」（六四）と述べる。中世における征服と植民地化で目立っているのは、神（聖職者）と貴族（騎士）の征服と支配へのかかわりである。そこには、神を錦の御旗とし、暴力を正当化し周辺地域を征服し、土地と富を収奪する、というパターンがある。つまり、「キリスト教徒は正しく、異教徒は間違っていた。……この意識に寄り添う形で、慣習としてまた個人的態度として、民族差別意識《レイシズム》が生まれた」（バートレット 四五五）のである。人種の問題で言えば、中世の期間中、最も差別と追放や虐殺の対象になったのはユダヤ人であり、各地で大量虐殺《ポグロム》が行われたが、この場合、ユダヤ教徒は、「キリストを十字架にかけた悪魔」、であり「人間以下の極悪非道の野獣」（フレドリクソン 一九）というレッテルを張られた。また、ユダヤ人のみならず、征服と支配の対象になった周辺地域の住民も、ほとんどが差別と弾圧の対象になっている。人種主義の問題での中世の重要性は、中世で正当化された征服の原理が近・現代の征服の原理に拡大されたことであり、また、ヨーロッパ人のメンタリティーに神や暴力による他者支配が根強く存在するということである。

フレドリクソンによれば、近・現代の人種主義は、言葉としては、一九三〇年代に初めて常用されたのだが、上記のように、古代からのほとんど人間の本性にある差別意識に基づく部族主義やゼノフォビア（外国人嫌悪）や中世の共同体間の征服と入植等を考えると、古代からすでに存在してきた人間の他者否定の精神と、土地と富への欲望に基づく征服と支配への願望の

顕現に過ぎないという考えもある。（フレドリクソン 六）

だが、これら古代と中世の人間が行ってきた差別行為と、近・現代に世界的、地球規模の問題になった人種主義との関係には、共通点は部分的にはありながら、差別の強化、拡大、制度化という点で大きな相違が存在する。つまり、近・現代の人種主義には、人種間に外形的、肉体的、生物学的相違があり、性質・能力・文化などの相違や優劣が存在するという考えが社会や国家や西洋全体の規模まで拡大され、そして、制度化や法制化がなされ、追放、虐殺、殲滅、さらには領土の獲得等が大規模に実践されるという状況がある。先行するオランダ人、スペイン人、ポルトガル人のあと、これらの近代の人種主義の中心にあったのがアングロサクソンを中心とするホワイトネスであったのは論を俟たない。

（4）拡大と制度化

近・現代の白人を頂点とする人種の階層化に大きな影響をもたらしたのは、一七世紀から、一九世紀にかけての西洋列強のアジア、アフリカ、南北アメリカおよびオーストラリアに対して行った植民地主義と帝国主義であり、そしてそれらの背後から支えている思想が啓蒙主義と文明と野蛮の区別を重視する考えである。

啓蒙思想は、一八世紀のヨーロッパで展開した知的社会運動でありまた思想でもあるが、人間の精神を、無知や誤謬から、また、中世以来のキリスト教や異教的民族宗教に支配されている状態から、理性と科学に基づいて解放し、人間を中心として人間と社会と世界の在り方を思考し、形成していくという思想・理念であり、この啓蒙思想から人間の自由と平等の思想、つまり現代の社会通念となっている民主主義と人権思想が生まれている。また、その同じ啓蒙思想が重視する人間の理性と科学的思考から近・現代文明が生み出され、その航海術と近代的な船舶と鉄砲のテクノロジーが、西洋列強の植民地主義を可能にし、アジア、アフリカ、南北アメリカ、オーストラリアを、侵略と支配と差別の対象にしているのは周知の事実である。レオン・ポリアコフは、啓蒙思想の典型的な表現として、ディドロの「道徳の法則はいたるところ同一である」を引き、その意味するところは、「強者の理屈は常に正しいと書き換えられる」(ポリアコフ 一九七)と言う。武力による暴力が正義なのである。つまり、啓蒙思想は、近・現代の理念である自由・平等と民主主義というグローバルで高邁な政治と人権の思想を生み出しながら、他方では、差別と弾圧の、残酷な暴力的思想を同時にその中に含むという、分裂と矛盾と亀裂をその内側に持っている思想である。西洋近代は、各国の植民地政策によっては若干の違いはありながら、軍事力(暴力)によってアジアやアフリカの諸地域を強奪し、植民地化して自分たちの領土とし、その直後に自国の社会体制や政治理念である人権思想と民主主義を持ち込み、社会や政治の体制を作り上げたのだ。啓蒙思想の理性のうちには大きな暴力が抱え込まれており、それは近・現代が抱え込んだ大きな闇である。

西洋近代の植民地化を正当化する考えに導入されたのは、一つには文明と野蛮という考えであり、他の一つには、旧約聖書の「ハムの呪い」という考えである。文明と野蛮に関して、「アングロサクソン人には、深く根付いていた考えで」（ジェイコブソン 五九）、シェリル・I・ハリスは、「黒人とインディアンの人種としての劣位（subordination）が奴隷制と征服のイデオロギーの基礎を与えた」（一七一五）と述べるが、「ニグロは人間ではあるが、野獣的であり猿のように肉欲的である」とみなされ（ジョーダン 二八）、インディアンは、「荒野にしか適応できない野獣で、文明化できないので絶滅は仕方がないという考えが強かった」（ジェニングズ 一五）、等々の考えが植民地時代とアメリカ建国時には白人の間には広く信じられていた。このように、西洋近代には、啓蒙思想の人間の理性を中心にした、自由、平等、民主主義の人権や政治、社会思想が生まれながら、それらの思想は白人にしか適応されず、非白人には対象の外に置かれたという大きな矛盾や分裂が存在する。人種による差異（difference）が、社会的、政治的、倫理的差別（discrimination）を生み、それが現代までも続く、追放と虐殺、土地の収奪、支配と排除、一方の優秀で理想の権力と覇権の中心的存在への位置づけ、他方の劣等で否定的で無力な周縁的な存在という位置づけがなされてきたのだ。

また、この位置づけを補強するものとして聖書が利用された。黒人は「人種として劣等で、愚鈍で、獣的で、無知で、理性がない存在で、その邪教的魂は救済されなければならない」（ローレン 三七）という考えは、旧約聖書の「ハムの呪い」を持ち出して、「神の御心によって搾取と奴隷化は正当化された」（ローレン 四二）という考えを、特に南北戦争前のアメリカ南部の奴隷所有者が強く主張した。さらに、この人種の優劣、上位・下位、文明と野蛮の二分法から生じる西洋列強の残酷な植民地行為への批判に対しては、もともと人種には優劣があり、植民者が被植民者より優れており、植民地行為はその後のその地域の政治的、経済的発展につながるものとして被植民者にとって有利になるのだ、つまり、後進地域に近代化の恩恵をもたらしたのだからむしろ善行だという、最近でも時々見聞きする近代の植民行為肯定論の、原住民の追放・虐殺と土地の占奪を看過した傲慢不遜な詭弁の主張がなされる場合もある。西洋白人には、文明と野蛮、キリスト教と異教という二項対立的思考が根強く、アンリ・ラタンシが述べるように、「言説は知的なものであると共に、政治支配の道具であり、権力と知識が一体となって、西洋がオリエントを、宗教でも知能でも政治能力でも常に劣ったもの、それゆえ西洋による支配が必要であり、それによってオリエントは恩恵をうけるもの」（三五―三六）という考えが近・現代の五百年のうちに白人の精神の奥底まで浸透している。端的に言って、ディギンズが言うように、啓蒙思想・哲学の矛盾は、「奴隷制度と自由を内包することである」（二一六）が、ホルクハイマー／アドルノが述べるように、啓蒙が追求してきた近代の自由や進歩の思想が、その中に破壊的暴力を含み、呪術や神話の野蛮状態から人間を解放したはずの「啓蒙された文明が現実には未開・野蛮状態に復帰する」（一七）状態が起こり、「進歩が残虐と解放とに対して持つあの二重の関係の中で……啓蒙と支配の弁証法的絡み合い」（三五九）が近代理念の根幹にあって、西洋近代世界を形成しているのだ。ある意味で、白人優越主義は、近代の啓蒙思想の矛盾を典型的に現している。

（5）アメリカ独立革命の理念とホワイトネス

アメリカの独立革命・戦争が、イギリス本国の課税反対に端を発した母国からの政治的、経済的分離・独立を求める軍事的動きになったこととは別に、イギリス国王への忠誠の拒否という君主制を否定しアメリカがよって立つべき政治的、社会的原理・理念として共和主義が主張され、「政府権力の正当性の根拠を被治者の同意におくという『同意による統治』の一般原理に求める」（斎藤眞 一五）という点に、アメリカ独立革命が理念としては、君主制や絶対主義からの民族を解放し人民中心の共和制を確立するという世界革命的な高邁なものであったのだ。この共和主義の思想的基となったのはイギリスのジョン・ロックやトマス・ペイン等の啓蒙思想であることは通説となっているが、ゴードン・S・ウッドは、「一八世紀中期は新古典主義の時代で、一八世紀の啓蒙時代の人間は、B・C・一世紀からA・D・二世紀ごろのローマの啓蒙思想（The Roman Enlightenment）のキケロ、サルスティウス、タキトス、プルータークなどのローマ共和国が崩壊していった時代のペスミスティックな作家たちを読み、崩壊する前のローマ共和国盛期の秩序ある単純さと美徳を求めた」（ウッド 五一）と指摘する。この共和制の特徴は、公共の善（the common good, the public good）に奉仕するためには、個人の欲望や権利を抑えることと、人民には、「慎み、節制、堅固、威厳、独立心」（ウッド 五〇）等が強く求められた。これに近い精神がベンジャミン・フランクリンの一三の徳目に現されていることは一目瞭然であるが、この公共第一主義は、当時の思想家で医者で独立宣言文の署名者の一人でもあるベンジャミン・ラッシュによって、「共和国のあらゆる人間は公共の財産（property）である。……その人間の時間も才能も、その青春時代、大人の時代、老年期、いやそれ以上に生命そのものすべてが国のものである」（三二）とまで言われると、君主制に反対したはずの共和主義が絶対主義に近づく面もある。

　共和主義の政治、社会思想は、人民の自由と平等と、一部の少数の支配者の支配による君主制にはよらない法の支配が中心となる。それは、選ばれた支配者は公僕（the servants of the public）であり、国家は統治されたものの同意（the consent of the governed）に基づくという理念が強く主張され、近代民主主義の基礎となる理想が表明される。

　ただ、ゴードン・S・ウッドは、彼の共和主義論の中で人種の問題にはほとんど言及しない。人種の問題を独立革命の中で考慮しなければ、アメリカの共和主義の理念は民族解放の理想を現実化した名誉に浴することになり、実際にこの独立革命の理念がアメリカの偉大さの象徴であり、アメリカは自由の大地、開かれた理想の国であると今でも主張する者もいるし、実際にアメリカが近代の共和主義の理念を社会と政治の場でかなり実現した国であることも確かであろう。ただ、現実のアメリカの独立革命は、先住民族のインディアンを追放、虐殺し、土地を収奪し、さらに、黒人奴隷制度が社会の基盤に導入された状態でなされている。シドニー・カプランは、このアメリカの独立革命による建国には「国家の罪」（三一二）があると主張している。この共和主義の理念の高邁さと現実の人種差別の残酷さの大きな落差やその思想の矛盾と分裂をいかに考えるかという悩ましい大きな問題が残っている。

マシュー・F・ジェイコブソンによれば、独立革命に関わった人たちは、「共和国の民主政体に合うかどうかを基礎にして人々を受け入れたり排除したりした」（一七）のだ。その場合、独立したばかりのまだ不安定な社会にとって重要な人民は、アメリカ国民生活に適合でき、社会の役に立つ人間であり、最も強く主張された人間性の中核の原理は、独立心（independence）と「自治に適合すること」（fitness for self-government）であった（七四）。逆に、「無知で堕落した人たちやアメリカの制度や慣習・方法に同化できず、自己統制もできない人たちによって政府はコントロールできないし」（七二）、「この国の理想を維持するためにはある種の人種を差別する必要がある」（八七）という主張がなされた。この白人中心主義の考えからは、「無知で堕落した人間」の中にインディアンや黒人奴隷が含まれ、人間以下の存在とみなされていたし、アジア系、アイルランド系やイタリア系も、建国当時は排除の対象になった。したがって、「ホワイトネスに基づく内包と排除は共和主義の原理と矛盾しないし、むしろそれを作ったのだ」（ジェイコブソン 二六）という主張も出てくる。つまり、共和主義の理想の実現のためには、人民は「自治に適合した」人間であらねばならないし、それはアングロサクソンを中心とした白人でなければならないという、強烈な排除の論理が主張されたのだ。これは明らかに共和主義の根幹にある自由と平等という思想とは大きく矛盾する。つまり、独立宣言文の「あらゆる人間は平等に作られている」という文言の中の「あらゆる人間」の中からインディアンと黒人は峻拒されていた。近代西洋列強の植民地主義が作った政治、経済、文化、人種の諸問題と、啓蒙主義とその理想の政治的、社会的実現としてのアメリカ共和主義は、特に、人種の面で大きな矛盾と分裂を含んでいる。その矛盾や分裂がここ数年ヨーロッパとアメリカで起こっているテロリズムの大きな原因となっていることは論を俟たない。近・現代世界の土台を形成した思想的理念として啓蒙主義と共和主義が抱え込んだ大きな矛盾と分裂の闇——それは西洋文明の闇、また、ホワイトネスが抱え込んだ闇でもある——を直視し、その問題点を剔抉することからしかテロリズムの解決策はないと思われる。

4　おわりに——メルヴィルとエリスン

ここで、アメリカ文学の中で、ホワイトネスについて唯一といってよい本格的な言及をした『白鯨』の四二章「鯨の白さ」についてメルヴィルの見解を踏まえておきたい。メルヴィルは、ホワイトネスから受ける人間の感情とそれに対して持つ認識の二面性、その矛盾と分裂を徹底的に掘り下げる。いわく、白さ（ホワイトネス）は、卓越し、崇高で、高貴で、聖なる色であり、また、無垢なる、甘美な、喜びの色でもある。この色は人間の気品と美しさ、無垢と純潔と卓越性と高潔さ、宗教的神聖さ等を象徴するものとして考えられ、「神聖ローマ帝国は、この高貴な色を以て皇帝の色とした。この白色の卓越性は人類そのものにも適用され、白人をして他の肌の浅黒い連中の上に立つべき理想とすることにもなった」（『白鯨』一六三）と、メルヴィルは、ここでは表面的には、当時の白人至上主義を肯定する言説ともとれる表現をする。他方、白さの否定的側面として、白熊、白いサメ、白馬、アホウドリ、白子、経帷子等の白さに言及し、不気味さ、恐怖心、悪魔性、死の恐怖、空虚、虚無等を人間にもたらす色として提示する。そして、「白は、精神的なものの一番意味深い象徴であり、いや、キリスト教の神のヴエールそのものでありながら、同時に、人類にとって一番恐怖すべきものを象徴する強烈な符丁なのである」（『白鯨』一六九）と、人間が白色から受け取り、またそれに対して持つ象徴的意味を結論付けるが、さらにメルヴィルは、色についての彼の科学的な認識を披瀝し、次のように書く。

あらゆる色は固有の実態ではなく、外部から転嫁されたもので、いわば巧妙な欺瞞である……自然のあらゆる色彩を作り出す神秘的化粧法の原理、かの大いなる光学理論を考慮するならば、光線は、それ自体としては、つねに白もしくは無色であって、……生気を失った宇宙は癩患者のように我々の眼前に横たわる……そして、あの白鯨こそが、これらすべての象徴である。（一七〇）

メルヴィルのこの白さについての認識は、古代から人間が白さから受ける感情と認識の肯定と否定の二面性を述べ、その矛盾と分裂を指摘し、結論的には色を作り出す光線は無色であり、広大無辺の宇宙の虚無性を強調する。この「白鯨の白さ」の章の基本的語調にはメルヴィルの人生や世界についての深いニヒリズムが潜んでおり、色としてのホワイトネスについての人間の過剰・過大な反応に批判的であり、したがって、人種の問題に関していえば、「白人をして他の浅黒い連中の上に立つべき理想」とする西洋の人種観も否定されていると考えられるのであるが、ただ、ここでメルヴィルは、人間は生きていく限り、このホワイトネスの二面性の矛盾と分裂を抱えて生きていかざるを得ない、と考えていたようにも読める。だが、メルヴィルの文章から、人間が生きる現実の場においては、何か有効な指針が得られるわけではない。

ホワイトネスの非ホワイトネスに対する差別と弾圧が深く社会に浸透し、ホワイトネスが権力やヘゲモニーを握っている社会の現実があるなかで、それらが、ごく徐々にではあるが変化し軽減されている兆候もみえながらも、なお、差別と弾圧がある現実の中で、ホワイトネスと非ホワイトネスの関係はいかにあるべきかという、大きな悩ましい問題がある。例えば、人種問題に対する鋭い提言をしてきたベル・フックスは、アメリカのレイシズムが黒人に及ぼす状況を以下のように指摘する。

支配のいろいろなシステムや帝国主義や植民地主義を通して、レイシズムはブラックネスを否定的に受け入れることを内面化させ、自己嫌悪に至らしめ、屈服させるが、白人の価値観や言葉や生き方を受け入れて白人を真似ようとする黒人は、同時に疑いと恐れと憎しみさえ持ってホワイトネスを見続けるのだ。（一六六）

そして、フックスは、このような黒人のブラックネスに対する劣等感の内面化と安易な白人社会への同化は黒人のアイデンティティの崩壊と、「内在化した人種差別との共犯性」（フックス 一四一）につながるとして、「同化」への傾向に強い警鐘を鳴らす。このフックスの考えは、黒人の置かれた状況と問題点の鋭い指摘であるが、マルコムXの考えに近いホワイトネスとの対立的、分離的思想でもあり、多人種、多民族、多文化社会のアメリカの現実を考えた場合、人種や文化を分断しその間に壁を作ることにもなり、それほど建設的とは言えない。弾圧され差別された者が公正と正義と平等を求めることは当然であろうが、その方法として、差別した者に対する対立的、闘争的方法だけでは、憎しみと暴力の連鎖を生み出し、結果的には、生命そのものを否定する状況を生み出すことを、ジェイムズ・ボールドウィンは『アメリカの息子のノート』の中で、「欲望と怒りの網の目の中で、白人と黒人はただ刺し違えて（thrust and counter-thrust）、お互いの、ゆっくりした、強烈な死を望むだけで……、両方とも奈落の底に落ち込むのだ」（二二）と述べる。ボールドウィンは、「抑圧された者と抑圧する者も同じ社会の中に一緒に結び付けられ、同じ価値基準を受け入れ、同じ信念を共有し、ともに同じ現実にたよって生きているのだ」（二一）と、「アメリカの夢」が「幻想」であり、「太陽に照らされた牢獄」（the sunlit prison of the American dream）（一九）であるという認識を示しながらも、違いや対立点より、類似点や共通点を求める重要性を指摘する。ボールドウィンに近い視点を示すのは、ラルフ・エリスンが『見えない人間』の主人公に言わせる次の言葉である。

祖父は原則のことを言っていたに違いない。……この国がその上に立って建設されている原則（the principle on which the country was built）を、われわれも肯定すべきだということを……その原則は人間より偉大であること（the principle was greater than the men）、数や、不正な権力や、その名前を傷つけるために用いられた一切の手段よりは、偉大であると、悟っていたからなのか？ 彼ら自身が封建時代の混沌と暗黒の中から夢を描いて実現させたものであるのに、その彼らがそれに違反し、彼ら自身の堕落した頭で考えてすら不合理と思える程度にまでその存在を危なくしている、あの原則のことを、祖父は言っていたのか？（四六二）

「原則」とは、勿論独立宣言文の中の自由と平等と幸福を追求する権利の意味であるが、白人は、その原則を封建時代から脱却して建国の「夢」として実現しながら、その原則に違反して、自由と平等の精神を踏みにじり、非白人を差別と弾圧の対象としたと指摘する。そして、この文章で重要なのは、自由と平等を踏みにじられた非白人が、「人間より偉大」な原則を「我々も肯定すべきだ」と言って進むべき未来の目標として掲げ、結果的には、白人との共存を示唆していることである。この視点は、以前論及したゲイツやバーバやサイード等が言う、ヘテロ的、ハイブリッド的交じり合いの精神の重要性の指摘に通底する。アメリカの人種の問題の向かうべき方向性は、自他の相互性の受け入れ、共存の精神を現実の社会の場で実現していくことであろうが、それを、ハーバーマスは次のように指摘する。

「語りかける人」と「語りかけられる人」という対話の役割を相互に引き受けることによって、……互いに相手の視点を取り込みあうこうしたダイナミズムを土台にして、共通の解釈の地平が共同で生み出されていくのです。そしてこの解釈地平の中で双方は、たとえば自民族中心主義的に相手を取り込んだり、あるいは逆に向こう側に乗り換えるといった解釈ではなく間主観的に共有された解釈という成果にたどり着くことができるのです。（二三—二四）

そして、ハーバーマスは、「多元社会における複雑な生活状況に適うのは、……万人に対して同じ敬意を払うという厳格な普遍主義しかありえない」（一四）と言う。この考えは、ジュリア・クリステヴァの「様々な差異を調和のうちに捉えなおす」（五）精神の在り方に近く、また、ホルクハイマー／アドルノが言う、「人類は一つだ」という「リベラルなテーゼは理念としては真実である」（三五二）という考えにつながる。「理念としては」という条件の中には、人種の差異や多様性が含意され、それらの個別性を認めながらも乗り越えて、という意味が含まれている。多元社会の人種、文化、伝統、宗教等の違いを超えた「人類は一つ」という理念に対して敬意を払うことの重要性を認識して、ホワイトネスと非ホワイトネスが「共通の解釈の地平」で「厳格な普遍主義」の価値観を持って生きる場を見出す努力が必要とされる。

＊本論文は、『西南学院大学英語英文学論集』第四八巻一・二号合併号　平成一九年一一月に掲載した「アメリカの60年代と文化戦争」に大幅な削除と加筆を施したものである。

引用文献

翻訳書の文章は適宜参照させていただいた。

Asante, Molefi Kete. “Multiculturalism: An Exchange.” *American Scholar* 60 (Spring 1991): 267–76.

Arrighi, Giovanni, Terence K. Hopkins & Immanuel Wallerstein. *Antisystemic Movements*. London and New York: Verso, 1989.

アリギ、G／T・K・ホプキンス／I・ウォラースティン『反システム運動』太田仁樹訳 大村書店、一九九三年。

Baldwin, James *Notes of a Native Son*. Boston: The Beacon Press, 1955.

Bhabha, Homi K. *The Location of Culture*. London and New York: Routledge, 2004.
バーバ、ホミ・K『文化の場所：ポストコロニアリズムの位相』本橋哲也、正木恒夫、外岡尚美、阪元留美訳 法政大学出版局、二〇〇五年。

Bloom, Alan. *The Closing of the American Mind*. London: Penguin Books, 1988.
ブルーム、アラン『アメリカン・マインドの終焉』菅野盾樹訳　みすず書房、一九八八年。

Diggins, John P. "*Slavery, Race, and Equality: Jefferson and the Pathos of the Enlightenment.*" *American Quarterly* 28–2 (Summer 1976): 206–28.

Du Bois, W. E. Burghardt. *The Souls of Black Folk: Essays and Sketches*. London: Archibald Constable & Co., Ltd., 1905.
デュボイス、W・E・B『黒人のたましい』木島始、鮫島重俊、黄寅秀訳　岩波書店、一九九二年。

Ellison, Ralph. *Invisible Man*. London: Penguin Books, 1947.
エリスン、ラルフ『見えない人間』橋本福夫訳　早川書房、一九六八年。

Frankenberg, Ruth. "Introduction: Local Whitenesses, Localizing Whiteness." *Displacing Whiteness: Essays in Social and Cultural Criticism*. Ed. Ruth Frankenberg. Durham and London: Duke UP, 1997: 1–23.

Gates, Henry Louis, Jr. *Loose Canons: Notes on the Culture Wars*. Oxford: Oxford UP, 1991.

Gates, Henry Louis, Jr. "Editor's Introduction: Writing 'Race' and the Difference It Makes." "Race", *Writing, and Difference*. Ed. Henry Louis Gates, Jr. Chicago and London: U of Chicago P, 1986: 1–19.

Gitlin, Todd. *Why America Is Wracked by Culture Wars: The Twilight of Common Dreams*. New York: Metropolitan Books, Henry Holt and Company, 1995.

ギトリン、トッド 『アメリカの文化戦争——たそがれ共通の夢——』 疋田三良、向井俊二訳 彩流社、二〇〇一年。

Harris, Cheryl I. "Whiteness as Property." *Harvard Law Review* 106.8 (June 1993): 1710–91.

hooks, bell. "Representing Whiteness in the Black Imagination." *Displacing Whiteness: Essays in Social and Cultural Criticism.* Ed. Ruth Frankenberg. Durhum and London: Duke UP, (1997): 165–79.

Hoskins, Linus A. "Eurocentrism VS. Afrocentrism: A Geopolitical Linkage Analysis." *Journal of Black Studies* 23.2 (December 1992): 247–57.

Hunter, James Davidson. *Culture Wars: The Struggle to Define America.* New York: Basic Books, 1991.

Jacobson, Matthew Frye. *Whiteness of a Different Color: European Immigrants and the Alchemy of Race.* Cambridge, Massachusetts, London, England: Harvard UP, 1998.

Jameson, Fredric. *The Ideologies of Theory: Essays 1971–1986*. Vol. 2. Minneapolis: U of Minnesota P, 1988.

ジェイムソン、フレドリック『のちに生まれる者へ——ポストモダニズム批判への途——一九七一—八六』鈴木聡、篠崎実、後藤和彦訳 紀伊国屋書店、一九九三年。

Jennings, Francis. *The Invasion of America: Indians, Colonialism, and the Cant of Conquest.* Chapel Hill: U of North Carolina P, 1975.

Jordan, Winthrop D. *White over Black.* New York: Norton, 1977.

Kaplan, Sidney. "Herman Melville and the American National Sin." *Journal of Negro History* 41 (1956): 311–38.

López, Alfred J. "Whiteness after Empire." *Postcolonial Whiteness: A Critical Reader on Race and Empire.* Ed. Alfred J. Lopez. Albany: State U of New York P, 2005: 1–30.

Melville, Herman. *Moby-Dick*. A Norton Critical Edition. New York: W. W. Norton & Company. Inc., 1967.

メルヴィル、ハーマン『白鯨』八木敏雄訳　岩波書店、二〇〇四年。

Ravitch, Diane. "Multiculturalism: E Pluribus Plures." *The American Scholar* (Summer 1990): 337–54.

Said, Edward W. *Culture and Imperialism.* New York: Alfred A. Knopf, 1993.

サイード、エドワード・W・『文化と帝国主義I』大橋洋一訳　みすず書房、一九九六年。

Rush, Benjamin. "On the Defects of the Confederation." (1787) Ed. Dagobert D. Runes. *The Selected Writings of Benjamin Rush*. New York: Philosophical Library, 1947.

Schlesinger, Arthur M. Jr. *The Disuniting America: Reflections on a Multicultural Society.* New York and London: W.W. Norton & Company, 1992.

シュレジンジャー・ジュニア、アーサー『アメリカの分裂：多文化社会についての所見』都留重人監訳　岩波書店、一九九二年。

Wallerstein, Immanuel. *Geopolitics and Geoculture: Essays on the Changing World-System.* Cambridge: Cambridge UP, 1991.

ウォラーステイン、イマニュエル『ポスト・アメリカ――世界システムにおける地政学と地政文化――』丸山勝訳　藤原書店、一九九一年。

Ware, Vron and Les Back. *Out of Whiteness: Color, Politics, and Culture*. Chicago and London: U of Chicago P, 2002.

Wood, Gordon S. *The Creation of the American Republic, 1776–1787*. New York: Norton, 1969.

アッシュクロフト、ベル／ガレス・グリフィス／ヘレン・ティフィン『ポストコロニアルの文学』木村茂雄訳　青土社、一九九八年。

河野健二「一八四八年と資本主義の発展」『思想』六四五号、一九七八年。

クリステヴァ、ジュリア『外国人――我らの内なるもの』池田和子訳　法政大学出版局、一九九〇年。

斎藤眞・五十嵐武訳、斎藤眞解説『アメリカ古典文庫一六　アメリカ革命』研究社、一九七八年。

ジェファソン、トマス『ヴァージニア覚書』中屋健一訳　岩波書店、一九七二年。

竹沢泰子「人種概念の包括的理解に向けて」竹沢泰子編『人種概念の普遍性を問う』人文書院、二〇〇五年九―八三。

徳永恂『ヴェニスのゲットーにて――反ユダヤ主義思想史への旅』みすず書房、一九九七年。

バートレット、ロバート『ヨーロッパの形成』伊藤誓、磯山甚一訳　法政大学出版局、二〇〇三年。

ハーバーマス、ユルゲン『引き裂かれた西洋』大貫敦子他訳　法政大学出版局、二〇〇九年。

樋口映美「解説――文化戦争の概念と理念」トッド・ギトリン『アメリカの文化戦争――たそがれ行く共通の夢――』彩流社、二〇〇一年　二七七―三一五。

ピンカー、スティーヴン『人間の本性を考える（中）――心は空白の石板か――』山下篤子訳　日本放送協会、二〇〇四年。

ファノン、フランツ『地に呪われたる者』鈴木道彦、浦野衣子訳　みすず書房、一九七九年。

フェリー、リュック／アラン・ルノー『六八年の思想──現代の反─人間主義への批判』小野潮訳　法政大学出版局、一九九八年。

フックス、ベル「白人至上主義を克服する戦い」楠瀬佳子訳『現代思想』一九巻九号、一九九一年　一四〇─四六。

フレドリクソン、ジョージ・M・『人種主義の歴史』李孝徳訳　みすず書房、二〇〇九年。

ホルクハイマー／アドルノ『啓蒙の弁証法──哲学的断想──』徳永恂訳　岩波書店、二〇〇七年。

ポリアコフ、レオン『アーリア神話』アーリア主義研究会訳　法政大学出版局、一九八五。

ラタンシ、アンリ「人種差別主義とポストモダニズム」(上) 本橋哲也訳『思想』一九九六年一〇月　三一─五四。

ルーンバ、アーニァ『ポストコロニアル理論入門』吉原ゆかり訳　松柏社、二〇〇一年。

ローレン、ポール・ゴードン『国家と人種偏見』大蔵雄之助訳　ＴＢＳブリタニカ、一九九五年。

トニ・モリスン『ビラヴド』——所有する「者」とされる「物」

銅堂恵美子

「教えてくれ、スタンプ」ポールDの目はショボショボしていた。「教えてくれ。クロンボはどれだけ耐えなきゃならんのだ？ 教えてくれ。どれだけだ？」

「精一杯だ」スタンプは答えた。「できる限りだ」

「なぜだ？ なぜだ？ なぜだ？ なぜだ？ なぜだ？」

トニ・モリスン『ビラヴド』

トマス・D・モリスは「奴隷制度の根本的付帯条件の一つは、奴隷が所有権の対象物であり、奴隷がモノであったということである」（五七）と述べる。つまり奴隷が人間ではなく、所有の対象物である事こそ、奴隷制度を可能にさせたのであり、モリスは奴隷制度における所有概念の重要性を指摘している。奴隷制度を描いた『ビラヴド』においても、所有の問題は散在している。ポールDが唯一「所有」することが出来たのは、白人の手の届かない空の「小さな星」であったし、性的虐待を受けながら年季奉公として働くエイミー・デンヴァーが自由の身になって初めて考えたことはベルベットの「所有」である。またセサの子殺しは、子どもの命を支配、「所有」した結果と考えることも出来る。そして当然ながら黒人の身体を「物」と定義し「所有」する白人主人と、身体を「物」と定義され、人格を破壊され、トラウマを与えられた黒人奴隷たちの苦しみが描かれている。

『ビラヴド』における所有という問題の重要性はすでに批評家によって指摘されている。セサの逃亡シーンに登場する言葉――「肉体的に自由になる事以上に、自由になった自己の所有権を主張する事」（八八）[1]に注目し、その重要性を主張したドリーン・ファウラーや、「主張する《クレイム》」という単語の頻発に注目したうえで、ディーン・フランコは所有とトラウマの関連性を述べ、「所有《プロパティ》こそ、この小説の重点である」（四二五）と述べている。また、近年ではエリザベス・アンカーが権利という概念に関連させて所有の問題にわずかながら言及して『ビラヴド』を論じている。

このように、『ビラヴド』における所有という問題の重要性は明白であるが、これらの研究では、所有という概念の定義について詳細な議論が行われていないように思われる。そこで本稿ではまず、奴隷制度における所有概念の重要性とその定義を振り返り、さらには所有という問題が、ホワイトネスをめぐる問題と密接に関係していることを考察したい。尚、ホワイトネスとは、単に白い肌を意味するのではなく、ルース・フランケンバーグが主張するように、それは「人種的特権」（一）であり、社会的構築物と捉える必要がある。そしてホワイトネス構築に一翼を担うのが、法である。イアン・ヘイニー＝ロペスは、人種的境界線を固定し、人種的特権や不利益を特定する役割を担うのは、法であると主張している。また、ホワイトネスと所有の問題を論じたシェリル・ハリスが強調した論点も、ホワイトネス構築における法の極めて重要な役割である。そこで本稿では、所有概念において重要とされる法の問題と絡めて『ビラヴド』を考察することで、所有、法、人種といった概念の密接した関係性を明らかにしていきたい。

1　所有について

まず、所有《プロパティ》の概念を確認したい。一般的に、所有とは「物」であると考えられる傾向にあるが、政治学者であるC・B・マクファーソンは、所有とは「制度であり、概念である」（一）と述べたうえで、それが極めて「政治的」（四）なものであることを強調している。マクファーソンによれば、所有＝「物」という考えは誤解であり、所有とは、歴史的、論理的にみて、権利の問題である。つまり、所有とは「物」ではなく、物に対する「権利」であるというのである――「所有を構成するのは、法的権利である。有形物の、および有形物に対する強制的、排他的権利なのである」（六―七）。

この考えは人種問題と所有の関係を論じたハリスにも共通するものであり、ハリスは所有とは「物」ではなく、権利であると主張している（一七二五）。つまり所有とは、「物」そのものではなく、「物」を所有する「権利」ととらえる必要がある。尚、「権利」とはつまり、マクファーソンが述べるように、「法的権利」である。ジェレミ・ベンサムは、所有物の保護や保証は法によってのみ可能になると述べたうえで、所有と法の深い関連性を示している――「所有と法は同時に生まれ、同時に死ぬ。法が制定される以前に所有権はなく、法を取り去れば所有権は終わるのである」(三〇九)。

　このように所有とは権利の問題であり、つまり法が深く関係する。この点を踏まえたうえで、ハリスはさらに議論を進め、アメリカにおける所有権の起源とは、人種的支配に根付いたものであると主張する。

> アメリカにおける所有権の起源は、人種的支配に根付いたものである。建国初期でさえ、黒人やインディアンを抑圧したのは人種概念だけではなかった。人種的、経済的従属関係を構築し、維持する役割を担ったのは、むしろ人種概念と所有概念の間の相互作用であった。(一七一六)

ハリスによれば、アメリカの起源である、インディアンやインディアン文化排除・征服は、西洋白人によるインディアンの土地に対する所有権の主張と正当性によって承認された。神から与えられた土地を有効活用せず、「無主地」の状態にしているインディアンにはその土地の所有権はないのであり、自分たちの土地の利用法こそが正当であるというアメリカ創始者たちの姿勢こそが、アメリカにおける所有権の基礎となったとハリスは述べている（一七一六）。そして彼らの姿勢を支えたのが、ジョン・ロックによる労働に基づく所有論である。アメリカの『独立宣言』への影響などからも、ロックは「アメリカの哲学王」（サブラータ　二三三）と呼ばれているが、彼は、当人が労働を加えて生産したものはその当人に属するとした所有論を唱えた。この所有論はアメリカで広く普及したが、しかし、この理論は黒人には適用されなかった。それは黒人が人間ではなく「物」とみなされたからである。黒人は「物」であると定義されたことにより、その労働力が搾取された。そしてこの定義が法制化され、文章化されることによって、その正当性が保証されたのである。

そもそも黒人を「物」と規定する法律はすでに一七〇五年ヴァージニア州法において存在した。一七〇五年、ヴァージニア州において、黒人はすでに「動産」と規定され、全ての人権を黒人から奪うことが法によって規定され、正当化されていたのである（ヒギンボーサム　五〇、五八）。法律において奴隷が「動産」と定義されて以来、黒人を「物」として売り買いし、結婚、出産、子育てといった権利はすべて黒人から奪われ、それは所有者により営利目的のために自由に操作された（バーンハム　一八九）。そしてこうした非情な行為は法の名のもとに正当化されたのである。このように、アメリカにおける所有の問題とは、単に物を所有するという単純なものではなく、権利、法、人種といった要素が複雑に絡み合った問題なのである。

2 所有者「先生」——法、ペン、インク

では『ビラヴド』において所有、法、人種といった問題はどのように描かれているだろうか。まず、白人所有者であり、ポールDが世界でもっとも危険だと恐れる「先生」に注目することで、奴隷制度において「物」と定義された奴隷と所有者の関係を考察したい。

「温情的」奴隷主であったとされるガーナーの死後、[2] スウィートホームで「唯一の白人」、また「唯一の白人女性」(三五) であることに不安を感じたガーナー夫人の元にやってきた新たな奴隷主が「先生」であるが、彼の特徴は、奴隷を「物」と定義し、すべての権利を黒人から奪うことを正当化する法を極めて重要視していることである。

ガーナーがやったことは法律に違反しているんだ。自分の躰を買い取るために、クロンボが自由時間に外で雇われるのを許すなんて。彼はクロンボに銃まで持たしたんだ。ガー

ナーはあのクロンボたちに交尾させて、クロンボの数を増やしたと思うかい? するもんか! 彼は奴らがケッコンするように計画してたんだ! まったくあきれた話じゃないか。

（二一六）

「先生」は法律で禁じられていた奴隷による武器の所持を許可していたガーナーのやり方を批判したが、中でも最も「先生」を驚かせたのは、ガーナーが動産を増やすために奴隷を利用しなかったことである。白人主人にとって更なる労働力と財産となる子を産む存在である黒人奴隷女性を利用せず、黒人同士を「結婚」させたガーナーに対し、「先生」は怒りと軽蔑を感じるのである。(4)(3)

動産を増やす手段としての生殖能力は奴隷制下において大きな価値がおかれ、黒人女性奴隷はその労働力と生殖能力の両方の観点から高く評価されると同時に、白人主人によって管理・支配される対象となったが（バーンハム 一九八）、特に母親が奴隷であれば、その子どもは母親の立場を引き継ぎ奴隷とされるという法が制定されて以来、黒人女性奴隷の存在は白人主人に大きな経済的恩恵をもたらすこととなった（ヒギンボーサム 四四）。セサは、「先生」自慢の奴隷であったが、その理由は、何よりも彼女が「少なくともあと一〇年は生殖可能」

（一四一）であるからであり、まさに「費用をかけずに再生産してくれる資産」（二一八）だからであった。

黒人を動産と規定し、さらには黒人女性から生まれた子どもを母親の身分を引き継ぎ奴隷とみなすという法の規定は、奴隷制度において法が白人所有者にとって都合良く変更されてきたアメリカの歴史を想起させる。ハリスは、子どもは父親の立場を引き継ぐというかつての法律が逆転し、母親の立場を継ぐようになったことで、奴隷所有者が多大な利益を得るようになったことを指摘している（一七一九）。つまり、奴隷制度における所有者と所有物とされた奴隷の間の境界線は、法により強化され、その強化のため法は修正されたのである。

このように、法を尊び、法を利用して最大利益の獲得を志向する「先生」にとって最も重要な行為は、「書くこと」である。ノートとペンを持ち運び、奴隷たちの言動を常に書き留めることこそ彼にとって最も重要な作業である。

あの男はわたしが作ったインクがお気に入りだった。奥様の調合法だったけれど、混ぜ方はわたしの方のを気に入ってたんだよ。夜になると座って、自分の帳面に何やら書き込んで、インクの滑りは彼にとって重大ことだった。それはわたしたちのことを書いた帳面だったけど、わたしたちはみんな、それがすぐにはわからなかった。わたしたちに質問するのは、彼のやり方なんだと思ってたぐらいだった。どこへ行くにも帳面を持ち歩き、わたしたちがいうことは何から何まで書き留め始めたんだよ。（二三五）

エリザベス・アンカーやアニータ・ダーキンなどが指摘しているように、「先生」の書くことへの執着は注目に値する。『ビラヴド』において、セサにトラウマ的記憶のフラッシュバックを引き起こす初期の引金となるのは、「先生」が好んで使っていた「インクの香り」（六）であると同時に、「ノート」は、ポールDが「胸のあたりに収めた刻みたばこの缶の中」（一〇六）に閉じ込めた記憶の一つである。さらに「先生」が好むインクを調合していたという事実に対するセサによる言及は作中繰り返され（九一、一四一、一八八、二一〇、二五七）、インクとノートという道具がセサやポールDを苦しめる凶器のようなものとして描かれていることは明らかである。事実、セサが「先生」の甥に母乳を奪われた時、セサの記憶に深く残っているのは、「先生」がそれを観察し、ノートに書き留めていたことである（六六）。

このように、「先生」による書くという行為はセサに深い傷を与えているが、その主要な例として、「先生」が甥たちにセサを含めた奴隷たちの動物的要素と人間的要素を二分割させ、ノートに記述させている場面がある。

「先生」は生徒に喋っていて、私は彼が「きみはどっちを書いているのかね?」と言っているのを聞いた。あの小僧っ子の一人が言った。「セサです」自分の名前が聞こえたので立ち止まり、あの人たちがしていることが見えるところまで二、三歩進んだ。「先生」は一人の生徒の上にかがみ込み、片手をその子の背中に置いていた。人差し指を二度ほど舐めてから、二、三頁めくった。ゆっくりとね。「違う。違う。それじゃ、違う。彼女の人間的な特徴は左側に書けと言ったはずだ。動物的な特徴は右側だ。二列に並べるのを忘れるな。」(一八三)

奴隷の行動を人間的特徴と動物的特徴に振り分け、それらをノートに記述するという行為は、観察、そして記録といったまるで科学実験を行っているようである。この他にも、「先生」は、奴隷の身体を測量し、その結果の数字をノートに記述したりしている。これらの行為は、人種理論として活用された骨相学のような疑似科学への信奉を示すと同時に、黒人の動物的特徴という非人間的要素を作り上げ、記述することにより黒人の人間性を否定する行為である。アンカーが、『ビラヴド』において書くという行為は、非人間化の構図を正当化し、強化していると主張するように、「先生」の書く、記述するという行為は、まさに黒人を非人間化し、それを正当化する行為であると考えられる（三二二）。

書く行為よって奴隷を動物的と規定し、動産としての身分を正当化する「先生」は、「定義する自由とは定義をする権力をもつ側にあるのであって、定義される者にあるのではない」（一八一）と断言する人物である。つまり、彼にとって「定義する者」とは自分や甥を含めた白人であり、黒人奴隷とは白人によって「定義される」存在である。そして、定義を作り出す手段となるのが、書くという行為である。

ジェニファー・ハイナートは、『ビラヴド』において書く行為や読み書き能力とは、「先生」が述べるところの「定義する者」に属すものであり、人間性を決めるのも、「定義する者」である白人であると主張する（八〇）。つまり、書く行為とは、「定義する者」である白人に与えられた特権なのであり、白人こそ何が人間的で何が動物的かを定義する権利を与えられた存在なのである。ポールDが馬具の一種であるハミをつけられ、言葉を奪われている姿や、ハミをつけられすぎて、常に笑顔になってしまったセサの母の姿に描かれているように、ハミという拷問具が象徴するのは、黒人奴隷からの言語の収奪である。読み書きや発話といった言語の自由を奪い、それらの権利をすべて白人に帰属させることで、白人は黒人を動産として支配したのである。

ハミが象徴するように、黒人奴隷からは発言する権利が奪われていたが、さらに元を辿るならば、アフリカから連れてこられた奴隷たちにとって、英語は母語ではなく、そもそもかれらの母語は奪われていた。セサの母や育ての親であるナンが話していた言語をセサが忘れてしまったというエピソードや、シックソウが「英語には未来はない」（二四）と言って、英語を話さなくなったエピソードにあるように、英語は彼らの母語ではなく、彼らを強制連行した支配者の言語なのである。(5) よって、『ビラヴド』において書くという行為を行うのはもっぱら白人所有者である「先生」や甥たちである。一方母語を奪われ、言語の自由を奪われたセサやベビー・サッグス、ポールDやシックソウといった奴隷たちは、「言葉を不明瞭に濁し、ごろを合わせたり、発音を変えたりして、一つの音が二つ以上の意味にとれるように歌」ったりする（一〇一）。

そもそも法とはテクストであり、文章化された規律である。法が、記述された文章であることを考えた場合、法を信頼する「先生」が、書く行為に執着していることの説明がつくだろう。「先生」の書く行為は、白人に都合のよい定義を生み出し、それを明文化、および法制化することにより、黒人奴隷の非人間化を正当化した支配の仕組みを顕示している。ハーレは「カンジョウができなきゃ奴らに騙される。ヨミカキできなきゃ奴らにやられちまう」（一九八）と述べ、読み書きや計算能力の重要性を述べるが、彼は支配の仕組みに気づいていたのであろう。黒人を所有物とした奴隷制度を支えていたのは、セサやポールDが恐れるインクやノートなのであり、その危険性こそ、セサに「わたしの子どもたちにはノートも巻き尺もいらない」（一八八）と言わせ、子殺しに至らせたものである。

書く行為によって奴隷の立場を定義した「先生」は、その定義を奴隷に植え付けることを「再教育」とした。ガーナーによって意思をもった「男」として扱われていたスイートホームの奴隷たちに「動産」としての立場を教え込むこと、それは「先生」にとって「再教育」であったのだ。そして彼の「再教育」は、ポールDに大きな影響を与えた。

ミスターは、奴はありのままの姿で生き、存在し続けることが許されていた。だが俺は、ありのままの自分でいることも、いつづけることも許されていなかった。あんたが奴を料理しても、あんたはミスターっていう名のおんどりを料理してることになるわけだ。ところが、生きようが死のうが、俺には二度と再びポールDに戻る途がなかったんだ。「先生」がおれを変えちまった。おれは何か他のものになっていた。しかもその他のものってのが、陽を浴びて桶の上に座ってるにわとりより取るに足りないものなんだよ。（六八）

ここでポールDは、「先生」によって「男」から動物以下の「物」へと「変えられた」苦しみを語っている。「男」としての自覚を失い、動物以下の「物」としての認識を植え付けられたポールDは、奴隷としての身分を自覚するかのように愛することに制限をかけ、「少しだけ愛する」（二二一、一五四）ことを決意する。

3　黒人奴隷＝物という定義の不安定性

しかし、「先生」の「再教育」によっても、その人間性を維持し、黒人を非人間化しようとする白人支配者へ抵抗し続けた人物が存在する。その人物こそ、奴隷でありながらも最後まで「男」であり続けたとポールDが尊敬し愛するシックソウである。シックソウは、黒人を動産と規定する白人支配に最後まで抵抗すると同時に、その規定の矛盾を暴く存在である。

「先生」によって銃を奪われた結果、以前のように狩りができなくなったため、空腹になり、子豚を殺して食べたシックソウは、それを盗みであると定義する「先生」に対し、「あなたの財産の価値を高める行為です」（一八二）と論駁する。シックソウはここで、黒人奴隷が動産であるという言説を逆手に取り、「先生」の述べる「盗み」という定義を打ち砕くのである。また「英語に未来はない」として英語を話すことをやめたシックソウは、最後まで「口答え」をやめなかった人物である。すでに火あぶりにされていたにも関わらず発言をやめないシックソウは、撃ち殺されるのであり、それだけ彼の発言力は「先生」を苛立たせた。

最終的には奴隷制度に「適さない」（二一八）と「先生」に定義させ、自ら死を誘発したシックソウは、最後まで白人支配に屈することに抵抗した人物といえるだろう。また、焼き殺される際には母語で歌い、「セブン・オー」と自分の子の誕生を謳い叫ぶシックソウの言葉は、白人所有者には理解不可能であるが、それは三〇マイルの女と呼ばれるパッツィのお腹に宿った命に対し「先生」の支配権も所有権も届かないことに対する勝利の笑いであると同時に、それを知る由もなかった白人支配者への嘲りの笑いでもあると考えられる。「先生」がどれだけ必死に黒人を「動産」と規定し、その定義を植え付けようとしても、シックソウはそれに抵抗し、さらには自分の子どもを誰にも知られずに「先生」の手から逃すのである。こうしたシックソウの抵抗は、奴隷を「動産」と規定する定義の矛盾を露わにし、その定義を破壊する行為である。

そもそも人間であると同時に動産であるという奴隷の定義は、「本質的に不安定な性質」を持ち合わせているとハリスは指摘する。

奴隷制度は、所有物と人間が交じり合う奇妙なカテゴリーを生み出した。つまり、それは本質的に不安定な性質を保持するハイブリッドであり、その本質的不安定性は法による処置と批准に反映されている。（一七一八）

こうした不安定性があるからこそ、その定義は法に依存していたのであろう。つまり、不安定な定義を法において強制的に規定することにより、より信頼性のある、安定した定義にしようとしたのである。「先生」による奴隷の「動物的特徴」の記述も、奴隷＝「動産」という不安定な定義をより強固なものにしようとする試みであったと考えられる。しかし、この定義を再教育しようとした「先生」に抵抗するシックソウの姿に現されているように、人間を「動産」

とする定義はしばしば破綻するのである。

その破綻はセサの行動にも見て取れる。ジャン・ファーマンはセサを「自らを定義するという特権を要求する」（八一）人物であると述べ、彼女の強さを称えているが、(6) 確かにセサは、彼女を人間とはみなさなかった奴隷制度の下で自分自身の身体の所有権を主張する。セサは、逃亡に失敗し、甥たちによって母乳を奪われた記憶をポールDに語るが、彼女が訴えるトラウマ体験は、むち打ちではなく、母乳を奪われたという点である。


「やつらは、あんたを牛皮の鞭で打ったのか？」

「その上わたしのお乳を盗んだ」

「やつらはあんたを鞭で打ったのか、身重のあんたを？」

「その上わたしのお乳を盗んだ！」（一六）

非情な鞭打ちに驚愕するポールDに対し、セサは母乳を奪われたのだと彼を正す。ここでセサは「盗んだ（took）」という単語を二度述べているが、"take" には奪うや盗むという意味があるように、彼女は母乳が彼女のものであると主張しているのである。つまり、「動産」という彼女が置かれた法的身分にもかかわらず、彼女は自身の身体の所有権を主張しているのである。

ここで、セサの子殺しに注目したい。セサの子殺しに関しては様々な議論があるが、子どもを殺したセサの心理は、子どもたちを、白人が「汚す」（二三八）ことのできない「安全な場所へと連れて行った」（一五五）という言葉に集約されており、それは奴隷制度から子どもを守るために「仕方なく」「子どものために」行った、母の愛情による行為であると正当化されてきた。またフランコは、セサの子殺しを「奴隷制度の法を破壊する」（四二三）行為であると評価している。つまり、セサは自身の身体を「動産」として定義しようとする奴隷制度に抵抗し、身体の所有権を主張していると同時に、白人主人に「動産」として所有されるはずの子どもを引き渡すことに抵抗することで、奴隷制度の法を破っているというのである。確かにセサは奴隷制の法を破る強い母として読む事ができる。しかしこうしたセサの動機は、問い直される必要があるだろう。(7)

まず、セサの子殺しは、それがいかに強い母性愛に根付いた行為であったとはいえ、「憎むべき奴隷制の特徴をいつのまにか反復している」（鵜殿　一七四）という点を忘れてはならない。つまり、他人の生命を支配し、所有するというセサの行為は、奴隷所有者が奴隷の生命を支配し、所有した行為と同様のものである。デボラ・ホーヴィッツも同様に、セサの子殺しはビラヴドの命を奪った殺人行為であり、まさに「所有行為」（九七）であったと指摘している。そしてセサが子殺しの正当化に用いる母性愛の言説についても、『ビラヴド』においては、完全な肯定で描かれているわけではないという点には注意が必要である。小説の後半で、セサはビラヴドに対し許しを求め、また愛情を示そうと自分の食べ物や服を与え、さらにはビラヴドに仕えるために仕事を辞めてしまう。「ギラギラしているのに死んだような目」（二三八）でビラヴドだけを見つめるセサは、ビラヴドに母の愛情を理解してもらおうとする一方で、自己を見失って行くのである。このように、セサが子殺しの正当化に用いた母性愛は、自己破壊をもたらす危険性を孕んでいるという点を、『ビラヴド』は確かに描いている。

そもそも子どもの命を「所有」しようとする前に、セサが「所有」しなければならなかったのは、彼女自身の自己である。セサは、「肉体的に自由になる事以上に、自由になった自己の所有権を主張する事」（八八）、つまり身体だけでなく、自己の存在を主張する重要性に気づいていなかった。ポールDが「おまえ自身が、おまえのかけがえのない宝なんだよ。セサ。おまえがだ」というとき、セサは初めて自己の存在に気付くかのように「わたしが？　わたしが？」（二五八）と驚愕する。奴隷制度に抵抗し、身体の所有権を主張していたセサでさえ、小説後半のこの時点まで、自己という存在の重要性を認識していなかったのである。

4　白人所有者と黒人所有「者」？

最後に、白人でありながらも母親の借金返済のために性的虐待を受けながら年期奉公として働くエイミー・デンヴァーに注目したい。彼女がミスター・バディへの返済を終え自由の身になって最初に考えたことがベルベットの「所有」であることは注目に値する。母親の出身地であるボストンまでベルベットを買いにいくのだというエイミーは、セサと同様に鞭打ちを受け、性的虐待を受けた経験のある少女であり、白人であるにも関わらず所有される「物」であった。しかし全ての支払いを終えた彼女は、ベルベットを所有することで「所有者」、つまり自由人となるのである。

エイミーのベルベットへの欲求については多くの批評家も注目している。バーナード・ベルやヴェロニカ・ヘンドリックは、彼女の旅の目的が愛や精神的・肉体的自由ではなく物質であることを指摘し、それは彼女がセサと異なる人種、階級に存在しているからであると述べる（一七一、一二八）。またパメラ・ジューンも、エイミーの目的が物の所有であり、奴隷制度からの解放ではない点を指摘している（二六）。つまりいくら彼女がセサに共感し、手助けをしたとしても、彼女はセサとは異なり、所有という特権を得ることができる白人なのである。
では、黒人も所有という特権を得ることができれば、白人と同じ自由人となれるのであろうか。奴隷という「動産」の状態を抜け出したベビー・サッグスは、初めて労働への対価として金銭を受け取ったとき、驚きを感じる。同様に、ポールＤは労働の対価としての金銭を受け取り、驚愕し、「奇跡」だと感じる。

奇跡が起こった。レンガ造りの家並みに面した通りに立っていると、白人が呼んでいるのが聞こえ「おい、そこの奴！　おまえだ！」、辻馬車からトランクを二個下ろすのを、手伝えと言った。言われたとおりにすると、その白人は銅貨を一つくれた。……ポールＤは一束のカブラを指でさした。八百屋はそれをポールＤに渡し、彼のたった一つの銅貨を受け取って、二、三枚よけいに返してよこした。まわりを見たが、誰もがこの「マチガイ」にも、自分にも無関心のようだったので、嬉々としてカブラを齧りながら、歩いて行った。（二五五）

賃金を与えられたポールDにとってそれが「奇跡」であり「マチガイ」であると感じられたのは、彼が作り出した労働力が彼に所属すると考えられたということ、つまりその前提条件である彼の身体の所有権が彼自身にあるということが認められたからである。奴隷として身体を白人主人に所有されていたポールDにとって、この体験は彼の身体が彼に所属するということを実感させる体験だったのである。

　しかし、労働の対価としての金銭を受け取る場面は存在しても、ベビー・サッグスやポールDは所有する特権を得ることができたであろうか。ハーレのおかげで奴隷制度から自由の身となったベビー・サッグスが住むことを許された家は、ボドウィン兄妹によって所有される家である。また、その家に住む代わりに、彼女は「洗濯や針仕事、缶詰や瓶詰つくり、そして靴づくり」（一三八）といった仕事を行う。つまり労働に対する対価は得られても、彼女の住む家の所有者は相変わらず白人なのである。

結論

たとえ黒人が白人と同じように、自由に所有することができるようになったとして、黒人は白人と同等の存在になれるであろうか。答えは否であろう。なぜなら、所有の背後には法の存在があり、法を作り出すのは白人であるからである。法によって黒人の所有が認められたとしても、白人が法を規定するという構図は変わらない。つまり、白人による支配は続くのである。

ガーナーがいかに温情的奴隷所有者であったとしても、彼には絶対的な支配権があったように、「奴隷主は、法律をつくり、犯罪者の審理、処罰を行って、奴隷を支配したのである。独裁権力を行使する際の温情、非情の差は、奴隷主それぞれの性格によるのであった」（スタンプ 一三八）。つまり、どのように黒人奴隷を支配するかはすべて白人主人の手に委ねられていたのであり、黒人にはどちらを選ぶ権利も与えられていなかったのである。

ベビー・サッグスの「奴らはわしの庭に入ってきた」（一七〇）という言葉に象徴されているように、白人が介入してこない安全な場所はないのである。そして、こうした蔓延する白人支配は「黒人の全人格を奪ってしまうことができる」のであり、「ただ働かせたり、殺したり、五体を傷つける」だけでなく、黒人を「汚してしまう」（二三八）ものである。さらには「自分が自分を好きになれないくらい」黒人を「汚す」（二三八）。こうした世界では、黒人は常に「問題」（二四三）とみなされるのである。

　このような白人支配が蔓延する中、「この手はわたしの手。この手はワ、タ、シ、ノ、手」（一三四）と自分の手が自分に所属するという感覚を回復させること。白人主人に所有されていた身体を自分のものであると認識し直すこと。つまり、黒人の身体を「物」とした法に基づく「汚れた」定義を拒絶し、苦しみの共有や共感を通して、黒人の身体が愛すべき「肉体」であると再定義・再認識することの難しさをモリスンは描いている。所有という問題は、白人支配の蔓延を露にする問題であり、モリスンはこうした社会に対する批判と、その中で生き抜いていかねばならない黒人の姿を力強く描いている。

注

（1）『ビラヴド』からの引用は *Beloved* (Penguin Books, 1987) に拠り、これ以降この作品からの引用は本文中に頁数のみを記す。なお訳語は、吉田廸子訳『ビラヴド』（集英社）を参考にさせて頂いた。

（2）黒人奴隷にとって快適な奴隷制度を行っていると自負するガーナーに対しても、ベビー・サッグスは自分たちを奴隷として所有する所有者には変わりないと反論している点は見逃すことはできない（一三八）。またハーレが述べるように、黒人を奴隷化し、所有する白人主人は、温情的主人であれ非情な主人であれ、黒人を「物」として所有する所有者以外の何者でもないのである（一八六）。
（3）事実、当時、奴隷による武器の所持は禁じられていた（ヒギンボーサム 五六）。
（4）この点は、ベビー・サッグスがスウィートホームを特殊と感じる理由としても挙げられている（一二三）。
（5）英語は支配者の言語であると同時に、抵抗のための道具でもあり、それを学ぶことの重要性はデンヴァーによって証明されている。
（6）ベビー・サッグスのように、白人によって孕まされた経験もなく、「温情的」ガーナーのもとにいたセサは、ハーレとの結婚が決まったときには白人と同じように結婚式を行うことを期待する（二四）。そんな彼女を語り手は、“fool”と呼んでいる（二二）。
（7）本論では論じることはできなかったが、批評家の焦点がセサの子殺しの妥当性に向かう一方、注目されるべきはビラヴドの発言であると述べる鵜殿えりかの議論は重要なものである。なぜならそもそもビラヴドは、セサが殺した子どもであると同時に「無名の六千万余りのアフリカ人の霊」（オッテン 八三）であり、「奴隷制度という悲劇を具現化する」（ワインスタイン 七四）重要な存在だからである。つまり、ビラヴドは、セサの母親が奴隷船で性的虐待を何度も受けた結果産まれ、捨てられた子どもたちや、白人親子に性的虐待を受けた結果子どもを出産したエラが、母乳を与えることを拒否して五日で死なせてしまった子どもなど、愛されることなく死んでしまった者たちの総体であり、彼女の語りは、セサの語りと同様に、注目される必要があるだろう。（鵜殿 一六五―一九八頁参照）

引用文献

Anker, Elizabeth. "The 'scent of ink': Toni Morrison's *Beloved* and the Semiotics of Rights." *The Critical Quarterly*. 56.4 (Dec 2014): 29–45.

Bell, Bernard. "*Beloved:* A Womanist Neo-Slave Narrative; or Multivocal Remembrances of Things Past." *Critical Essays on Toni Morrison's Beloved*. Ed. Barbara H. Solomon. New York: G.K Hall, 1998. 166–76.

Bentham, Jeremy. *The Works of Jeremy Bentham*. Ed. John Bowring. Vol. 1. Edinburgh: William Tait, 1838–1843.

Burnham, Margaret A. "An Impossible Marriage: Slave Law and Family Law." *Race, Law, and American History: The African American Experience*. Ed. Paul Finkelman. New York: Garland, 1992. 187–225.

Durkin, Anita. "Object Written, Written Object: Slavery, Scarring, and the Complications of Authorship in *Beloved*." *African American Review*. 41.3 (2007): 541–56.

Fowler, Doreen. *Drawing the Line: The Father Reimagined in Faulkner, Wright, O'Connor, and Morrison*. Charlottesville: U of Virginia P, 2013.

Franco, Dean. "What We Talk About When We Talk About *Beloved*." *Modern Fiction Studies*. 52.2 (Summer 2006): 415–39.

Frankenberg, Ruth. *White Woman, Race Matters: The Social Construction of Whiteness*. Minneapolis: U of Minnesota P, 1993.

Furman, Jan. *Toni Morrison's Fiction*. U of South Carolina P, 1996.

Haney-Lopez, Ian F. *White by Law: The Legal Construction of Race*. New York: New York UP, 1996.

Harris, Cheryl. "Whiteness as Property." *Harvard Law Review*. 106.8 (Jun 1993): 1707–91.

Heinert, Jennifer Lee Jordan. *Narrative Conventions and Race in the Novels of Toni Morrison*. New York: Routledge,

2009.

Hendrick, Veronica C. “Dreams of Freedom and Echoes of Slavery in the Work of Toni Morrison.” *American Dreams: Dialogues in U.S. Studies*. Ed. Ricardo Miguez. Newcastle: Cambridge Scholars P, 2007. 124–137.

Higginbotham, A. Leon. *In the Matter of Color: Race and the American Legal Process: The Colonial Period*. New York: Oxford UP, 1978.

Horvitz, Deborah. “Nameless Ghost: Possession and Dispossession in *Beloved*.” *Critical Essays on Toni Morrison's Beloved*. Ed. Barbara H. Solomon. New York: G.K Hall, 1998.

June, Pamela B. *The Fragmented Female Body and Identity*. New York: Peter Lang Publishing Inc, 2010.

Locke, John. *Two Treatises of Government*. Ed. Peter Laslett. Cambridge, 1970.

Macpherson, C. B. *Property: Mainstream and Critical Positions*. U of Toronto P, 1978.

Morris, Thomas D. *Southern Slavery and the Law, 1619–1860*. Chapel Hill: U of North Carolina P, 1996.

Morrison, Toni. *Beloved*. New York: Penguin Books, 1987.

Otten, Terry. *The Crime of Innocence in the Fiction of Toni Morrison*. U of Missouri P, 1989.

Subrata, Mukherjee, and Suhila Ramaswamy. *A History of Political Thought: Plato to Marx*. New Delhi: PHI, 2006.

Weinstein, Philip M. *What Else But Love?: The Ordeal of Race in Faulkner and Morrison*. New York: Columbia UP, 1996.

鵜殿えりか『トニ・モリスンの小説』彩流社、二〇一五年。

スタンプ、ケネス・M『アメリカ南部の奴隷制』疋田三良訳　彩流社、一九八八年。

アーネスト・ヘミングウェイの『エデンの園』における「白さ」の問題

――キャサリン・ボーンの人種に関する強迫観念とヘミングウェイの「白さ」への不安

内田水生

アーネスト・ヘミングウェイの『エデンの園』は、一九八六年、スクリブナー社のトム・ジェンクスによる大胆な編集を経て出版される。しかし、バーバラ・プロブスト・ソロモンが、ジェンクスの編集を「文学上の犯罪」(三二)であるとして痛烈に批判しているように、この作品のオリジナル原稿を読んだ批評家の多くは、ジェンクスの編集に対し批判的な評価を下している。例えば、K・J・ピーターズは、ジェンクス版は原稿に書かれた物の継ぎ接ぎに過ぎないと断じているし(五五)、ローズ・マリー・バーウェルは、ジェンクス版から読み取れるものとヘミングウェイの意図との間には、甚大な隔たりがあることを指摘している(九九)。またナンシー・カムリーとロバート・スコールズは、ジェンクス版は作者にひどい仕打ちをしていると述べている(一〇三)。

実際、『エデンの園』に関する批評の多くは、オリジナル原稿をもとに論じられており、確かに、削除された部分には重要な要素が多く含まれていると言える。ジェンクスは、ジェンダー、セクシュアリティ、人種問題といったテーマに関わる数多くのセンセーショナルな記述を細かく削除しており、オリジナル原稿が持つ問題点を見えにくくしている。プロット上、最も大きな変更は、オリジナル原稿に描かれるもう一組のカップルが登場する場面を完全に切り取ってしまったことであるが、いま一つ重要なのは、結末を意図的に操作していることである。オリジナル原稿の中には、ヘミングウェイが作品を完成させられなかった場合を想定して用意していた二つの「暫定的結末」なるものがある。一つは、キャサリンとデイヴィッドが過去を振り返るような会話を交わしているもので、もう一つは、切り取られた他のプロットに関わるものである。しかし、ジェンクス版はそれらに一切触れず、狂気に陥ったキャサリンが物語から姿を消し、異性愛に目覚めたマリータの献身的な支えを得たデイヴィッドが、キャサリンに燃やされてしまった原稿を蘇らせるという結末になっている。この結末は、キャサリンのジェンダーや人種の越境といった試みを否定するかのような展開だが、オリジナル原稿では、もともと肌の浅黒いマリータは、日焼けによって更に肌を黒くしようとしているし、キャサリンが去った後もデイヴィッドとジェンダーの転覆を試みている。このことは、『エデンの園』におけるキャサリンのジェンダーや人種の越境という試みが、デイヴィッドにとって重要だったことを示しているだろう＊。

オリジナル原稿と出版された『エデンの園』を比較し、ジェンクスの編纂方法について詳細に論じるフェアバンクス香織は、「ヘミングウェイが描いた『デイヴィッド』とジェンクスが作り上げた『デイヴィッド』には大きな乖離がある」（一〇六）ことを指摘している。またデブラ・モデルモグは、その著書の中でジェンクスの編集に関して一節を割き、利益追求を第一とする出版社の資本主義やヘミングウェイ研究にまで浸透する異性愛のヘゲモニーが、ヘミングウェイの文化的イメージの構築にいかに関わっているのかを批判的に論じている（六一―六四）。これらの指摘からも明らかなように、ジェンクスは細かな編集によって、作者ヘミングウェイを彷彿とさせるような登場人物であるデイヴィッドのキャラクターを操作し、ヘミングウェイの伝統的なパブリックイメージを守ろうとしたと言えるだろう。

ところが、キャサリンに関して言えば、キャラクターとしてはオリジナル原稿と出版されたバージョンとの間に矛盾がなく、やはり数多くのセリフが削除されてはいるものの、不可解なまでに人種やジェンダーの越境にこだわり、徐々に破綻を来していく女性として描かれていることはジェンクス版からも窺われるのである。キャサリンの異常さは、デイヴィッドは正常であるという読者の印象を強めており、ヘミングウェイの伝統的パブリックイメージを守るという意味では編集上問題がなかったのかもしれない。しかし、キャサリンが一貫して身体の色や自らのジェンダーロールに拘る様子は、それらがヘミングウェイにとって重要なテーマであったことを示唆している。この点に関しては、原稿を丹念に研究した上で批評したカムリーとスコールズと、オリジナル原稿を読まずに批評したと思われるトニ・モリスンが同じような結論に至っており、これは非常に興味深い点である。すなわち、『エデンの園』において、黒さ、あるいは人種の変化が性の問題と結びついているというものである。カムリーとスコールズは、「ジェンダーの混同と性的探求というテーマが、人種上の『他者』に対する欲望と美的心理の探求というもう二つの問題と交差する点を検討する」(八九)というテーマを掲げ、「『エデンの園』の未完のテクストで描かれているものは、芸術的『真理』の探求とヘミングウェイが脱却しようと試み続けた文化の規範を越えるセクシャリティの間の関係である」(八九)と結論づけている。彼らのこの結論は、その後の研究にもある程度まで引き継がれており、『エデンの園』以前と以降のヘミングウェイ像の変化、あるいは、ヘミングウェイ研究におけるジェンダーに関するテーマの重要性を端的に説明したものと言える。一方、ジェンクス版を批評したモリスンは、日焼けして黒くなった夫婦が演じるこの物語は禁忌が特徴であり、黒さと欲望、黒さと不合理、黒さと悪の戦慄といった連想によって、その官能的な違法性が強められているとし（八七）、デイヴィッドの芸術的想像力のためにアフリカが用いられていることを指摘している（八八—八九）。このように、オリジナル原稿を読まずとも、人種やジェンダー、創造性の問題が作品の持つ重要なテーマであることは明白である。しかしながら、モリスンが黒さを官能性と結びつけ（八七）、カムリーとスコールズが、キャサリンの日焼けを異種混交の空想によるもので、エロティックな面での逸脱であるとしているように（九〇）、多くの批評は登場人物の人種意識を性やジェンダーの問題に還元しており、これは『エデンの園』に描かれている人種に関する問題を過度に単純化しているように思われる。ここに描かれる登場人物の、そして作者であるヘミングウェイ自身の人種意識はこれまで論じられてきたよりも複雑なものであり、この人種意識を再考することは、初期短編を含むヘミングウェイ作品の見直しが可能になることも含め、非常に重要である。

したがって本稿では、主にジェンクス版を参照し、『エデンの園』に描かれる人種の問題に焦点をあて、キャサリンの人種に纏わるアイデンティティの葛藤を考察したい。細かな編集によって、登場人物や結末を操作し、小説全体の印象を変えたジェンクスの編集が研究者たちの怒りを買った事は、ジェンクスが伝統的な、あるいはモデルモグの言葉を借りるならば、「出版社の利益追求への興味」（六二）に応えるヘミングウェイ像の構築に成功したことを意味するかもしれない。しかし、編集によってもそのキャラクターが損なわれていないと思われるキャサリンに焦点をあて、彼女が抱く人種意識について考察を加えれば、そこからは女性登場人物を通してしか描くことができなかったヘミングウェイ自身の葛藤が浮かび上がるだろう。キャサリンというキャラクターは、ヘミングウェイ自身のジェンダーの揺らぎを体現しているだけでなく、彼が抱き続けた自らの「白さ」への不安の表象でもあるのだ。彼の「白さ」に纏わる葛藤は、『エデンの園』とその執筆時期が重なっていた遺作『キリマンジャロの麓で』（二〇〇五年）を併せて読むことでより明確になる。したがって以下では、まず『エデンの園』のキャサリンの人種意識とその問題点について考察し、最後に『キリマンジャロの麓で』を参照しながらヘミングウェイ自身の「白さ」に纏わる葛藤を明らかにしたい。

1　キャサリン・ボーンの日焼けへのオブセッション

出版された『エデンの園』の中でキャサリンが服装や髪形によって男の子に見えるように工夫し、夫と男女の役割を交換した性行為やマリータとの同性愛を試みているように、二極化されたジェンダーの構造の攪乱は、この作品が含むテーマの最も明確なものである。しかし、キャサリンが示す日焼けへの不可解なまでのオブセッションをめぐる解釈には再考の余地がある。

日に焼けた黒い肌についてキャサリンが、ベッドの中で映えると言っているように（六四）、日焼けが性的興奮を高めるために用いられていることは間違いないが、それだけではない。例えば、アイラ・エリオットは、『エデンの園』の登場人物が常に空腹を感じていることに着目し、「食べ物や飲み物を体に詰め込むことが、体内の虚ろな空間を埋める試みであり得るように、何かを身に纏うこと、例えば、体に日焼けローションを塗ったり、太陽の光を浴びたりすることは、同じ虚ろさ、つまり、現代人の存在のナーダ（無）を埋める試みである」（三〇三）と述べている。では、「現代人の存在のナーダ」とは一体何なのか。「身体の隅から隅まで黒くなってみたい」（三〇）と言い日焼けに執着するキャサリンは、「白い」身体を黒く塗りつぶそうとしているのであり、キャサリンにとっては、「白さ」は「虚ろさ」なのである。白人性について述べたビルギット・ブランダー・ラスムッセンが、「白人性とは、不可視で無標のものである」(二〇)としているように、『エデンの園』に描かれる「現代人の存在のナーダ」とは、白人性そのものなのかもしれない。

「黒さ」に執着するキャサリンの様子は作品を通して繰り返し描かれているが、以下のデイヴィッドとキャサリンの会話に注目してみたい。


「どうしてそんなに黒くなりたいんだい?」

「わからない。何かが欲しくなるのにわけなんかある? 今はそれが一番欲しいもの。私たちにないものでは、ってことよ。あなただって、私が真っ黒になると、わくわくしない?」

「うん、いいね。」

「私がこんなに黒くなると思った?」

「いいや。だって、君はブロンドだからね。」

「私の髪、ライオン色だから黒くなれるのよ。でも私、身体の隅から隅まで黒くなってみたいの。今そうなりかかってるところだし、あなたもインディアンよりも黒くなるわ。そうすれば私たち、他の人たちをぐっと引き離せるでしょ。ね、大事なわけ、わかるでしょ?」
「それで僕らはどうなるんだい?」
「わからない。ただ私たちになる、それだけかもね。変化するだけなの。それが一番いいところなのかな。そうして今のまま続けましょう、ね?」(三〇)

何故黒くなりたいのかというデイヴィッドの問いに対するキャサリンの答えは、肌を徹底して黒く焼くという断固とした行為に比べるとやや曖昧なもののように思われる。肌の色を変えることで自分たちが変わるわけではないかもしれないが、他の人々を引き離すことができるので重要だと述べているのだ。

同じ場面を引用したモリスンは、以下のようにキャサリンの人種主義と欠陥としての「白さ」を指摘している。

キャサリンは黒い肌が見慣れぬもの、タブーを連想させることをよく理解しており、また、黒い肌は人が「所有」したり、私有化できるものであることを理解している。それは、私たちにないものだ、と彼女は夫に言う。ここでは、白さが欠点になっている。(八七)

モリスンが指摘するキャサリンの人種主義はまた、その黒さで何をするのかというボイル大佐の問いかけへの彼女の答えにも色濃く見られる。


「着るのよ。」彼女は言った。「ベッドの中でよく映えるの。」

「街中ではもったいないと思うが。」

「プラドならもったいなくないわ。本当は着てるってわけでもないの。これが私なの。地肌がこれくらい黒いのよ。太陽はただそれを引き出してるの。私、もっと黒ければいいのに。」(六四)

黒さは着るものであるというキャサリンのセリフには、モリスンの言うように、黒い肌は所有できるものだと捉える人種主義が感じられるだろう。しかし、ここに挙げたキャサリンのセリフの中で、他にも注目しておかねばならないことがある。デイヴィッドとキャサリンの会話で、キャサリンが日焼けについて、他の人たちを引き離してくれる点で重要だと言っていること、また、ボイル大佐に黒さは着るものであると言ったあと、それを言い直し、着ているのではなく、黒い自分が本来の自分なのだと言う点である。「他の人たち」とはすなわち、他の「白い」人たちのことであり、また黒さを本来の自分だとする主張には、「白い」自己を否定的にとらえるキャサリンの姿勢が見られる。すなわち、ここに描かれる黒い肌の所有や私有化の欲望の根底には、自らの「白い」アイデンティティへの不安があるのだ。日焼けに執着するキャサリンは、「白さ」から与えられる力によって、まさにその「白さ」という文化の構築物であることから逃れようとしているのだ。

またキャサリンは、皮膚を黒く焼くと同時に、自分のブロンドの髪をスカンジナビア人のような白に染めている。キャサリンは、これらの行為について、「髪はもっともっと白くなって、体はもっともっと黒くなる。そして何もかも乗り越えてしまう」（一二四）と言っている。これは、キャサリンが黒さと同時に更なる白さを自らに取り込もうとする行為であり、キャサリンの目指すものの複雑さを示している。

キャサリンの染髪についてモデルモグは、「白人女性としてのアイデンティティを強調するもの」とし、キャサリンは「白人の人種差別のイデオロギーに染まっている」（九六）としている。一方でエイミー・L・ストロングはこれに反論し、キャサリンの染髪は、白人の人種差別のイデオロギーに染まった結果の行為ではなく、他者によってコード化された人種上のアイデンティティを壊すための行為であり、アイデンティティのパフォーマティヴな側面を示すものだとしている（一〇〇）。

たしかに、ストロングの言うように、作品を通して描かれるジェンダーや人種を撹乱するようなキャサリンの行為は、コード化され、自己に押し付けられたアイデンティティへの嫌悪を原動力としていると言えるだろう。しかし、肌の色や髪の色を変えれば何かが達成されるという信念の根底には、身体の色への過剰な信頼があり、ここにキャサリンの人種主義が表れていることは否めない。したがって以下ではまず、身体の色を変えることに取り憑かれているキャサリンの人種主義の本質は何かという問題を考え、その後、キャサリンに押し付けられたアイデンティティについて考察を加えたい。

2 「白さ」と人種主義

　ここでは、キャサリンに体現される人種主義の意味を問い直すために、物語の舞台となった一九二〇年代からやや時代を遡り、一九世紀中頃、アメリカ人が「白さ」への意識を深める一助となったと言われるミンストレル・ショーを概観する。キャサリンの人種意識を考察するにあたってミンストレル・ショーとの関わりを考えることは、やや唐突に思われるかもしれない。しかし、例えば、白人労働者階級の形成期の白人労働者の複雑さについて論ずるエリック・ロットが、ミンストレル・ショーがなければ『アンクル・トムの小屋』も『ハックルベリー・フィンの冒険』も書かれなかっただろうと述べ、ミンストレルが合衆国の白人の想像力に重大な影響を与えていると述べているように（五）、ミンストレル・ショーにまつわる事象に見られる人種意識を考察することは、一九二〇年代を生きる「白い」アメリカ人であるキャサリンの人種意識を理解する一助となるに違いない。

　ミンストレル・ショーは、一九世紀中頃から約半世紀に渡って、アメリカ合衆国北部を中心に流行した大衆演芸で、白人が顔を黒く塗り、黒人を滑稽に演じたことに始まる。藤川隆男が、「ミンストレル・ショーは、黒人を馬鹿にし、奴隷制を擁護する役割を果たした。この点について異議を唱える研究者はいない」（五四）と述べるように、ミンストレル・ショーが人種差別を前提に成立した大衆演芸であったことは明白である。では、このような差別的演芸が大衆に大流行した背景には何があったのか。デイヴィッド・ローディガーは、白人労働者階級の中で育っていった「白さ」への意識とミンストレル・ショーとの関わりを述べる中で、特に顔の黒塗りという行為に注目している。ローディガーは、顔を黒塗りにした黒人役は何者でもないが故に何にでもなれたのだと言う（一一六）。また、顔を黒く塗って黒人を演じることに魅力があるのは、「アメリカの労働者階級形成期に、板挟みの感情を抱かざるをえなかった白人が自分たちの特殊な反応を黒人に投影して不安を解消しようとしたからだ」（九七）と分析している。板挟みとはすなわち、「賃金労働に依存することへの不安と資本主義的労働規律に従う必要性」（一三）や、「農村的な過去に対する郷愁と都市に適応しなければならない現在の必要性」（一一九）との間に置かれた葛藤のことを指している。さらに、ローディガーは、「変装がもたらした実際の影響力よりも、顔を黒塗りするのは自分たちに与えられた自由であるとみなす白人がいた事実の方が、より重要」（一〇六）だとした上で、以下のように述べている。

したがって、ミンストレル・ショーの真髄とは、「自由奔放な自我」を演じながらもそれを拒絶できること、つまりもっともらしく黒人に扮して演じた後に、もっともらしくその役を投げ捨てられることにあったのである。……その反面、黒人に扮したミンストレルの役者は、白人であることを自覚した世界初の芸人であった。顔を黒塗りにするという素朴な仮装——しかし、それは巧妙な文化的隠蔽なのであるが——は、舞台で演じている役者が実は白人であり、白さこそが問題の核心であることを強調する役割をはたした。

（一一六—一一七）

ローディガーがここで指摘しているように、ミンストレル・ショーの黒い仮面の下には、産業化が進む社会の労働者階級に共有される「白さ」が構築されている。この「白さ」は、黒いのは飽くまでも仮面であって、実際は黒くはないのだという一点によって保証されたのだが、それは彼らに自分たちは賃金奴隷や白人奴隷であり得ても、動産奴隷ではないのだと認識させ、白人労働者階級が抱える階級としての不安を和らげた。これは、黒人と差別化を図る必要性に迫られた白人労働者の心理状態を示すものであり、隷属的状態にある白人労働者と黒人の当時の距離の近さを示している。藤川は、ミンストレル・ショーには、「白人労働者、とりわけアイルランド系移民のアンビバレントな意識が典型的に現れる」（五四）と指摘している。このアンビヴァレンスとは、抑圧される者としての共感と、抑圧される者との差別化を図ることで抑圧から逃れようとしたときに生じる抑圧される者への敵意という相反する感情の共存である。

ローディガーは、一八三〇年代初頭までは、都市部の黒人とアイルランド系移民が友好な関係を保っていたことを説明している。アイルランド系移民は、極貧の状態で合衆国にやって来て、黒人が多く住むスラム街に住み、底辺的な仕事をし、しばしば黒人になぞらえられた。両者はともに貧困にあえぎ、しばしば嘲笑された。両者はともに過去に抑圧を経験していたし、故国から強制的に引き離された点でも共通しており、ともに望郷の念を抱いていた。また両者は互いの音楽的伝統やダンスを教え合うなどして親交を深めており、黒人男性とアイルランド系女性との恋愛も日常茶飯事だった。しかし、一九世紀半ば以降、アイルランド系移民は、政治的権利を獲得でき、かつまた職にありつける証としての白さが自らに備わっていることを強調するために黒人を激しく攻撃する。アイルランド系移民は自らの白さと白人優越主義を自ら主張し、その数が多かったために政治力を有していたことも手伝い、白人として受け入れられたのだった(ローディガー 一三三―三七)。つまり、アイルランド系移民にとって、困窮極まる悲惨な状態から脱け出すための一縷の望みは肌の色だったということになる。自分たちは黒くはないのだということを証明するため、彼らは徹底的に黒人を攻撃する。このような状況の中、アイルランド系移民はミンストレル・ショーに数多く出演し、黒人に扮して「素晴らしい演技をした」(ローディガー 一一七―一八)。彼らは、白人優越主義を奉じて奴隷制を熱烈に支持し、自分たちの就労の場から黒人を排除しようと、ときには残虐なまでに暴力的手段に訴えるが、そのような彼らの姿からは見えなかった複雑な感情が、黒い仮面をつけることによって見えてくるのだ。ローディガーは、アイルランド系のミンストレル役者が故郷や家族から無理やり引き裂かれる奴隷たちの悲しみを歌うとき、黒いドーランを薄めに塗ったと指摘し、他の移民もステージ上で演じられる黒人の悲しみや産業化以前の娯楽に郷愁を覚えていたと言う（一一九）。これは、白人労働者にとってミンストレル・ショーが「農村的な過去に対する郷愁と都市に適応しなければならない現在の必要性との間の緊張を和らげる」（ローディガー 一一九）効果を持っていたことを示唆している。様々な背景を持つ都市の白人労働者の多様性は、ミンストレル・ショーの黒い仮面の中に消え行き、そこに「空虚な白さ」（ローディガー 一一八）というアイデンティティが生じ、様々な不安と緊張を和らげていたのだ。

このようなミンストレル・ショーの黒塗りのメカニズムが仮にキャサリンの場合にも見られるとすれば、どのようなことが言えるだろうか。キャサリンは、「他者によってコード化された」（ストロング 一〇〇）アイデンティティの破壊と再構築の手段としてジェンダーや人種の越境を試みている。キャサリンにとって日焼けはその具体的手段の一つであるが、それは、他の人たち、つまり他の「白い」人たちから自分を引き離してくれるものである（三〇）。他の人たちから離れることができれば、キャサリンは「他のみんなのルール」(一五)すなわち「白い」社会のルールに縛られる必要がないのだ。ミンストレルの役者がそうであったように、キャサリンが、黒い肌を手に入れれば「『自由奔放な自我』を演じる」(ローディガー 一一六)ことができると考えるのは、明らかに彼女が「白人の人種差別のイデオロギーに染まっている」(モデルモグ 九六)ことを示しているだろう。また、ミンストレル・ショーが一九世紀の白人労働者の不安や緊張を和らげたように、キャサリンの黒い肌は、彼女の不安を和らげている。すなわち、なるべく自分のことを考えないようにし(五三)、女の子らしく(七一)、感じの良い知的なアメリカ人観光客らしくふるまおうと努める(七一)ことと、自分自身になろうとすることの間にあるキャサリンの葛藤は、日焼けという肌の色を一時的に変える行為によって多少なりとも和らげられているのだ。ここで重要なことは、ミンストレル・ショーの黒塗りがそうであったように、キャサリンの日焼けが一時的なものだということである。真っ黒に日焼けした肌の下に生成されるものは、「世界一黒い白人の女の子」(一六九)であり、なろうと思えば黒くなることもできるということが誇示された特権的な「白さ」である。上述したアイルランド系移民の場合のような悲惨な状況とそれ故に階級上昇の望みにかける激烈な衝動は、一九二〇年代を生きる上流階級出身のキャサリンには当てはまるものではないが、日焼けによって得られる特権的な「白さ」に彼女が一抹の安堵を覚えるならば、彼女にとっての日焼けに、ミンストレル・ショーと同様のメカニズムが働いていると仮定することによって彼女の不可解な衝動が理解できるだろう。白人にとっての「黒さ」が孕む二面性、すなわち、「白い」社会のルールから自由であることと、「白い」社会に抑圧される存在であることが、キャサリンの日焼けした黒い肌に見られるとするならば、「黒さ」への憧れと嫌悪が、彼女のプラチナブロンドの人工的な、そして究極的には空虚な「白さ」に浮かび上がるのである。したがって、キャサリンに押し付けられた「他者によってコード化された」アイデンティティとは、「白い」社会のルールに縛られ、抑圧される者としてのアイデンティティであり、彼女の日焼けへ強い衝動は、そこから自己を救わんとして生じたものなのである。

以下では、キャサリンが格闘するアイデンティティの性質について考察していく。それは、デイヴィッドと結婚し、彼を鏡としたときに顕在化する不安から読み取れる白人女性としてのアイデンティティである。

3　白人女性として生きる危うさ

キャサリンは、夫のデイヴィッドと兄妹に見られることをとても喜ぶが（六）、それに飽きたらず、双子のようにそっくりに見えるよう工夫している。しかし、外観をそっくりにしていく試みが深まるにつれ、デイヴィッドとキャサリンのメンタリティのずれは際立っていく。デイヴィッドとキャサリンの関係は、マリータの登場によって崩れていくかのように思われるが、実は、マリータが登場するずっと以前に、デイヴィッドの小説の書評の切り抜きをめぐる価値観の相違が発端となり壊れていくのである。

キャサリンは、デイヴィッドが出版社から送られてきた書評の切り抜きを持っていることに対して、「誰かの骨壷の灰を持ち歩いてるみたい」（二一四）と言う。キャサリンは、社会が作り出した人間像は、社会によって燃やし尽くされた物の灰にすぎないとして否定しているのだ。またキャサリンは、「仮に書評があの本を愚にもつかない駄作だってこきおろしたとしても、一銭の儲けにならなかったとしても、私は同じくらい鼻高々で、同じくらい幸せだったたろうけど」（二一五）と言う。これに対しデイヴィッドは、口には出さなかったが、「俺の方はそうはいくまい」（二一五）と思っているように、自分が生み出した作品の価値を社会に問うという姿勢を崩さない。作品の価値はそれが生み出す金銭とは無関係であると考えているキャサリンに対し、デイヴィッドは、作家の創作行為は、資本主義社会において金銭によって評価されることを認識しているのである。この切り抜きをめぐる価値観の相違は、キャサリンの不安をかきたて、彼女の狂気的な言動の発端となっている。

また別の場面でキャサリンは、「どうして私たち他のみんなのルールに従って生きなきゃならないの？　私たちは私たちなのよ」（一五）というように、自分が所属する社会への不信を表明しているが、デイヴィッドはこれに対し、「僕らは大いに楽しくやってる。別にルールがあるなんて感じたことないが」（一五）と答えている。このことは、彼らの所属する社会に、キャサリンにしか感じられないルールが存在していることを示している。「自分の外側で生きるようになると、何もかもが危ういの。私は私たちの世界、あなたと私の世界に戻った方がいいのかな」（五四）とキャサリンが言うとき、「自分の外側」とは、キャサリンの言う「他のみんなのルール」が存在する場所、すなわち彼らが所属する社会であり、そこで生きることは、デイヴィッドにとっては容易くとも、キャサリンにとっては「危うい」のである。

ここで、キャサリンが「自分の外側」という社会において、自分をどのように位置づけているのか見てみたい。カフェの給仕が、デイヴィッドが作家であることを知り、奥さんも作家なのかと尋ねると、キャサリンは「奥さんはただの主婦よ」（二四）と答える。また、デイヴィッドと口論になった際、キャサリンは「私が女の子で、ずっと女の子でいるんなら、少なくとも赤ちゃんぐらい産もうかと思ってたのに、それさえ駄目」（七一）と言う。さらに、一人でパリに行くことをデイヴィッドに止められると、「私はもう大人だし、あなたと結婚しているからといって、あなたの奴隷でもなければ持ち物でもないのよ」（二二五）と言っている。すなわち、キャサリンは、「自分の外側」である社会における自分の立場を、子を産むべき「ただの主婦」であると認識し、結婚によって「奴隷」や「持ち物」同様に扱われる自らの立場の危険性を感じているのである。

従って、キャサリンが「自分の外側」すなわち、彼らが所属する社会で生きようとするときに生じる「危険」とは、資本主義社会において何も生み出さない女性として周縁化される危険である。一方でデイヴィッドは、執筆という労働によって代価を得る、表向きには完全な異性愛の白人男性として、周縁化の危険からは程遠い存在であり、このことが、キャサリンを怯えさせる「社会のルール」の存在を不可視化させているのである。

このように、キャサリンとデイヴィッドは服装や髪型、染髪によって、外見をそっくりにすることができても、キャサリンの言う「自分の外側」つまり、彼らが所属する社会での位置には大きな隔たりがあり、そのことがキャサリンの焦燥を生んでいるのだ。キャサリンは、「自分の外側」にある社会に含まれる結婚という制度によって自分に押し付けられる立場が、実は所有物としての奴隷同然のものなのではないかという不安を抱いている。「他の人たちのルール」に縛られまいとするキャサリンは、強迫観念にとりつかれたように肌を黒く焼く。この日焼けへのオブセッションには、労働者階級形成期の白人が黒人の生活に憧れたように、「白い」社会のルールから自由であることへの憧れが含まれている。出版された作品では削除されてしまっているが、オリジナル原稿では、キャサリンがソマリ族の妻になると言う場面がある。これは、「ソマリ族の女性には男を離さない色々な手段があるので、男性がソマリ族の女性と別れられない」というエピソードに影響を受けたものである（カムリー／スコールズ 九八）。つまり、キャサリンが理解するところでは、ソマリ族の社会では女性は特別な性的能力をもつおかげで、結婚によって奴隷化する心配がないのだ。このような、一見浅はかとも思われる単純素朴な解釈は、キャサリンの人種主義を際立たせるものではあるが、それでもなお、キャサリンが「自分の外側」と呼ぶ社会の本質が「白さ」にあるという彼女の潜在意識は見逃すべきではない。キャサリンの日焼けや染髪という行為に見られる人種主義とは、デイヴィッドがごく自然に組み込まれてしまっている白人中心の資本主義社会に、自らが組み込まれる過程で生じる不安と葛藤の結果なのだ。キャサリンは、妻としてかくあるべきという姿への不安と、「白い」人々とは異なる民族になってそのような不安から解放されたいという願望、あるいは、自分が所属する「白い」社会を超越し本来の自分というものになりたいという願望を抱えているのだ。

これまで見てきたような一九世紀の白人労働者とも通底するキャサリンの「白さ」への不安や葛藤は、実はヘミングウェイ自身の不安や葛藤の投影でもあった。『エデンの園』執筆当時のヘミングウェイは、二度目のアフリカ旅行の経験から、「白さ」への複雑な気持ちを抱えていたのだ。従って以下では、『エデンの園』と同時期に執筆していたとされる『キリマンジャロの麓で』に表れるヘミングウェイ自身の「白さ」への揺らぎを見ていきたい。キャサリンに体現される「白さ」への不安と葛藤は、ヘミングウェイ自身にとって非常に重要なテーマであったのだ。

4 ヘミングウェイの「白さ」への不安

『キリマンジャロの麓で』は、一九五三年から五四年に行われたヘミングウェイの二度目のアフリカ旅行の体験をもとに書かれており、そこには、アフリカ化の願望を抱く「アーネスト・ヘミングウェイ」が主人公として登場する。

ジョーゼプ・M・アルメンゴル＝カレラは、最初のアフリカ旅行をもとに書かれた一九三五年出版の『アフリカの緑の丘』と『キリマンジャロの麓で』を比較し、それぞれの作品の人種意識について論じている。彼は、『アフリカの緑の丘』を「帝国主義的」（四九）としたうえで、この作品と『キリマンジャロの麓で』は根本的に異なるとし、ヘミングウェイの「黒く」なりたいという欲望は、彼の白い帝国主義への不安、さらにはアフリカにいる白人としての不安を示していると述べている（五七）。この作品の編集版である『夜明けの真実』を論じた今村楯夫もまた、ヘミングウェイの「白さ」への複雑な心境に注目している。今村は、作中でヘミングウェイが「白人でいることがばからしく思えた」（二〇一）と述べ、黒い肌の優位性を説いた宣教師の説教を思い出している場面に触れ、「アフリカ化とは自らの『白さ』を否定的に認識した上で、あるいは『白人』であることの優位性を否定することによって初めて可能なのかもしれない」（二〇）と言う。さらに、キリマンジャロの白い雪や平原を埋め尽くす白い花といった美しい自然を背景に、白人のメアリーが黒いたてがみのライオンを仕留めるシーンに関して、「白人であるがゆえの白さを否定的にとらえながら、一方で自然の白さに無意識的に魅せられる主人公の」アンビヴァレンスを指摘し、それが「作者自身の立脚する曖昧性」を露呈させていると述べている（二一一—二一二）。

このようなヘミングウェイの「白さ」への揺らぎは、二度目のアフリカ旅行での自身の複雑な立場によって強まっている。ヘミングウェイは、イギリス支配下のケニアで、マウマウ団の反乱を背景に、原住民との交流を深めながら、白人のアフリカ支配に反感を募らせる。しかし、このサファリ旅行は、アメリカのフォト・ジャーナル『ルック』との契約によって実現したものであったし、そこでの活動は、ケニアを支配するイギリスから与えられた「名誉狩猟管理官」という立場に依拠していたのである。ヘミングウェイは、アフリカを侵食する資本主義と帝国主義に反感を抱きながら、自身がそれに与している状態にあったのであり、言わば、「白さ」から与えられた資金と権限によってアフリカに存在していたのである。

『キリマンジャロの麓で』の登場人物アーネストには、作者の複雑な心境が反映されているが、アーネストと『エデンの園』のキャサリンの描写には、類似する点が見られる。キャサリンは「最も黒い白人女性」（六三）と呼ばれるが、アーネストは自分を「混血児」（二五一）として通用するほど日焼けしていると言っている。また、キャサリンはオリジナル原稿の中で、白人の女はいつもデイヴィッドを退屈させるだろうと言ったり、ソマリ人になりたがったりしているが（カムリー／スコールズ 九二、九八）、アーネストは、「アフリカで白人でいるのはいつもバカらしく思える」（二五一）と述べたり、自分の母親がソマリ人であればいいのにと思っている（二五一）。また、実生活におけるヘミングウェイのアフリカ化の願望も注目に値する。このアフリカ旅行に同行したメアリーは、金髪のボーイッシュなショートヘアで、キャサリンを彷彿とさせるルックスだが、実生活でのメアリーとヘミングウェイの関係を考えると、キャサリンのキャラクターはやはりヘミングウェイ自身に近いものがある。ヘミングウェイのアフリカ化の願望が加速し、カンバ族の習慣をまねてピアスをあけようとした際にメアリーは、「大人の白人のアメリカ人男性」にふさわしい行動をするように戒めているのである（ストロング 一三三―三四）。カンバ族になろうとするヘミングウェイの姿が、「白人」であることから逃れようとするかのように肌を焼くキャサリンの姿に重なるだろう。

また、『キリマンジャロの麓で』でアーネストが独り眠れずに象について考える場面は興味深い。アーネストは、素晴らしく巨大な二本の牙が、多くのハンターたちを惹きつけ、象にとって致命的な重荷となることを思う（三一二）。バーウェルは、象がアーネストと『エデンの園』のデイヴィッドを繋ぐ架け橋となっていることを指摘している（一四五）。『エデンの園』では、作家デイヴィッドがアフリカを舞台とした短編小説を書いており、その中の一つである象狩りの物語が、作中作の形で挿入されている。この象狩りの物語は、少年デイヴィッドのイニシエーションの物語という形式をとっているが、この部分は、ヘミングウェイがアフリカ旅行から帰国後すぐに書かれたものであり（バーウェル 一四五）、作者の複雑な感情が投影されているとも言える。物語は、八歳の少年デイヴィッドが巨大な牙を持つ老象を見つける場面から始まる。デイヴィッドが父と原住民ハンターのジューマに知らせ、三人は象狩りに出かける。追跡の過程でデイヴィッドは、大人たちが巨大な象牙が生み出す利益にしか興味がない事に気付き、自分は大人たちに象の居場所を教えたことで象を裏切ったのだと後悔する。ついに象は殺され、象から全ての威厳と美しさが失われ、皺だらけの巨大な塊となる。デイヴィッドは大人たちに嫌悪感を覚え、長い間彼のヒーローだった父に代わり、象がヒーローとなった。

この象狩りの物語は、『エデンの園』の中心をなしており、作品に重層的な意味を与えている。まず、象狩りの物語がサファリ旅行から戻った直後に書かれたものであることを考慮すれば、白人ハンターがアフリカで原住民ハンターを従えて行う狩りとは何かというテーマが浮かび上がるだろう。少年デイヴィッドは、巨大な牙を持つ象を発見したことを大人たちに告げ、それを誇りに思い、大人たちと共に狩りに出る。老象を追い詰めていく過程で、少年デイヴィッドは大人たちの冷酷な態度に嫌悪を覚える。父にとって象狩りは、生きていくために必要なものではないし、ジューマにしても、象牙から得た金は、酒代に使ってしまうか、また一人、女を妻として買ってくるだけだとデイヴィッドは言う（一八一）。しかし、プロのハンターたちを相手に、この不必要な象殺しを止めることは不可能だ。それどころか、デイヴィッドは老象殺しに初めから得意になって加担していたのだった。ここに描かれる少年デイヴィッドのやるせなさは、取りも直さずヘミングウェイがアフリカのサファリ旅行で感じていた複雑な感情に違いない。

また、この作中作の外側に視点を移せば、そこにはデイヴィッドとキャサリンの相克、すなわち、アフリカを舞台とする短編群と『エデンの園』の相克が見出せる。デイヴィッドは、「内なる核」（一八三）から小説を書いているため、他の部分で自分がどんなにバラバラになろうとも、小説の世界を真実の世界として生きることができる。デイヴィッドにとって短編の中のアフリカは今や完全に現実であり、キャサリンやマリータとの生活は非現実で偽物に思える（一七四）。一方、デイヴィッドが「狂気的で、人口過密のくせに空虚な世界」（一九三）と呼ぶ『エデンの園』の世界にしか生きられず、その狂気的な世界で必死に自己を模索するキャサリンは、デイヴィッドが短編を書くのは、「やらなければならないことから逃げているだけ」

（一九〇）だと強く非難し、ついには原稿を燃やしてしまう。キャサリンは、原稿を燃やした理由について、「あなたを助けるためよ。あなたの目がもっと大人になったら、またアフリカに行って書けばいいじゃない」（二二二）と言う。アフリカで白人ハンターを先頭に繰り広げられる象狩りの利己的な残忍性と、それに得意げに加担し、だからこそなお一層のこと嫌悪を抱く少年の無力さを描くデイヴィッドに対して、キャサリンが「やらなければならないこと」（一九〇）として提示しているのは、自らの「白さ」との対峙である。結果的に、燃やされてしまった原稿は「無傷のままデイヴィッドの元に戻ってきた」（二四七）とあるように、デイヴィッドは原稿を書き直すことに成功している。しかし、デイヴィッドの短編は飽くまで作中作であり、その外側にある『エデンの園』の物語そのものが、キャサリンがデイヴィッドに書くように執拗に求めた新婚旅行記である事を思えば、この作品の構造自体に作者ヘミングウェイの揺らぎを見ることができるだろう。アフリカに在って白人のアフリカ侵食に嫌悪を感じながら、「白さ」から与えられる資金と権力なしには存在できないヘミングウェイ自身の立場が、大人たちの残酷な象殺しに嫌悪しながらそれに加担している少年デイヴィッドと、自らの「白さ」と対峙し狂気的になっていくキャサリンの相克を描き出すことを可能にしたのだ。

また、象狩りの物語の象は、ヘミングウェイ自身を表しているとも言える。一九五四年のノーベル賞受賞後、自分のもとに押し寄せる人々に辟易したヘミングウェイは、友人への手紙に、皆が「動物園の象」を見にやってくると嘆いているが（『書簡選集』八四一）、ヘミングウェイが想像する檻に閉じ込められた象は、巨大な牙を持っていたに違いない。バーウェルは、ヘミングウェイにとって大きすぎる象牙は、作家にとって、周囲からの期待によって生じる重圧のメタファーになっていると指摘し、『キリマンジャロの麓で』のアーネストが、巨大な象牙の魅力とそれが象にとって大きなトラブルを引き起こす事を思う場面を引用しているが（一四五）、ここでは象牙の白さに注目したいと思う。『エデンの園』の中で、デイヴィッドはキャサリンの白く染められた髪を度々象牙にたとえているが（一五六、一七八）、キャサリンが「今や私は世界で一番黒い白人の女の子よ」と言うと、「それに世界一のブロンド。君は象牙みたいだ。いつもそう思っていた。象牙みたいに滑らかだし」と言う（一六九）。つまりヘミングウェイは、象牙の白さをキャサリンの髪の色に、延いてはキャサリン自身に重ねているのである。このように考えると、象にとって大きな魅力であり、同時に致命的な重荷となる象牙は、ヘミングウェイにとっては、自らの「白さ」であったと言える。そして、その「白さ」から生じる葛藤をキャサリンという女性登場人物を通して描こうとしたのである。ヘミングウェイが自己の葛藤を描くために、女性登場人物を用いることは非常に稀なことであるが、それは、抑圧される者としての側面を持つ女性を設定することでしか描き出せないヘミングウェイの苦悩を表している。

「白さ」に対するアンビヴァレンスは、ヘミングウェイの作家としてのキャリアが始まったばかりの頃、少年時代のアメリカを描いた頃からヘミングウェイの心に燻っていたのかもしれない。ニック・アダムズの物語におけるインディアンの森とアフリカという二つの場を扱うヘミングウェイの「ポスト植民地性」を説いた田村恵里は、『キリマンジャロの麓で』におけるアフリカが、「子供時代のインディアンの記憶の再生として存在している」(三三六)ことを指摘している。『キリマンジャロの麓で』において、ヘミングウェイはアフリカを「白人が盗んだ国」(一二九)と明言しているが、中でも興味深いのは、少年時代に見たインディアンの森とアフリカが交錯する以下の描写である。

昔の日々はいまより単純だったと思われがちだが、そんなことはない。いまより荒々しかっただけだ。あのリザベーションは、ここの村よりも荒々しかったのだ。いや、そうでもないのかもしれない。本当のところはよくわからない。わたしにわかるのは、白人が常に他者の土地を奪っては、そこに住んでいた人々をリザベーションに押し込める、ということだ。リザベーションでの暮らしは地獄のようなもので、インディアンたちは悲惨な思いを味わう。まるで強制収容所のようなものだ。白人は、このアフリカではリザベーションのことを禁猟地（リザーブ）と呼び、まるで慈善家のような顔をして、アフリカ人と呼ばれるようになった現地の人々を管理しているが、土地の狩人たちは狩りをすることを禁止され、土地の戦士たちは戦うことを禁止されている。（二六〇）

このように、ヘミングウェイの中では、五〇年代のアフリカと少年時代に見たインディアンの森はつながっており、それら二つの場は「白人」が不当に奪ったものという共通点がある。このような意識は、『エデンの園』のデイヴィッドにも見られる。デイヴィッドは、ニューヨークの出版社から送られてきた手紙にあった、クーリッジ大統領がブラック・ヒルズ山中で鱒釣りをしたというエピソードについて、「あの土地は我々がスー族やシャイアン族から盗んだものじゃないか」（五九—六〇）と言う。ニック・アダムズの物語では明確にされなかった「奪う」白人への嫌悪は、五〇年代になって作品中で明言されることになる。しかし、五〇年代、白人に奪われたアフリカの地でヘミングウェイは、白人を糾弾しながらも自らが白人であり、また、「白い」帝国主義に与えられた権限がなければ活動できない存在であること、自らが「白い」帝国主義の一部であることを痛感していたに違いない。ここに生じたジレンマは、キャサリン・ボーンというキャラクターに見られる、日焼けへのオブセッションとして表現されているのだ。

以上考察してきたように、『エデンの園』に描かれるキャサリン・ボーンの人種差別的意識は、白人女性としての不安と葛藤から生じるものであったが、『エデンの園』執筆当時のヘミングウェイは、抑圧する者としての自己の「白さ」に不安を覚えており、抑圧される者としての側面を持つキャサリンという女性登場人物を設定することによってしか自己の不安と葛藤を表現できなかった。

ヘミングウェイはその後、二度の飛行機事故の後遺症により、作品を完成させる力を失ってしまうが、五〇年代以降に彼が執筆したものには、彼が白人性の問題と向き合う姿が伺える。これらを丁寧に読み解くことにより、ヘミングウェイが、作家としてのキャリアの初めから抱いていたに違いない白人とは何かという問題意識が、時を経てキャサリン・ボーンというキャラクターに結実していることが読み取れるだろう。

＊『エデンの園』のオリジナル原稿に関しては、文京学院大学のフェアバンクス香織先生のご厚意によりその全文のコピーを見せていただいた。また、同先生が早稲田大学に提出された博士学位論文『ヘミングウェイの死後出版作品研究——編纂方法とその問題点——』の『エデンの園』に関する部分、特に第5章を併せて参照させていただいた。ここに記して感謝の意を表したい。

引用文献

Armengol-Carrera, Josep M. "Race-ing Hemingway: Revisions of Masculinity and / as Whiteness in Ernest Hemingway's *Green Hills of Africa* and *Under Kilimanjaro.*" *The Hemingway Review* 31.1 (Fall 2011): 43–61.

Burwell, Rose Marie. *Hemingway: The Postwar Years and the Posthumous Novels*. Cambridge: Cambridge UP, 1996.

Comley, Nancy R., and Robert E. Scholes. *Hemingway's Genders: Rereading the Hemingway Text*. New Haven: Yale UP, 1994.

N・R・カムリー／R・スコールズ『ヘミングウェイのジェンダー——ヘミングウェイ・テクスト再読——』日下洋右監訳　英宝社、二〇〇一年。

Del Gizzo, Suzanne, and Frederic Svoboda, eds. *Hemingway's The Garden of Eden: Twenty-five Years of Criticism*. Kent: The Kent State UP, 2012.

Elliott, Ira. "In Search of Lost Time: Reading Hemingway's *Garden*." Del Gizzo and Svoboda 298–314.

Hemingway, Ernest. *Ernest Hemingway: Selected Letters, 1917–1961*. Ed. Carlos Baker. New York: Scribner's, 1981.

———. *The Garden of Eden*. 1986. New York: Scribner's, 2003.

———. *The Green Hills of Africa*. 1935. New York: Scribner's, 2003.

———. *True at First Light*. New York: Scribner's, 1999.
アーネスト・ヘミングウェイ『ケニア』金原瑞人訳　アーティストハウス、一九九九年。

———. *Under Kilimanjaro*. Kent: The Kent State UP, 2005.

Lott, Eric. *Love and Theft: Blackface Minstrelsy and the American Working Class*. 1993. New York: Oxford UP, 2013.

Moddelmog, Debra. *Reading Desire: In Pursuit of Ernest Hemingway*. New York: Cornell UP, 1999.
デブラ・モデルモグ『欲望を読む――作者性、セクシュアリティ、そしてヘミングウェイ――』島村法夫、小笠原亜衣訳　松柏社、二〇〇三年。

Morrison, Toni. *Playing in the Dark: Whiteness and the Literary Imagination*. Cambridge: Harvard UP, 1992.
トニ・モリスン『白さと想像力――アメリカ文学の黒人像――』大社淑子訳、朝日新聞社、一九九四年。

Peters, K. J. "The Thematic Integrity of *The Garden of Eden*." Del Gizzo and Svoboda 42–57.

Rasmussen, Birgit Brander, Eric Klinenberg, Irene J. Nexica, and Matt Wray. *The Making and Unmaking of Whiteness*. Durham: Duke UP, 2001.

Roediger, David R. *The Wages of Whiteness: Race and the Making of the American Working Class*. 1991. New York: Verso, 2007.

デイヴィッド・ローディガー『アメリカにおける白人意識の構築――労働者階級の形成と人種』小原豊志、竹中興慈、井川眞砂、落合明子訳　明石書店、二〇〇六年。

Solomon, Barbara Probst. "Where's Papa? Scribner's '*The Garden of Eden*' is not the Novel Hemingway Wrote." *The New Republic* 9 Mar. 1987: 30–34.

Strong, Amy L. *Race and Identity in Hemingway's Fiction*. New York: Palgrave Macmillan, 2008.

今村楯夫「『白さ』への揺らぎ――*True at First Light* 論」『ヘミングウェイ研究』創刊号、二〇〇〇年、九―二八。

田村恵理「森からサファリへ――『アフリカン・ブック』から見るヘミングウェイの『ポスト植民地性』」『アーネスト・ヘミングウェイ』日本ヘミングウェイ協会編　臨川書店、二〇一一年、三三三―四八。

フェアバンクス香織『ヘミングウェイの遺作――自伝への希求と〈編纂された〉テクスト』勉誠出版、二〇一五年。

藤川隆男「白人労働者階級の形成――下からの歴史」『白人とは何か？――ホワイトネス・スタディーズ入門』藤川隆男編　刀水書房、二〇〇五年、四九―五七。

ダーク・ラヴァー、ホワイト・ガール――『夜はやさし』における人種と性

高橋美知子

はじめに

F・スコット・フィッツジェラルドの代表作『グレート・ギャッツビー』（一九二五年）のトム・ビュキャナンは、一九二〇年代のアメリカで流行したノルディシズムの影響を大いに受けた人物である。(1) 彼は、「文明は粉々になりつつあるんだぜ」「俺たちが十分気をつけておかないと白人はいずれ――いずれ完全にやり込められてしまう」と自分が「北方人種《ノルディック》」（一四）で

あることを強調しつつ、新移民たちのアメリカへの流入を嘆く(2)。

一九二〇年代から三〇年代のアメリカは、ノルディシズムの流行や移民排斥主義の隆盛、クー・クラックス・クランの再興、反カトリシズム運動の活発化など、移民と人種の問題をめぐり、動乱の時代を迎えていた。フィッツジェラルド自身も、当時の人種問題に対して傍観的立場にあったわけではない。彼は自分と同じくアイルランド系カトリックの出自を持つ小説家ジョン・オハラに宛てた手紙で、「半分ブラック・アイリッシュ」で「半分アメリカの古い血筋」をひく生い立ちが(3)、自分に「二気筒の劣等感」を植え付けたと告白し、自分は「ゲール民族」だという「強烈な社会的自意識」(ターンブル 五〇三)を抱えているのだと述べている。未完の短編「父の死」で父親に対する深い敬愛の念を吐露したフィッツジェラルドであるが、一貫してアイルランド系カトリックのコミュニティの中で育ったこともあり、父親側の「アメリカの古い」血筋よりも母親側の「ブラック・アイリッシュ」の血筋をより強く意識していたことがわかる。さらに、同じ手紙の「家族のうちブラック・アイリッシュだった半分は金を持っていて、メリーランド側の半分を見下していた」という箇所から伺えるように、フィッツジェラルドにとって父母の関係を考えるとき、彼らの出自は無視できない要素であった。

フィッツジェラルドの両親の例を持ち出すまでもなく、人種と結婚はアメリカにとって切り離せない問題であり、同時に極めて繊細な問題でもある。特に白人と黒人の異人種混淆と混血の恐怖は常にアメリカ社会内部に存在し、一七世紀以降、アメリカは白人の純潔を守ろうと異人種混淆の制度的禁止を試み、数多の法律が制定されてきた。二〇世紀初頭、一九世紀にヨーロッパで提唱された優生学が、マディソン・グラントらによりアメリカに紹介され、外国人や非白人との混淆が人種の劣化を引き起こすと唱えるこの〈科学〉は、アメリカの政策に大きな影響力を持つようになる。一九二四年にはヴァージニア州で「人種主義的優生学が法律となって結実した」（山田「アメリカ史」五七）人種純血保全法が制定され、一九二七年の時点では四八州のうち実に三九州が異人種間結婚を禁止する法律を制定している（山田「アメリカ」九二）。また、一九三四年にアメリカ映画の自主規制であるヘイズ・コード（プロダクション・コード）が制定され、そこに異人種混淆の描写禁止が定められたことからもわかるように、当時のアメリカでは、官民両方の立場から異人種混淆を防ごうという試みが為されていたのであるが、それは決して平坦な道のりではなかった。異人種間の結婚を禁じたところで、白人とは何か、そして黒人とは何かという定義自体に流動性が伴うからだ。ヘイズ・コードを例に見ても、この問題の複雑さがわかる。アメリカ映画における移民表象を論じたカルロス・E・コルテスによれば、ヘイズ・コードで禁じられた異人種混淆、すなわち「白人種と黒人種の性的関係」の「黒人」とは「有色人種」とほぼ同義であり、そこには「アジア系、肌の黒いラテン系移民、アメリカンインディアン」（六一）も含まれたのである。

このように、人種と結婚をめぐる当時の複雑な状況、そしてフィッツジェラルド自身の人種意識は、アイルランド系であるディックを主人公とする『夜はやさし』の人物関係の背景に、どのように作用しているのだろうか。本稿では『夜はやさし』の登場人物たちの〈白さ〉の度合いに注目しながら、(4) 彼らのホワイトネスが作中でどのように表象されるか、また作中で展開する人物関係にホワイトネスの問題が如何に影響しているかを論じる。

1　ヴァイキング・マドンナに魅せられて―ダイヴァー夫妻と「インターマリッジ」

ホワイトネス研究の先駆者の一人、ルース・フランケンバーグは、ホワイトネスの定義の中に「構造的に優位な、つまり人種的特権を持つ立場」、そして「白人がそこから自身や他の人々を眺める『視点』」（一）という二点を含めている。『夜はやさし』の主人公、ディック・ダイヴァーのホワイトネスは、彼につきまとうアイルランド性のせいで不安定なものであるが、彼は自身のホワイトネス、すなわち特権的立場や視点を守るため、しばしば周囲と自身の差別化を図る。しかし、彼のホワイトネスを論じる前に、まずはアメリカにおけるアイルランド系移民の立場を概観しておく必要があるだろう。[5] アメリカの移民排斥運動の歴史は独立以前にまでさかのぼるが、アイルランド系、なかでもカトリック教徒は常にその対象であった。一九世紀半ばにはアイルランドの大飢饉の影響で貧しい移民が大量にアメリカに渡り、都市部の最下層での労働に従事するようになった。山田史郎によれば、彼らはアメリカの大衆向けの印刷物では、黒人同様「猿」や「原始人」（『アメリカ』九〇）として描写され、激しい差別の対象となった。アイルランド系や南東欧系は、「帰化法上は『白人』であることが問題視されることはなく、必要な在米年数を満たすことによって市民権の獲得は保証されていた」（八九）のだが、いわゆる旧移民の間では、自分たちと民族の異なる人々がアメリカ白人の仲間入りをすることに対する抵抗があった。当時流行していた骨相学や優生学に基づけば、新移民は初期移民の子孫や北西欧系移民に比べ「知能や情緒の面で劣る」とされ、彼らがアメリカ白人になることは、「結果として白人の質的低下をもたらす」（八九）ため、これらの移民を排斥すべきという考えは根強かったのである。一方、カトリック教徒に対する弾圧は一九世紀半ばにピークを迎えていたが、移民排斥運動の隆盛に連動するように、一九二〇年代に入りクー・クラックス・クランを中心に再び活発化した。

フィッツジェラルドは、このように弾圧と排斥の歴史にさらされたアイルランド系カトリックの血を引いていたが、彼とディック・ダイヴァーの出自は似て非なるものである。ディック自身の言葉によれば、彼はノース・カロライナの州知事を曽祖父に持ち、「マッド・アンソニー・ウェインの直系子孫」（一七五）である。(6) ウェインはプロテスタント教徒のアングロ・アイリッシュを父親に持つ、アメリカ独立戦争の英雄であり（ムーア 五―七）、さらに、ディックの父親は牧師である。つまり彼は、アイルランド系の中でも比較的早期にアメリカに移住し、社会への同化もスムーズであったアイルランド系プロテスタントの子孫であるし、前述したようにアイルランド系カトリック移民の大半が都市部で悪条件の労働に従事していたのに対し、彼の受けてきた教育や医師としての経歴はエリートと呼ばれるにふさわしい。しかし、その恵まれた出自にもかかわらず、赤い髪と髭に象徴されるアイルランド性が、作品を通じてディックにはつきまとい、(7) 彼は決して「無色透明な、普遍的存在」（藤川 八）である〈白人〉のエリートアメリカ人青年にはなれない。

この曖昧な自身のホワイトネスを確認するかのように、ディックは頻繁に、いわゆる有色人種に対して侮蔑的言動をとるのだが、(8) 彼のその行為は、かつてアイルランド系カトリック移民が、ホワイト・エスニックとしての立場を確立するため——条件付きとはいえ白人《ホワイト》になるため——アフリカ系アメリカ人を攻撃した経緯を想起させる（山田「ホワイト・エスニック」二五〇）。また、ノエル・イグネイチェフが指摘するように、一九世紀後半以降、アイルランド系プロテスタント移民は自らをスコッチ・アイリッシュと称することでカトリック移民との差別化を図り、自分たちのホワイトネスを守ろうとしたが（四五—五七）、ディックを通じて表象されるのは、アイルランド系プロテスタントの優位性ではなく、むしろ、アメリカの人種問題を論じる際にはあまり注目されない、彼らのホワイトネスの危うさである。

一方、ニコルはシカゴの大富豪ウォレン家の出身で、ドイツ系の伯爵を母方の祖父に持つ。彼女の父デヴェルーはカトリック教徒で、ウォレン家は正統派WASPのコミュニティには属さない。イギリスに傾倒し、イギリス人男性との結婚を望むニコルの姉ベイビーの極端なイギリスびいきは、彼女が「かび臭い」（一六八）とけなすWASP的世界への憧れの裏返しであろう。彼女はウォレン家を「称号こそないものの、アメリカにおける公爵家」（一七五）と認識しており、ニコルの結婚相手としてディックを見たとき、「彼女が持つ貴族のイメージにはどうやっても当てはまらない」（一七三）と不満に思う。「[肌の]色が社会的地位を確定する上で重要である」（イグネイチェフ　二）アメリカ社会で、ウォレン家は富と名声にもかかわらずWASP社会の中に食い込むことが出来ないが、彼女はイギリス人――願わくば、爵位を持ったイギリス人青年――との結婚でその現実を覆すことを望んでいる。しかし、ベイビーが望むイギリス人との結婚は、様々な事情から叶わない。それは、アメリカにおいて、人種により決定された社会階層を覆すことの困難さを示唆してもいる。とはいえ、主要登場人物に焦点を絞ってみれば、作中で「ヴァイキング・マドンナ」（四三）と呼ばれ、若き日の髪の色が「サクソン系白人のブロンド」（七八）と描写されるニコルは、ディックよりはるかに白いイメージでもって描かれる。このことは、一九世紀後半のアメリカにおける位置づけが「イギリス、スカンディナヴィア系よりは下だが、アイルランドよりは上」（ローディガー 一四四―四五）で、アメリカ社会への同化もスムーズであったドイツ系の優位性を反映すると考えてよいだろう。

ニコルとの結婚を考え始めたディックは、彼を見下すベイビーの態度に辟易し、結婚を取りやめたいという思いに駆られるが、「生まれたばかりのように白くて清らか」（一七五）なニコルの姿を目にしたことで、考えを改める。彼女の白さはディックにとって重要な意味を持つが、その理由の一端を、コルテスが提示するインターマリッジという概念に求めることができよう。一九二〇年代のアメリカにおいては「メインストリーム、すなわちアングロ系アメリカ人」と

「非白人の移民を含む民族的マイノリティ」（五八）の結婚はタブーであった。その一方、この場合のインターマリッジとは移民やホワイト・エスニック同士の結婚を指し、一九二〇年代のハリウッド映画では、これにより「移民同士の伝統を混ぜ合わせ、民族的純粋性を減少させることで、よりアメリカ人らしくなること」（五八）が推奨されていた。ディックとニコルの結婚も、インターマリッジに当たり、この結婚には、ディックが彼の血筋をより正当なホワイトネスに近づけることができる、という側面があることを確認しておきたい。

2　エキゾティシズムの誘惑
――「エキゾティックな他者」としてのトミー、ホセイン、ニコテラ

アメリカの二〇世紀初頭は、人種主義や移民排斥運動が高まる一方で、エキゾティシズムが流行した時代でもあった。「世紀転換期に再発した異国への恐怖は……異国への憧憬と表裏一体」（巽　一六〇）だったのである。当時の一大娯楽産業であり、「社会を反映する指標であり、人々を社会的に教育する役割」（コルテス　五三）を果たしていた映画においても、エキゾティ

シズムの流行は顕著であった。二〇世紀前半のハリウッド映画を論じたルース・ヴェイジーによれば、一九二〇年代、三〇年代のアメリカでは「エキゾティックとエロティックは深く結びついて」いた。エキゾティックな人物は「[アメリカの]ミドルクラスにおける慣習」の外に存在しており、ゆえに「際限ないエロティックな可能性に対してオープンであると考えられた」(二一八)からである。ハリウッドにおけるエキゾティシズムの象徴的存在が、サイレント期最後の映画スター、ルドルフ・ヴァレンティノである。ウォーレス・リードら色素の薄い俳優たちがスターの地位を占めていた映画界で、浅黒い肌、黒い髪のヴァレンティノは映画界でのキャリアを悪役からスタートしたが、やがて「野蛮人の男らしさとロマンティックな情熱」を兼ね備えた「エキゾティックで貴族的な男性他者」(ハンセン 二五六)として、「世界中の何百万という女性の欲望の典型的な対象となった」(ヴェイジー 二一八)。

『夜はやさし』に、ハリウッド映画におけるエキゾティシズムの影響を見出すことは難しくない。「アメリカ社会の巨大な変化の流れを体現する」(六三)ニコル、ローズマリー、メアリーの三人のアメリカ人女性が、クリス・メッセンジャーが指摘するように、作品の終盤にかけそれぞれ浅黒い肌を持つ男性と結ばれていくことは注目に値する。ディックと離婚したニコルは、かねてから不倫関係にあったトミーとほどなく再婚し、ディックと惹かれあうローズマリーは、彼と刹那的な不倫関係となる一方で、イタリア人俳優のニコテラとも恋愛関係にあり、ディックの親友エイブの妻メアリーは、夫の死後アラブの富豪ホセインと再婚するのである。

ローズマリーの恋人ニコテラは、文字通り「ヴァレンティノになりたいと願っている」（一三二）若手俳優であるが、「野蛮人の男らしさとロマンティックな情熱」を兼ね備えた「エキゾティックで貴族的な男性他者」というヴァレンティノ的イメージは、トミー・バーバンの人物造形に顕著な影響を与えている。「騎士の声」（五三）を持ち、ニコルの名誉のために決闘に臨むトミーは、時に「古めかしい《アルカイック》」（四五、五一）という形容詞に結び付けられるように、ディックらが形成するアメリカ人コミュニティの中では異質の存在である。(9) アメリカ人とフランス人を両親に持ち、イングランドで教育を受けたトミーは、自身を「ヨーロッパ人」（四五）と定義し、八ヶ国で軍隊に所属してきたという経歴が示すように、彼は国籍に縛られない存在である。しかし初登場の場面で「まぎれもなくラテン系」（一四）と形容されているように、作品全体を通して彼には「ラテン」という形容詞がついて回り、彼の浅黒い肌色は様々な場面で強調される。そして後述するように、その異国性こそが、ニコルが彼を浮気相手として選ぶ際の最大の魅力となるのだ。

メアリー・ノースの再婚相手となるホセイン・ミンゲッティはトミー以上に国籍という枠に

とらわれない存在である。彼は北アフリカからアジアにかけての様々な血が混ざった「カバイル＝ベルベル＝シバ＝ヒンドゥ系」でありながら、「ヨーロッパ人に近い」顔立ちをし、イングランドのパブリックスクールで教育を受け、西南アジアに所有するマンガン鉱山から莫大な富を得、ローマ・カトリック教会から伯爵の称号を授与されているという、いわばエキゾティシズムのハイブリッドだが、その肌の色は「メイソン・ディクスン・ラインの南側で寝台車を利用できるほどには白くない」（二七九）と明言されている。[10] つまり、ヨーロッパにおける身分や財力に関わらず、ホセインはアメリカでは有色人種となるのであり、これは肌の色が社会的地位を確定する上で重要な役割を果たす、アメリカ特有の社会構造を浮き彫りにする。

このように、『夜はやさし』には当時の映画界におけるヴァレンティノ・ブームをなぞるように、肌の浅黒い男性と白人女性の関係が描かれる。留意すべきは、当時の社会状況のなか、ヴァレンティノが決して無条件に銀幕スターとして君臨していたわけではなく、彼の作品があからさまな異人種混淆の描写に陥ることを注意深く避ける必要があったのに似て、[11] トミーやホセインが妻となった女性を連れてアメリカに渡ることは、『夜はやさし』の世界において決してあり得ないし、ほのめかされることすらないことだ。『夜はやさし』で描かれるエキゾティックな男性と白人女性の関係は、ヨーロッパというアメリカの日常から切り離されたコンテクストにおいてのみ可能なのである。

3　ロマンティック・ラヴの幻想――ニコルとトミーの情事と再婚

「黒と白、そして金属的」（三三六）と描写されるトミーとニコルの関係は、それぞれの黒さと白さを際立たせていく。ニコルと二人きりになった時、トミーは彼女の「白い悪党の目」（三二四）に気づき、「茶色く日に焼けた手足や頭と唐突につながった楕円形の白い胴体」（三一七）を目にして、ニコルの白さを驚きと共に発見する。一方ニコルは、トミーの「とても色の黒いハンサムな顔」や、彼の肌の色や肉体から感じられる異国性、「色々な方言が混ざってぎこちない口調」（二八九）などに強い魅力を感じている。

異国的なトミーをニコルは「まるで映画に出てくる冒険家みたい」（二九〇）だと思い、一方で彼も自分の戦場体験を映画のようだとニコルに語る。ヴェイジーが指摘した、スクリーンを通じたエキゾティックとエロティックの相関性がここには投影されているが、総じてトミーとニコルの関係は、実に映画的である。その最たる例は、トミーと肉体関係を持ったニコルが、「トミーの馬の鞍に横たわり」、「ダマスカスからさらわれてモンゴルの平原にたどり着いた」(三二〇)と想像する場面である。ここで彼女の脳裏にあるのは、ヴァレンティノの出世作、『シーク』(一九二一年)において、ヴァレンティノ扮するアーメッドがモンテカルロで見初めた「白い手と金色の髪」を持つイギリス人女性レディ・ダイアナをさらって鞍に横たえ、サハラの砂漠を馬で駆け抜ける場面であろうか。奇しくも、ニコルとディックの自宅は「ダイアナ荘」と呼ばれているのだが、トミーと関係を持つために彼女がそこを抜け出してきたことが暗示するように、レディ・ダイアナとニコルそれぞれの選択は、エキゾティックな男性との結婚という点で共通しながらも、多くの点で異なっている。

「家族とは、ジェンダー・家父長制規範による女性抑圧が発動・再生産される空間として、それはまずもって女性にとって『そこからの解放・自由』が第一義的に課題とならざるをえない」(三〇)と金井淑子が述べるように、近代社会において家族や結婚は、女性抑圧のシステムとしてしばしば批判の対象となってきたが、レディ・ダイアナは、「結婚なんて囚われの身になることだわ」と求婚者を断ってサハラ砂漠の冒険へと出発する。しかし彼女はそこで自分をさらったアーメッドと恋に落ち、最終的には彼と結婚するに至る。当時の貴族女性の標準的生き方から飛び出そうとしていたダイアナが、結局は規範的婚姻制度に収まることになるという点で、エミリー・ライダーが言うように『シーク』は「一面ではダイアナの調教の物語」（一六三）である。さらに結婚に先立ち、アーメッドの実の両親がイギリス人とスペイン人であることが明らかになり、「闇《ダークネス》は過ぎた」のキャプションと共に、彼がエキゾティックな恋人から、イギリス貴族の令嬢にとって社会規範上安全な結婚相手へ変貌していることも見逃してはならない。

一方で、「自分が、ディックという太陽の惑星に過ぎなかった」（三一〇）生活からの脱却を望むニコルは、「精神的ロマンスではなく、『情事』」（三一三）を望んでいる。映画が多くの女性にとって日常からの束の間の逃避であったように、ニコルは結婚生活という名の日常に対する非現実として情事を求めているが、ヴァレンティノ同様に、「退屈でロマンティックさに欠けている」「メインストリームの……夫」（ライダー　二五三）とは対極にあり、「ディックより黒く、力強い」（三一六）トミーは、その相手として実にふさわしい。だが二人の関係を追っていくと、ディックとの結婚生活に抑圧を感じ、そこからの脱却を求めたニコルが、なぜ情事向けの男性であるトミーと再婚するのだろうか、という問いが浮上する。

その答えは、近代の婚姻制度を支えてきた男女の終身的な婚姻関係というイデオロギーから、ニコルが自由であることに見出せるだろう。ニコルと関係を持ったトミーは、ディックを前に「今この瞬間から」「俺が彼女を守る」(三三二)と宣言するが、ニコルはトミーのことを「足元にかしずく無数の男の一人」(三一二)にすぎないと見なしており、「従う必要も愛する必要もないたくさんの男たちがいる新しい景色」(三一五)を予見している。トミーの男らしさ、力強さはニコルにとって映画的鑑賞の対象になりこそすれ、屈服の対象ではなく、彼女はトミーとの結婚に精神性も、永続的な関係を築くことも求めていない。表面的には映画的ロマンスの体をもって描かれるニコルとトミーの関係は、その実「『近代家族』の成立を支えたロマンティック・ラヴ・イデオロギー」、すなわち「至福の愛の瞬間」が「永遠につづく(はずだ)という幻想を、現実であるかのように信憑させる社会的装置」(吉澤 一〇九―一一五)とは無縁である。

一対の男女のロマンティック・ラヴに基づく終身的な婚姻関係という、近代の婚姻制度を支えてきたイデオロギーからニコルを解放するのは、曖昧なホワイトネスを抱えて生きる男たちを魅了する彼女の白さと、ウォレン家の資産を築き上げた辣腕の商売人である祖父から受け継いだ富としたたかさである。彼女の白さはディックを魅了し、トミーを溺れさせ、彼女の富はディックを「ジゴロのように呑み」(二二〇)こんでいく。「多大なる創意と労働の産物」であり、労働者からの「十分の一税」(六五)を享受する存在、すなわちアメリカ産業資本主義が生み出した消費社会の申し子、その頂点に位置するニコルは、自身を「高価な財産」（一五九）だと認識している。ディックとの結婚を望んだとき、ニコルは彼が夫兼専属の医者として、その高価な財産の保全に努めてくれることを予測していたであろう。若き日の二人の関係を見れば、ニコルの精神的不安定さがディックの保護欲を掻き立てる一方で、彼女が次第にディックを取り込んでいっていることがわかる。二人が初めてキスする場面では、一人テーブルを離れたニコルは、ディックがきっと自分を探しに来ることを予期しており、ディックに寄り添いつつ彼を「追いつめ」、キスをしながら「勝ち誇る」（一六九―七一）。抜き差しならない関係にディックを誘い込んだのはニコルの方であり、病の中でも、時に彼女は祖父譲りのしたたかさを垣間見せている。

ディックは一〇年かけてニコルの病の治癒に貢献し、彼女の期待に見事に応えた。だが、病が治った彼女が望むのは、「きれいな若い女性として傲慢になれる人生の盛り」に失った「貴重な二年間」（三二一）を埋め合わせることであり、その相手役には、かつての活力を失ったディックより、若く、屈強で、セクシュアルなトミーこそがふさわしい。両者との関係でそれぞれ用いられる「転移（transference）」（一五五、三二四）という語が暗示するのは、必要に応じて手持ちのカードを入れ替えるように夫を取り換え、消費していくニコルの生き方である。

ニコルの「白い悪党の目」は、ロマンティック・ラヴの理想に曇ることなく、自身の価値を最大限に活かせる夫を見出す。彼女にとって、婚姻制度は呪縛ではなく、「高価な財産」としての自分を守る男たちを確保するためのシステムであり、彼らを消費し、自身の価値をさらに高めるための手段なのである。

4　白い少女たちの幻惑——ディックのホワイトネスをめぐる不安

「泳ぎ手たち」（一九二九年）や「ヤコブの梯子」（一九二九年）など、『夜はやさし』に先立って書かれた短編の中には、人生に行き詰まりを感じている男性と、年若い少女の関係を描く作品が複数ある。(12) 特に「ヤコブの梯子」で描かれるジェイクとジェニーの関係は、『夜はやさし』のディックとローズマリーの関係の原型に位置付けられる。しかし、これらの短編に登場する少女が一人であるのに対し、『夜はやさし』にはローズマリー以外にも数多の少女が登場している。

メッセンジャーは、ディックの民族的ストレスや性的ストレスを作中に表れる少女たちと結びつけ、ディックが抱く少女へのオブセッションを指摘し、ほとんどの場合名前すらない彼女たちが、ディックの精神的ストレスが生み出した幻である可能性さえ指摘しているが（一六〇―六一）、ディックにとって少女たちとは、その存在を通じて〈あるべき／あるはずだった〉自己を見ることができる、魔法の鏡のようなものではないだろうか。ニコルと出会った頃のディックは、「歴史上もっとも偉大な心理学者になる」（一四七）ことを目指す、前途洋々とした若き医師であった。しかし医師仲間からの忠告にも関わらずニコルとの結婚を選んだ彼は、次第に研究からも臨床からも遠ざかっていき、若き日のその夢は叶わぬものとなる。若き日のディックのもう一つの望みは、「善き人間でありたい、親切な人間でありたい、勇敢な、賢い人間でありたい……そして愛されたい」（一四九）ということだった。結婚生活の中で、自分が次第に己の理想とする医師像から離れていくストレスから生じる自己肯定感の低下の問題に、ディックは人助けをし、感謝されることで対処しようとする。父の葬儀の後、アメリカからヨーロッパに戻る船の中で、小説家として大成功したかつての知人マッキスコに出会ったディックは、自身の未完の著作のことを思わずにはいられなかっただろう。その直後に続くのは、彼が「力になりたい、称賛されたいという圧倒的な欲望に襲われ」（二一六）て、道に迷った二人の娘とその母親を助ける挿話である。ローマで彼女らと別れたディックは、ホテルで思いがけずローズマリーと再会するが、そもそもディックがローズマリーに惹かれるのも、自分を「敬愛」し、自分の言葉に「熱烈な崇拝」（一二五）をもって耳を傾ける一七歳の彼女の瞳の中に、己が理想とする自分の姿が映っているのを見たからではないだろうか。

あるべき自己と現実との乖離に苛まれるディックは、救いを求め、少女を求める。ニコルに疑念を突きつけられた際には、「少女についての件は幻想だ」（二〇八）と少女への興味を否定してみせるディックだが、その発言の直後に一人ドイツに向かう飛行機の中では、彼の思考は虚実取り混ぜた少女たちをめぐって漂い続け、訪問先のインスブルックでの彼は、「今や、目にするすべてのきれいな女性に恋せずにはいられなかった。それが遠くにいるにせよ、壁にうつった影にせよ」（二二〇）と自身のオブセッションをはっきりと認識している。この地でディックは、マッキベンという男に雇われている家庭教師兼愛人を終始気にしているが、このエピソードは『スクリブナーズ・マガジン』連載時の『夜はやさし』では、はるかに長いものであった。雑誌版ではディックは彼女としばらく会話した後キスをし、それをマッキベンに目撃され、糾弾される。ほどなく事態はディックを蚊帳の外に置いた愛人同士の痴話げんかへと発展していくが、この一連のエピソードにおいて興味を引くのは、この女性に対して用いられる代名詞が刻々と変化していく点である。ディックが彼女に興味を抱いている場面では「少女《ガール》」が用いられ、キスシーンまではそれが続く。しかし、マッキベンに見つかって陶酔感が冷めれば「若い女《ヤングウーマン》」、そして彼女と愛人とのいざこざを他人事のように眺める場面では「女性《レディ》」となるのだが（『スクリブナーズ・マガジン』一九三四年三月号 二一七―一八）、この代名詞の変遷に、彼女に対するディックの興味の度合いの移ろいが重なり合い、そこから大人の女性よりも少女に惹かれるディックの嗜好が垣間見える。

年若い少女に惹かれ、人助けに喜びを覚えるディックを、ピグマリオン的願望の所有者と呼ぶこともできるだろう。ギリシャ神話のピグマリオンは、自ら彫り上げた象牙の彫刻の乙女を愛したが、このキプロス王の名前をタイトルに冠したバーナード・ショウの『ピグマリオン』が舞台化・映像化された際のタイトルが『マイ・フェア・レディ』（傍点筆者）であったことからも、ピグマリオン的願望において、無垢を連想させる相手少女の若さと白さは分かちがたく絡み合う。

メッセンジャーはディックの少女たちの特徴は、「決して［ディックにとっての］民族的他者とは特徴づけられないこと」（一六一）としているが、作中における数多の少女の中でも、ディックにとって特別な存在であるニコルとローズマリーに関してはその限りではないだろう。それぞれ少女としてディックの前に登場する彼女たちに共通するのは、その白さだからである。

ニコルの白さについてはすでに見たとおりであるが、ディック同様アイルランドの血を引くことがほのめかされているローズマリーの場合にも、[13] 作品冒頭からその肌の白さが繰り返し言及され、[14]「アッシュブロンドと金色」(一二)が混ざった髪を持つ彼女は、テラコッタを白く着色したタナグラ人形に例えられる。映画女優という彼女の職業を考えれば、一九三〇年代のハリウッドで、アイルランド系アメリカ人青年マリオン・マイケル・モリソンが、「ＷＡＳＰの男らしさをまさしく体現する」俳優ジョン・ウェインに生まれ変わったのと同様(リー 四九六)、ローズマリーの白さもまた、ショウビズ用に創りだされたものである可能性は否定できないものの、不思議なことに彼女にはディックにつきまとうアイルランド性は殆ど見られず、むしろ白さばかりが強調される。

しかし、ニコルとローズマリーは、いつまでも白くて無垢な少女に留まりはしない。ローマで三年ぶりにローズマリーに再会したディックは、「あなたに初めて会った頃はただの女の子だったけど、今は大人の女性よ」(二二九)と宣言する彼女を少女のままにとどめようとする願望と、彼女を抱きたいという欲望の狭間に囚われることとなる。二人は一晩だけの肉体関係を持ち、それによりディックは「ローマはローズマリーへの夢が終わった場所だ」(二四〇)と認め、「ニコルこそが僕の少女」(二三三)だという思いを新たにするが、そのニコルももはや、かつての「生まれたばかりのように白くて清らか」な少女ではない。リヴィエラで肌を焼き、ブロンドだった髪の色も濃く変わり、成人女性としての美しさと自信を身に着けた彼女は、[15]トミーを従え新たな世界へと足を踏み出しつつあるのだから。

　結婚生活の中でニコルの病が癒えるのと反比例し、ディックは次第に疲弊していくが、その要因の一つが、ニコルが所有する圧倒的な富である。莫大な資産を持つニコルと暮らすうちに、ディックは「自分の仕事の価値が矮小化され」（一八八）たように感じるようになり、更には「貧しい教区での父の苦労を見ていたせいで、金への欲望が生まれ」、「いつの間にかジゴロのように呑みこまれて、どういうわけか手持ちの武器をすっかりウォレン家の地下金庫に預けて鍵をかけられて」（二二〇）しまう。産業資本主義の歯車に組み込まれた彼の忸怩たる思いは飲酒へとつながっていくが、ここでは、酒が作中で「黒い飲み物」（二七三）と呼ばれている点に注目したい。『夜はやさし』の後半では、黒さが様々な形をとってディックへと忍び寄り、最初から曖昧であった彼のホワイトネスは、彼の人生の行き詰まりとともに更に揺らいでいく。一つの転機はローマで訪れる。ここで暴力沙汰を起こして拘留されたディックは、イタリア人のことを「イタリア野郎《ウォップス》」（二四八）と罵る一方で、自分は「アーリア人」（二五四）であるとの認識を示し、極めて人種主義的な態度で自らのホワイトネスを強調する。しかし、その直前、かつては自分を手放しに賛美していたローズマリーから、「あなたは私に何を与えられるの」（二三八）という言葉を突きつけられた際には、「僕は黒死病なんだろうな」（二三九）という言葉を残してその場を立ち去っており、その内面には「黒い心」（二四四）を抱いてもいる。そして警察から釈放された直後には、幼児強姦殺人犯のイタリア人と間違われ、「もしかしたら、僕がやったのかも――」（二五六）と口走り、決定的なアイデンティティの揺らぎを露呈している。

このように、彼の人生が翳りを帯びていく過程と黒さが彼を侵食していく過程は重なり合うが、そのクライマックスとなるのが、ニコルを前に、トミーがディックに離婚を迫る場面である。これは『グレート・ギャッツビー』で、デイジー臨席のもと、ギャッツビーがトムと対峙する場面の変奏と言っても良い。その場面でトムは、ギャッツビーを「どこの馬の骨ともわからない奴」と蔑み、「家庭生活や家族という制度を軽んじる」世の中では、いずれ「黒人と白人の結婚」（一〇一）も起こるだろうと憤ってみせる。自分の不倫は棚上げしたトムの高説を、同席しているニックは「彼は文明の最後の砦を一人で守っているつもりなのだ」（一〇一）と冷めた様子で聞いているが、ギャッツビーとデイジーを断罪するトムの高圧的な態度の背景には、白人男性という彼の圧倒的優位な立場がある。彼が放つ言外のメッセージは、婚姻制度と異人種混淆禁止は、共に白人男性中心に構築されてきた近代「文明」を維持する基盤であり、それに歯向かうことは許されないということだ。「文明」を後ろ盾に、ギャッツビーをはねつけ、デイジーを押さえつけるトムと対照的なのが、抵抗の素振りすら見せずにトミーの要求を受け入れるディックである。三者協議の場となったカフェで彼が注文するのは、「ブラック・アンド・ホワイト」というスコッチである。しかし、彼の注文は、ウェイターの「ブラック・アンド・ホワイトはありません」（三三〇）という言葉で無効化される。奇しくもかつてビュキャナン社によって製造されていたこのウィスキーをめぐるやり取りは、ディックがそれまで主張してきた自身（ホワイト）とトミー（ブラック）という対比の無効化、つまり作品を通じて辛うじて保ってきた彼のホワイトネスの消滅の証左として読むことができよう。ここでのディックは、トム・ビュキャナン的強者の理論を振りかざせる立場から、完全に転落している。

ディックとニコルの離婚の後、二人の子どもたちはニコルのもとに留まり、ディックは彼らをアメリカに呼び寄せることもできない。先に紹介したインターマリッジという概念に立ち返れば、これはニコルとの結婚を通じて、ディックの血統がアメリカにおいてより正当なホワイトネスを獲得し、メインストリームに近づくというプロセスのとん挫を意味する。その社会構造において、ヨーロッパよりはるかに肌の色が重要な役割を果たすアメリカに帰国するディックには、そこで自らのホワイトネスの問題と新たに向き合うという課題が待ち受けているはずである。

結語

リヴィエラを去る直前のディックは、気分のすぐれないなか「自分の血がゆっくりと流れる」(三二七)のを感じつつ、ビーチに向かってカトリック式の十字を切るが、カトリック教徒でないはずのディックのこの謎めいた行為は、彼が葛藤を抱えつつも自身のアイルランド性を受容しようとしているジェスチャーとして読むことができよう。そこには変化の兆しもみられるが、帰国後のディックが、アメリカにおいて自らの曖昧なホワイトネスとどう付き合っていくのかは、はっきりとは描かれない。

最終章における帰国後のディックの姿は、主に手紙のやり取りを通じて彼の情報を得ているニコルの視点を通じて描かれる。ディックはニューヨーク州の様々な町を転々とするが、ニコルが「たまたま多くを知ることとなった」ロックポートでの彼の姿は、「自転車を乗り回し、女性からとても人気があり、机の上にはいつも、完成間近の医学に関する重要な研究書の原稿の山が載っている」（二二八）というもので、ヨーロッパ時代を彷彿とさせるものであるが、ロックポート後のディックには重大な変化も見られる。彼はニコルが金銭的援助を申し出ても反応しなくなり、ジェニーヴァの町を最後に、彼女に手紙を書くこともやめる。そして、子どもたちをアメリカに来させるように求めることもなくなる。それはまるで、彼がヨーロッパ時代の自分や家族との決別を図っているようでもある。ニコルがそうであると信じたがるように、一般開業医となったディックが心理学者としての再起を目指しているのか、それを諦めたのかはわからず、ロックポート以降登場しない少女が、再び彼の人生に姿を現すのかも不明である。ディックがどこに向かおうとしているのかは杳として知れない。

次第に規模の小さな町へと埋没していくディックの姿に重なるのは、彼の姓でもあるダイヴァーの描く下降線である。しかし、その語は下降と同時に、その先にある浮上のヴィジョンをも内包する。フィッツジェラルドは、『夜はやさし』の結末に希望を残さないよう、入念な推敲をおこなっているが（ラトレイ　一〇〇）、念入りに消された希望の痕跡にもかかわらず、この作品の結末は、多くの挫折を経たディックを敗者と断じていない。ニューヨークの片隅の町で、華やかなキャリアもなく、けれどもディックは確かに生きている。それは、自らもトム的強者の立場の外にあったフィッツジェラルドにこそ描けた、社会的強者ではなく、凡庸で、時に愚かでありながらも、それぞれの生き方を模索しつつ生きる、名もなき人々の生への静かな賛美なのではないだろうか。

＊本研究はＪＳＰＳ科研費 JP16K02521 の助成を受けたものである。

注

（1）ノルディシズムとは、優生学者マディソン・グラントの著書『偉大なる人種の消滅（*The Passing of the Great Race*）』（一九一六年）などに現れる、コーカソイドの中でも特に北欧系にルーツを持つ北方人種の優位性を説く思想。一九二〇年代のアメリカの移民政策に影響を与えた。

（2）『グレート・ギャッツビー』からの引用は、*The Great Gatsby* (Cambridge: Cambridge UP 1991) に拠る。日本語訳に関しては、村上春樹訳『グレート・ギャッツビー』（中央公論新社 二〇〇六年）を参考にした。

（3）各国のアイルランド系移民を対象としたウェブサイト「アイリッシュ・セントラル（IrishCentral.com）」によれば、「ブラック・アイリッシュ」とはアイリッシュ移民やその子孫たちによって広く用いられるようになったフレーズで、その由来には諸説があるとともに、多様な場面で用いられる流動的な記述用語である。

（4）本稿では〈白さ〉という語は、基本的に肌や髪の色などにおける白人的要素を指して用いる。

（5）アイルランド系移民が、アメリカでホワイトネスを獲得し、定着していった過程については引用文献にあげたローディガー『アメリカにおける白人意識の構築』や山田「ホワイト・エスニックへの道」が参考になる。

（6）『夜はやさし』からの引用は、*Tender Is the Night* (Penguin Books, 1986) に拠り、これ以降カッコ内にページ数のみを記す。日本語訳に関しては、森慎一郎訳『夜はやさし』（作品社 二〇一四年）を参考にした。

（7）「赤い髪」（二〇、一〇四）、「［肌と同じく］赤く陽に晒された短髪」、「かすかなアイルランド訛りが音楽のように響く声」（二八）、「赤く目立つ赤褐色の髭」（二九八）など、彼のアイルランド的特徴は作品の多くの箇所で言及されている。

（8）ニコテラを「ラテン野郎《スピック》」（二三八）と呼ぶ、ホセインの前で「スピック」という言葉を使ったことをニコルに窘められれば「黒んぼ《スモーク》」（二八〇）と言うつもりだったと言い返す、黒人同士のトラブルに言及するときに「ただの黒んぼの喧嘩《ニガースクラップ》だ（scrap には〈好ましくないものの欠片〉という意味もある）」（一一二）という語を用いるなど、ディックがいわゆる「有色人種」に対して見せる蔑みは、作中に繰り返し登場する。

（9）フィッツジェラルド作品における人種表象がステレオタイプ的なものであることは、スザンヌ・デル・ギッツォらによって指摘されている。『夜はやさし』においても、ニコテラやトミーらの人物造形においてフィッツジェラルドが「底の浅いオリエンタリズム」（メッセンジャー 一六〇）に陥っていることは否めない。

（10）ホセインは、遺伝子的にはコーカソイドのルーツであるアラブ系が、「白人」という概念が形成されていく過程においてそのカテゴリーから除外されていったという、人種あるいは肌の色という概念の恣意性を象徴する存在でもある。藤川編『白人とは何か』収録の杉本淑彦の論考「白色人種論とアラブ人」を参照。

(11) 例えば、『シーク』の撮影中、ヴァレンティノは肌の色が黒くなりすぎないように、撮影中にビーチに出ることを控えており、スタッフも「人種《カラー》の境界線《バウンダリー》」(ライダー 一六二)を超えないように細心の注意を払っていた。

(12) 中年期の男性と少女の関係について詳しくは、橘幸子「中年男の少女愛：Fitzgerald の短編 "Jacob's Ladder" を中心に」(『関西アメリカ文学』第四五号 二一―三五)を参照。

(13) ディックはローズマリーの母であるスピアーズ夫人に対し、ローズマリーの「根っこの部分はアイルランド的」(一九五)と述べており、スピアーズ夫人はそれが父親のホイト大尉の血統の影響だと考えている。

(14)「ローズマリーは、突然自分の体の生々しい白さを意識し、仰向けに浮かんで岸の方へ漂っていった」(一三 傍点筆者)、「さらに先の方、ビーチに小石や干からびた海藻が散らばっているあたりには、彼女と同じくらい肌の白いグループが座っていた」(一四 傍点筆者)など。

(15) 二九歳のニコルは「若さを賛美する昨今の風潮」に影響され、「若さに嫉妬を覚え」つつも、自らの肉体は「知り合いの誰にも負けていない」(三一二)と自負してもいる。

引用文献

Blazek, William, and Laura Rattray, eds. *Twenty-First-Century Readings of Tender Is the Night*. Liverpool: Liverpool UP, 2007.

Cortés, Carlos E. "Them and Us: Immigration as Societal Barometer and Social Educator in American Film." *Hollywood as Mirror*. Ed. Robert Brent Toplin. Westport: Greenwood P, 1993. 53–73.

Fitzgerald, F. Scott. "The Death of My Father." *The Apprentice Fiction of F. Scott Fitzgerald 1909–1917*. Ed. John Kuehl. New Brunswick: Rutgers UP, 1965. 175–82.

———. *The Great Gatsby*. 1925. Cambridge: Cambridge UP, 1991.

———. *Tender Is the Night*. 1934. London: Penguin Books, 1986.

———. "Tender Is the Night." *Scribner's Magazine* Mar. 1934: 168+.

Frankenberg, Ruth. *White Women, Race Matters: The Social Construction of Whiteness*. Minneapolis: U of Minnesota P, 1993.

Hansen, Miriam. *Babel and Babylon: Spectatorship in American Silent Film*. Cambridge: Harvard UP, 1991.

Ignatiev, Noel. *How the Irish Became White*. 1995. New York: Routledge, 2009.

Leider, Emily W. *Dark Lover: The Life and Death of Rudolph Valentino*. London: Faber and Faber, 2003.

Messenger, Chris. "'Out Upon the Mongolian Plain': Fitzgerald's Racial and Ethnic Cross-Identifying in *Tender Is the Night*." Blazek and Rattray 160–76.

Moore, Horatio Newton. *Life and Services of Gen. Anthony Wayne*. Philadelphia: J. B. Perry, 1845. Google Book Search. Web. 31 Mar. 2016.
Rattray, Laura. "An 'Unblinding of Eyes': The Narrative Vision of *Tender Is the Night*." Blazek and Rattray 85–102.
Roediger, David R. *The Wages of Whiteness*. Revised ed. London: Verso, 1999.
The Sheik. Dir. George Melford. Paramount, 1921.
Turnbull, Andrew, ed. *The Letters of F. Scott Fitzgerald*. London: Bodley Head, 1964.
Vasey, Ruth. *The World According to Hollywood: 1918–1939*. Madison: U of Wisconsin P, 1997.

金井淑子「親密圏とフェミニズム——『女の経験』の最深部に——」『親密圏のポリティクス』斉藤純一編 ナカニシヤ出版、二〇〇三年 二七—五七。

巽孝之『アメリカ文学史のキーワード』講談社現代新書、二〇〇〇年。

藤川隆男「白人研究に向かって——イントロダクション」藤川編 三—一四。

——編『白人とは何か?——ホワイトネス・スタディーズ入門』刀水書房、二〇〇五年。

山田史郎『アメリカ史のなかの人種』山川出版社、二〇〇六年。

——「アメリカにおける白人の形成——先住民・アフリカ人・移民の交錯」藤川編 八三—九四。

——「ホワイト・エスニックへの道——ヨーロッパ移民のアメリカ化」『近代ヨーロッパの探求① 移民』山田他著 ミネルヴァ書房、一九九八年 二四—八五。

吉澤夏子「現代の愛のかたち——ロマンティック・ラヴ・イデオロギーはどこへ行ったか——」立教大学

『応用社会学研究』第五六号　一〇九―一二一。

リー、A・ロバート『多文化アメリカ文学』原公章、野呂有子訳　冨山房インターナショナル、二〇一〇年。

アメリカの中のイタリアが生み出す悲劇
――『橋からの眺め』における白さと男らしさのゆらぎ

岡裏浩美

はじめに

現代アメリカ演劇界の巨匠アーサー・ミラー（一九一五―二〇〇五年）は、ユダヤ系アメリカ人として自身の民族性を扱った作品を数多く残している。例えば、『フォーカス』（一九四五年）ではアメリカの反ユダヤ主義を扱い、『転落の後に』（一九六四年）や『ヴィシーでの出来事』（一九六四年）、そして『壊れたガラス』（一九九四年）では、ホロコーストの問題を描いている。しかしながら、アメリカのみならず世界中に広く受け入れられているミラーの戯曲では、そのようなユダヤ性やホロコーストの恐怖を、民族の固有性に関連付けるのではなく、「人間一般の心理に根ざす、普遍的なもの」（有泉　二一）という視座から解釈される場合が多い。実際、ミラー自身も自伝で、拡大するファシズムの脅威を防ぐために、「我々は、根はみな同じ」という考えのもと、芸術家として、「普遍的な人間性や、人類共通の感情や理念を表現することができれば」（八三）と記し、民族性に重きを置かない創作理念を示している。そのため、例えば、モリス・フリードマンが「民族の匿名性」（ethnic anonymity）（四八）と指摘するように、特定の人種や民族性を強く意識させる作品は少ないと言えるだろう。

一九五五年に初演された戯曲『橋からの眺め[1]』は、民族性に固執しないミラーの作品では珍しく、自身とは縁もゆかりもないイタリア系アメリカ人の中年男性、エディ・カルボーネを主人公に設定している。知人のイタリア人弁護士から聞いた実話がもとになったとはいえ、イタリアに取材に出向き、推敲と改訂を重ねて本戯曲を完成させたミラーには、アメリカにおけるイタリア（その居住区や人々）を扱わなければならなかった創作上の強い意図を感じさせる。

姪のキャサリンへ抱く、エディの近親相姦的な欲望が中心に描かれる本戯曲は、無意識の欲望が強調されている点や、コーラス役の弁護士アルフィエーリの存在により、『オイディプス王』を模した現代版ギリシャ悲劇のように安易に解釈されることも多い。(2) しかし、エディと妻の姉の子であるキャサリンに血の繋がりはなく、厳密な意味で、精神分析学のエディプス・コンプレックスの模倣とは言い難く、エディを無意識に強制支配する運命的な力は弱い。そのため、本稿では、イタリア系アメリカ人の民族性に注目することで、そこから派生する悲劇的な力を考察していく。具体的に言えば、エディが直面する、イタリア系移民特有の白人性や男性性のゆらぎ（ホモエロティックな欲望）を精査することで、神が不在の現代において、エディを身内の不法滞在者の密告という、悲劇的な行動へと駆り立てる運命のような強制力を見出し、ミラーの現代悲劇創造への意欲と関連付けていく。

1　キャサリンを見つめるまなざし——欲望とホワイト・エスニックとしての不安感

「目は口ほどに物を言う」という諺が示すように、一般に、「見る・見られるという行為」には、言葉で表すことの出来ない感情や欲望などが潜んでいると示唆される。そのため、エディを無意識にコントロールする要素を考察する際に、まなざし、特に劇タイトルに暗示されるように、エディの「見るという行為」に注目することは重要である。一幕劇の原作、および二幕劇の改訂版いずれにおいても、エディは、キャサリンを「ガルボ」（一九五五年、五一三、五一四。一九五七年、三三）と呼び、映画『椿姫』（一九三六年）の娼婦役に代表される、女優グレタ・ガルボのセクシーで成熟した女性の性的イメージを、一七歳のキャサリンに投影していることが暗示される。そして、キャサリンがレッドフック地区に住む、粗野な男達の好色なまなざしの対象となることを恐れ、ガルボを彷彿とさせるスカートの短さや、ハイヒールを履いて腰を振る歩き方を非難し、彼女が純粋で従順な「マドンナ」（二〇）でいることを願う。

　ローラ・マルヴィや、アン・カプランといったフェミニスト映画批評家たちが主張するように、男性は、テレビや映画、広告といった映像および視覚文化や産業において、見ることを独占し、女性を自らが好む理想像（その多くは、「マドンナと娼婦」（ホール 六）といった、相反する女性イメージに集約される[3]）に閉じ込め、欲望の対象として眺めてきた。まなざしの男性支配、女性被支配の関係は、キャサリンを「ガルボ」や「マドンナ」として見つめる、家長エディのまなざしにも顕著であり、彼女がエディの欲望をはらんだ視覚快楽《エロティック・スペクタクル》の対象であることを示している。

一方で、エディは、妻のベアトリスが非難するように、自宅にキャサリンを生涯監禁し、独占しようとするわけではない。しかし、彼女にふさわしい理想の男性像を限定し、配管工や船乗り、港湾労働者といった粗野な男たちに交じり、レッドフックで働くことには苦言を呈する。

エディ　ここと違う、もう少しまともな連中の中に、おまえを入れてやりたいんだよ。いいオフィスに。ニューヨークの大きなビルの中にある法律事務所か何かに。（一九）

この台詞には、娘として大切に育てたキャサリンの幸せを願う、父親としてのエディの願いが強く表れているかに見える。しかし同時に、エディが彼女を自己の欲望や視覚快楽の為に利用していることを暗示する。マルヴィは、映画を例に、男性の視覚快楽として、性的対象《エロティック》として呈示《スペクタクル》された女性を眺めるだけでなく、「自己愛と自我形成の発達に結びついて生じる（ヒーロー像との）自己同一化」（一八）を指摘する。すなわち、全能の力を持ち、最終的にヒロインと結ばれる、映画の男性主人公と視覚的に同一化することで、ジャック・ラカンの鏡像段階の概念のように、より完璧な自己像を保持し、視覚快楽を得ることが可能となる。

エディ自身がキャサリンと結婚することが出来なくても、彼女が結ばれる理想的な男性との視覚的な同一化により、エディは秘めた欲望を間接的に満たすことが可能となるのである。

さらに、この台詞には、イタリア系移民であるエディのホワイト・エスニックとしての不安感も推測できる。アルフィエーリは、冒頭で、劇の舞台となるレッドフックが、波止場地区の「スラム街」(一二) であり、「世界中の船を飲み込み」、そして多数のイタリア移民を港湾労働者として飲み込む、「食道」(gullet) (一二) に例える。その中で、人々は「今ではすっかり文明化され、アメリカ人になりきっている」(一二) と語られるように、エディ自身も不平不満を言うこともなく、アメリカにすっかり同化しているかに見える。しかし、レッドフックは、今も、故郷シチリア島に由来するマフィアの流儀を尊び、法律よりも「仁義が尊重される場所」(一二) であり、対岸のアメリカ社会や経済の中心であり、社会の主流たる白人たちが住まうマンハッタンとは全く異なるエリアであることが強調される。すなわち、劇のタイトルにもある橋 (ブルックリン橋) とは、川を挟み対極的なアメリカを結ぶものではなく、多くのイタリア系移民が暮らす、昔のままの「旧大陸のシチリアと、近代的な二〇世紀のアメリカを分断する象徴」(ブルーアー 七九) なのである。

社会学者のダイアナ・ケンダルによると、歴史的に早くから移住し、アメリカ社会の支配層を既に形成していたイギリス系の白人（ＷＡＳＰ）とは異なり、一九世紀後半から二〇世紀初頭にシチリア島や南イタリアから移住した多数のイタリア系移民は、非常に貧しく、アイルランド系などの白人移民とともに、白人社会の底辺に入り、「外国人」（二八七）のように、多大な差別と偏見の目を向けられた(4)。特に、「初期のイタリア移民の大半は男性」で、本戯曲のマルコのように「アメリカで稼ぎ、イタリアへ戻ることを予定」しており、アメリカ社会に馴染まず、同郷の仲間と暮らす彼らは、「浅黒く、汚く、危険なよそ者」（ガルデフェ 一六―七）と新聞などで表象され、恐れられた。つまり、イタリア系のアメリカ人たちは、ホワイト・エスニック、「言わば白人と非白人のはざまにある存在」（藤田）とみなされてきたのである。だとすれば、南イタリアの強い日差しに由来する浅黒い肌を持つエディが、口には出さなくても、ホワイト・エスニックとしての不安や葛藤を内在させていたとしても不思議はない。事実、白人特有の肌の白さだけでなく、教養も、才能もない港湾労働者のエディは、橋向こうのアメリカ社会のメインストリームへと脱出するすべを持たない。キャサリンに教育を施し、スウェーデン生まれの女優ガルボを彷彿とさせる、肌の白さが際立つ彼女を社会の主流へと同化させ、レッドフックには存在しない、確固たる白人性を持った男性との結婚を強く望むエディには、彼女の未来の夫との視覚的な同一化によってしか、自身の不安定な白人性を確固たるものにすることができないという、エディの白人性の問題を表していると言えるだろう。

2　ロドルフォを見つめるまなざし——白人性と男性性のゆらぎ

キャサリンが結婚を決めるロドルフォは、エディが熱望するＷＡＳＰに代表されるようなアメリカ人ではなく、兄のマルコとともに、シチリア島から出稼ぎにやってきて、エディの家に潜む不法滞在者である。母国に残した妻子の為に真面目に働く兄とは異なり、稼いだお金でレコードやジャケットを買い、頻繁にキャサリンと映画に出かけては、やがて恋愛関係へと至る、若くハンサムなロドルフォは、イタリア人男性のステレオタイプの一つ、「プレイボーイ」そのものであり、エディは二人の結婚に猛反対する。

国籍も資産もないロドルフォが唯一保持するのが、端正な顔立ちと、アメリカ社会での優位性を示す白人の象徴である「白い肌」（二七）、そして、金髪の中でも、色素の薄さと美しさが際立つ、「プラチナブロンドの髪」（四六）である。しかし、ロドルフォの肌の白さは、エディやマルコのように、日に焼けた浅黒い肌を持ち、筋骨隆々の肉体労働者たちが暮らすレッドフックでは、優位性や男らしさに通じるものではない。かえって、華奢な体型や、女性のような甲高い声もあいまって、ロドルフォの「女々しさ」を強調し、益々、エディの目には不快に映る。さらに、キャサリンとは無関係の、エディ以外の港湾労働者たちにとっても、ロドルフォは特異な存在であり、波止場で黙々と重労働に勤しむ男たちに交じり、陽気に歌を披露する姿は、周囲から「ペーパードール」（Paper Doll）[5]や「カナリア」、あるいは「コーラスガール」（三五）と呼ばれ、好奇の眼差しを浴びる女性的な存在であることが強調される。

　ロドルフォの女性的な側面は、声や風貌といった外見上の特徴だけに限らない。ジャズやオペラも歌え、料理や裁縫も得意だというロドルフォの素質も、彼の女性的な側面を強調し、ロドルフォのあいまいな男性性は、エディが主張する同性愛疑惑へと繋がる。しかしながら同時に、エディが思わず「たいしたもんだ」（五五）と口にするように、ロドルフォの才能は、橋向こうの近代的なアメリカ社会では、ホテルの料理長や、仕立て屋、あるいはミュージカルスターや俳優といった職業に例示されるように、社会に同化し、上昇していく優位性をも示している。

エディ　（キャサリンと踊るロドルフォを見ながら）幸せな奴だ……。奴はなにも波止場で働くことはないんだ。俺みたいに、料理はできず、歌もだめで、ドレスを仕立てるのも無理なら、波止場にいるしかない。だけど、もし料理や歌や、仕立てが出来るなら、波止場になんていないね。（エディは無意識のうちに、新聞を両手でグルグルと固く巻き、ねじりつぶしている。）（五五）

楽しそうに踊る、肌の白い二人を苦々しく見つめながら、思わず新聞をねじりつぶすエディの「無意識」の行動には、キャサリンを奪われる怒りや憎しみだけでなく、結婚でアメリカ国籍さえ取得すれば、対岸で輝くビルやネオンに象徴される、アメリカ社会の主流に同化していける白人性と優位性を保持するロドルフォに対する、激しい嫉妬や憎悪が含意されていることは明らかである。

しかし、ロドルフォの白人性（特に身体表象）や社会での優位性を示す才能は、すべて女性的な特徴と結びついており、エディがロドルフォを、より完璧な自己像として、視覚的な同一化を達成することは不可能であると言える。むしろ、イタリア系移民に付随する、肉体的な男らしさを自負するエディから見れば、女性的なロドルフォは、格下の男、あるいは、全うな男ではない「ホモ」（punk）（四八）のような存在であり、軽蔑の眼差しの対象である。そんな同性愛者のような男にキャサリンを奪われたあげく、レッドフックから一生抜け出せない自分をしり目に、不法労働者から、社会の主流へと登りつめるであろうロドルフォを目の当たりにしたエディが、自己アイデンティティに不安を募らせたとしても不思議はない。ロドルフォの存在は、今までエディが自負してきた、たくましいイタリア系移民としての男性性を脅かし、貧しいコミュニティに制限されて、あまり意識してこなかったホワイト・エスニックとしての白人性に対する不安を喚起させるものであり、やがて悲劇的な結末を引き起こすことになる、エディのアイデンティティに対する危機感を予兆させる。

エディの不安は、新聞をねじる行為の直後に、突然、ボクシングを教えてやろうとロドルフォを誘う行動にも示唆される。ボクシングのようなスポーツは、貧しいホワイト・エスニックとして生きる移民たち（主にイタリア系、アイルランド系、ユダヤ系移民など）が大学進学や大金を得ることを可能にし、「アメリカ社会に白人として同化（あるいは上昇していく）重要な手段となった」（ケンダル 二八八）。しかし、本戯曲で重要なのは、ボクシングが、マッチョな男らしさを誇る、エディのようなイタリア系移民にとっては、他者の侵食に対する抵抗手段ともなった点である。イタリア系のプロボクサーを描いた三つの物語、『ロッキー』（*Rocky* 1976）、『ロッキー2』（*Rocky II* 1979）、『レイジング・ブル』（*Raging Bull* 1980）を例に、藤田秀樹は「境界線上の白人」とでもいうべき微妙なステータスの影がつきまとうイタリア系移民が抱える、「自分たちの間近にいる非白人という他者が侵食してくることへの不安、そしてこの他者と自分たちを差異化しなくてはならないという強迫観念」を指摘する。すなわち、ボクシングとは、身体的な男らしさを誇るホワイト・エスニックのエディが持つ優位性の象徴であり、侵食してくる他者、すなわち、白い肌とブロンドの髪を持ち、一一世紀に「シチリア島を攻略した北欧デンマーク人」(二七)を彷彿とさせる、侵略者ロドルフォを正当な理由で殴り、一時的とはいえ反撃を可能にする、エディの手段となるのである。

リチャード・ダイアーは、白人性を正常であるという規範と結びつけ、「人種が非白人の人々にのみ適用され、白人が人種的に不可視で、意識されることがない限り、白人は、人間の規範として機能する」(一九九七年、二)と指摘する。白人が不可視の存在で、標準的な人間であるというダイアーの分析は、肌が浅黒く、黒髪が特徴のイタリア系移民たちが暮らすレッドフック地区では、該当しないだろう。逆に、多数のホワイト・エスニックの移民たちという不可視の標準的な人々の中で、唯一、肌の白いロドルフォの存在が周囲から常に見られる可視性を示し、今までエディが意識することのなかった、あいまいな白人性に対するコンプレックスを喚起させる存在となる。さらに、ダイアーは、「白人の正常性」という概念を、「異性愛」

とも関連付ける。なぜなら、「異性愛も、正常なセクシャリティとして、執拗に構築されてきた」「不可視なもの」（一九九三年、一一八）であり、だとすれば、肌の白さでは、揺るぎない白人性を示していても、同性愛疑惑を喚起させるロドルフォは、同性愛をタブー視する敬虔なカトリック信者のイタリア系移民の中においては、正常な規範から外れた汚れたもの、つまり非白人性を示唆しているとも言えるのではないだろうか。実際、エディは、執拗にロドルフォを「ホモ」、「全うでない男」と抗議するが、それは、ロドルフォの圧倒的な白人としての存在を、家長として、あるいは、まなざしの主体者として、白人から非白人へと転覆させようとするエディの一つの手段であり、裏を返せば、エディが抱える自己の白人性に対するゆらぎを象徴していると言えるだろう。

3　同性愛的な欲望の含意と抑圧

ボクシングと称してロドルフォを殴るエディの行為は、彼のもう一つの男らしさのゆらぎとも言える、ロドルフォへのホモエロティックな欲望と、それに対する恐怖心の抑制を喚起させる。精神分析学の観点から、マルヴィは男性が女性を見つめる視線の中には、視覚快楽とともに、不快感をも引き起こすと分析する。「女性の意味は性差であり、視覚的に訴える男根の不在」（二二）として「（去勢）不安を常に喚起する脅威的存在」（二二）となる。そのため、男性が去勢不安から逃れる方法の一つとして、サディズムに深く関わる「窃視狂」（voyeurism）（二二）を指摘する。すなわち、「女性をおとしめ、有罪者として罰するなり救うなりすること」（二二）を通じた男性の視覚快楽である。

マルヴィは、男性が男性を欲望の対象として見つめる事を否定したが、スティーブ・ニールは、この「窃視狂」が男性を見つめる場合にも起こりうること、そして、ウエスタンやギャング映画といった、男の二人組を描いたバディ映画（Buddy movie）に頻繁に見られる、SM的なストーリーや場面を例に、「（男性が）男性を眺める際に引き起こされるエロティックな欲望とその抑圧」（二六）が暗示されていると指摘する。

実際、エディがロドルフォに一撃を加えるのは、ロドルフォの料理や裁縫といった女性的な側面を目の当たりにした直後であり、同性愛的な欲望を喚起させる、女性的で危険なロドルフォを有罪者として、目の前で罰しているかのようにも感じられる。(6) また、キャサリンとロドルフォが初めて肉体関係を持った晩にも、エディの「窃視狂」が顕著となる。二人に激怒したエディは、まず強引なキスによって、ガルボのイメージに通じる、男を惑わす危険な魔性の女《ファム・ファタール》のようなキャサリンを罰し、さらにロドルフォに対しても、挑発的に笑いながら、腕をねじりあげて強引にキスをする。このキスは、エディが男としての身体的な優位性をロドルフォに見せつけ、キャサリンを奪った「泥棒」（四九）として罰しているかに見える。しかし、同時に、ロドルフォに抱く、エディの抑圧された同性愛的な欲望が思わず露呈した瞬間を示すようでもあり、危険な欲望の対象となるロドルフォの処罰を示唆しているとも言えるだろう。このように、精神分析学的に見て、男性が欲望の対象として女性を見つめる際に派生する、恐怖心（去勢不安）の解決法であるサディスティックな行為が、ロドルフォに対しても行われており、エディのロドルフォに対する危険な同性愛的欲望とその抑圧を喚起させる。そして、近親相姦的な欲望と同性愛的な欲望という、エディの二つの禁断の欲望は、やがて悲劇的な結末へとエディを駆り立てる、運命のような強制力を暗示させるのである。

しかしながら、劇中では、エディの同性愛的な欲望がはっきりと提示されることはない。むしろ、エディの眼差しには、欲望よりも、ロドルフォに対する非常に激しい同性愛嫌悪《ホモフォビア》が読み取れる。保守的で同性愛が禁じられていた五〇年代のアメリカにおいては、ロドルフォの持つ女性的な特徴は、人種を問わず、典型的な隠れ同性愛男性のステレオタイプと一致しており、結果、エディの激しい同性愛嫌悪に繋がる。しかし、エディのまなざしには、単なる「嫌悪」とは言い切れない別の感情も含意していることが、相談役の弁護士アルフィエーリとの会話中に露呈する。

エディ　アルフィエーリ先生、洗いざらい話しますよ。……あいつは姪のドレスをテーブルに広げて裁ち始め、あっという間に新しいドレスを作るんですよ。見ていてとても可愛かったな、まるで天使みたいで。キスしたくなるほど可愛かった。（四七）

この、「天使」のようなロドルフォのイメージは、エディが再三口にしてきた同性愛者に対する蔑称とは明らかに矛盾しており、キャサリンと恋仲になるロドルフォへの嫉妬や憎悪では説明が付かない。それは、イヴ・K・セジウィックが指摘する、「ホモソーシャルとホモセクシャルとの潜在的に切れ目のない連続性」（一）を喚起させる。

実際、レッドフック地区は、マフィアや、不法移民の親族をかくまうエディに代表されるように、仁義や家族を何よりも尊重し、マフィア映画で強調される「同胞愛」のような、男同士の強いホモソーシャルな絆を特徴としている。そのような男社会において、見た目にも気質的にも異質で、女性的なロドルフォが周囲の男たちの好奇の目を集め、ホモソーシャルな絆に本質的に潜んでいるとされる、ホモセクシャルな欲望を喚起させたとしても不思議はない。そして、明らかにそうした欲望を自然発生させ、エディを悲劇的な行動へと至らせるかのように、本劇曲のロドルフォは特徴づけられている。

ロドルフォ（Rodolpho）の名前から連想される、同名で実在した二〇年代のイタリア系アメリカ人の人気映画スター、ルドルフ・ヴァレンティノ（Rudolph Valentino）（一八九五―一九二六年）は、その華麗なダンスや美貌から、女性から見て欲望の対象となる、魅力的なイタリア男を示すステレオタイプの一つ、「ラテン・ラヴァー」のイメージで多くの女性達を惹きつけ、絶大な人気を博した（スタッドラー 二五―八）。ヴァレンティノの上流階級出身のような、歌やダンスの素養や立ち振舞いは、本戯曲のロドルフォにも引き継がれており、ダンスやオペラの才能に加え、キャサリンを敬い「まるで女王様のようにひれ伏す」（四一）紳士的な態度は、劇中の女性達を魅了する。ミリアム・ハンセンの分析によると、ヴァレンティノの「音楽や、絵画、文学に造詣が深いヨーロッパ貴族（スペインやイタリアなどの日焼けした肌を持つ貴族）を強調した役柄は、戦略の一つ」（二五八）であり、彼の二重の疑惑である、イタリアの労働者階級出身という民族的な他者性（ethnic otherness）と、男版妖婦（vamp）のような存在から派生する同性愛疑惑とをかわし、白人性と男性性を保持した男性イメージへとシフトさせることを目的とした。

本戯曲では、ヴァレンティノの持つ、情熱的なラテン気質と南イタリアの民族的特徴を残す「黒髪と黒い瞳」は、ロドルフォの「白い肌と金髪」、そして、おそらくは青い瞳(7)に置き換えられた。しかしながら、ヴァレンティノの持つ女性的な素質や才能はそのまま残したことで、ロドルフォの肌の白さは、アメリカを牛耳る白人男性の持つ優位性の象徴とはならず、かえって、五〇年代の男性たちが好み、欲望の対象として映画を通じて見つめていた、ヒッチコックブロンドに代表される、金髪と白い肌を持つ人気ハリウッド女優そっくりに、ロドルフォが女性化されたことを暗示させる。その結果、男たちの欲望の対象としての存在が強調されることで、エディの男性性を脅かし、欲望や不安を誘発し、最終的に破滅へと追いやる「魔性の男」としてのロドルフォが鮮明になるのである。

4　レッドフックが持つ地域性——現代悲劇を生み出す舞台

最終的に、エディはマルコとロドルフォを移民局に密告し、その結果、コミュニティの裏切り者として、マルコに刺殺される。エディの密告の表向きの理由は、キャサリンとロドルフォとの結婚を阻止する為であり、エディの嫉妬心が起因すると言える。しかし、ロドルフォへの同性愛的な欲望に鑑みると、密告には、男らしさを自負してきたエディを惑わし、その白い肌と女性のような魅力で危険な欲望を喚起させるロドルフォの排除を示唆しているとも言えるだろう。実際、移民局に手荒く強制連行されるSM的な場面には、ニールが指摘する「窃視狂」が読み取れる。文字通り、ロドルフォを罪人（不法滞在者）に仕立て上げ、目の前で暴力的に連行されるロドルフォを目の当たりにすることには、精神分析学的な意味での同性愛的欲望の抑圧が示唆されるのである。

エディの同性愛的な欲望の含意とその抑圧（禁止）は、レッドフックが舞台となることで、より効果的に作品内に含意されることとなる。コーラス役のアルフィエーリは、二〇世紀の弁護士である自分を、「まるでローマ時代に……別の弁護士が全く別の服装をして、同じ訴えを私のように、なすすべもなく坐して聞き、見守っているような気がする」（一二）と語り、オフィスを構えるレッドフックが、現在も、古代ギリシャ・ローマ時代の故郷シチリア島と密接につながり、当時のままの地域性を残す世界であることを冒頭で強調する。ギリシャ・ローマ時代のシチリアといえば、同性愛が合法とされていた時代であり、特に、少年愛（年配の男性と少年との恋愛的な関係）は、大人の異性愛へと至る過程において、「教育的、かつ文化的に役立つ、社会にとって有益な恋愛とされていた」（ウィットマーシュ 二〇一二）。実際、本作品におけるロドルフォも、外見の美しさや幼さが強調されており、エディの「天使」という例えに通じる。さらに、キャサリンと結ばれた夜、ロドルフォに対し、エディは、「お前は何者になる気だ？」（六四）と繰り返し問う。この台詞には、少年愛の対象を喚起させる未成熟な存在から、キャサリンとの関係を通じて異性愛へと至るロドルフォの成長と、それに伴うエディの嫉妬や憎悪を暗示させる。このように、マンハッタンから橋を越えたレッドフックは、保守的な五〇年代のアメリカでは禁止されていた同性愛的な欲望をも内包が可能な、一種のユートピア的世界観を保持していることは明らかであり、実際、クローゼットの同性愛者とされてきた詩人ウォルト・ホイットマンや、ハート・クレインが、ブルックリン橋を詩にしたためてきたことも偶然とはいいがたい。アメリカの中のイタリアであるレッドフックとは、まさに古代ギリシャ・ローマ時代の少年愛を彷彿とさせるシチリア出身の美青年、ロドルフォを巡り、エディを悲劇的結末へと駆り立てるにふさわしい舞台だと言えるのである。

さらにロドルフォは、エディの男らしさだけでなく、白人性も脅かす存在である。はるか昔、シチリア島を攻略した北欧デンマーク人を彷彿とさせる白い肌と金髪、端正な顔立ちで、キャサリンを奪い、波止場の仕事仲間達のアイドル的な存在となり、さらに、アメリカの主流社会にさえ易々と同化していけるロドルフォは、ホワイト・エスニックを象徴する風貌や気質を持つエディに勝る白人性を保持し、エディのテリトリーを侵食する存在を象徴する。

藤川隆男は著書の中で、白人性の代表的な研究者、ルース・フランケンバーグの概念を紹介し、「白人性は、構造的に優位な場、すなわち人種特権の場である。……白人性は、世界観の拠って立つところである。そこから自分を、他者を、社会を眺める立場である」（一一）と述べる。白人性が、このように肌の白さではなく、社会の優位性にも起因するとすれば、日に焼けた浅黒い肌を持つものの、本来エディは、法的に認められ、法的に守られるべきアメリカ合衆国の正式な国民であり、不法滞在者のロドルフォに対して圧倒的に優位な立場にあり、揺るぎない白人性を示す。対するロドルフォは、表面上は白人性が際立つとはいえ、法的には、「潜伏者」（submarines）（三七）というニックネームが象徴するように、アメリカ社会の底辺以下に潜む、存在すらしない闇の中に生きるダークな存在と社会的な劣位性が、彼の非白人性を暗示している。さらに、既出のダイアーの指摘のように、「白人性が正常な人間である規範」と考えれば、ロドルフォの女性的な側面や、同性愛疑惑を喚起する存在も、「異性愛」という性的規範から外れた汚れたものであり、非白人性を象徴するとも言えるだろう。

実際、エディは、「まともじゃない奴が、働きに出たり、女(キャサリン)と結婚するのを法律は黙っているんですか」(四七)と弁護士のアルフィエーリに訴え、アメリカ人の自分に残る唯一の権利である、法的手段を用いてロドルフォの侵食を阻止しようとする。言い換えれば、境界の白人として、あいまいな白人性を抱えるエディが、ロドルフォの見た目の圧倒的な白人性に抵抗できる唯一の手段が、正式なアメリカの白人としての市民権の行使であり、従って、エディの密告は、イタリア系移民のコミュニティにおけるルール(仁義)ではなく、対岸の近代的なアメリカ社会を象徴するルール(法律)に基づいたロドルフォの排除を意味しており、不法滞在者のロドルフォに対する、アメリカ人エディの絶対的な白人性の主張であると言えるだろう。

しかし、対岸では合法的な行為と見なされる不法滞在者の密告も、レッドフックでは、仲間や身内を裏切る卑劣な行為であり、エディはイタリア系移民のコミュニティの掟に則り、死をもって罰せられる。故郷のシチリア島で「ギリシャの滅亡以来、法律が敬遠されてきた」(一二)ように、レッドフックも、「仁義を破ったために、無法者に撃たれた者がたくさんいる」(一二)無法地帯であると、法の番人である弁護士のアルフィエーリがコーラス役として説明することで、既にオープニング時点で、レッドフックの特異性と、エディの裏切り行為による死という悲劇的な結末が予兆されている。また、移民局に連行されたマルコも、裏切り者のエディを罰する法律がアメリカにはないと聞いた際に、「この国がわからない」（七九）と述べ、レッドフックが、近代的なアメリカ社会からかなり隔たりがあるマフィア映画さながらの世界であることが強調される。

多くの人気マフィア映画に見られるように、アメリカでは、「マフィアはイタリア系アメリカ人のイメージに繋がる」（ガルデフェ xiii）。そして、マフィアの世界では、裏切り者は常に、血で血を洗う報復や復讐といった「死」をもって罰せられる。コミュニティの裏切り者であるエディと死の制裁というドラマティックな、マフィア映画さながらの結末を描くことを可能にする舞台こそ、アル・カポネやフランキー・イェールといった大物マフィアが実在し、仁義が法律に勝るレッドフック地区であったと言えるだろう。もともと本戯曲は、ミラーが映画界進出のために、映画シナリオとして書いたものであり、人気マフィア映画で扱われるテーマや歴史的背景を、作品を作るうえでミラーが意識したことは、容易に想像できよう。仁義が何よりも尊重される特異な場所、すなわち、アメリカの中のイタリアであるレッドフックでのみ、法の遵守が必要不可欠な近代アメリカ社会の中で、エディの裏切りに対する暴力的な解決という悲劇的な結末を可能にし、また現代においても実際に起こりうるものとして描くことが可能になったと言えるだろう。

本稿では、主人公のエディが抱える、イタリア系移民に特有の白人性や男性性に注目し、また、舞台となるイタリア系アメリカ人の居住地区の地域性にも留意しながら、エディを悲劇的な結末へと駆り立てる要素を考察してきた。エディの盲目的な欲望や嫉妬や憎悪、ならびに、白さや男らしさに対する危機感は、特にエディのまなざし（見るという行為）に含意されており、実際、コーラス役の弁護士アルフィエーリによって、エディの目は、先の見えない「トンネルのような目」（四五）と印象的に表現され、複雑な感情に支配され、冷静な判断がつかなくなったエディの混乱した状況を的確に示している。こうしたエディが内に秘める様々な感情を重層的にとらえ、可視化する事により、はじめて血の繋がらない姪への近親相姦的な欲望だけでは不足する、エディを運命のごとく強制支配する悲劇的な力を見出すことが可能になるのではないだろうか。

一九四九年にエッセイ「悲劇と庶民」を発表し、平凡な人間を主人公とした現代悲劇の誕生を主張したミラーは、本戯曲でも、最初の一幕劇版に「社会劇について」というエッセイを序文として付け、ギリシャ悲劇への志向と、悲劇創造への意欲を示した。作品にギリシャ悲劇の要素を取り入れるに当たり、古代ギリシャの植民地として影響を強く受けたシチリア島と、いまだに密接に繋がったレッドフック地区は、現代悲劇の舞台として非常に適した場所になることが示唆される。そして『オイディプス王』を模したエディの近親相姦的な欲望とともに、古代の少年愛を喚起させる、エディの秘めた同性愛的欲望をも効果的に含意させることを可能とした。さらに、イタリア系移民が抱えるホワイトネスの問題を扱うことで、主人公エディのアイデンティティ・クライシスを効果的に生み出し、最終的にエディの裏切りと暴力的な死という、人気マフィア映画さながらの、劇的な結末をも描くことを可能にしたのが、アメリカの中のイタリアであるレッドフック地区特有の地域性であり、イタリア系移民の置かれたホワイト・エスニックとしての、特異な民族性であると主張したい。その結果、衝動的に悲劇的な結末へと至る本作品のエディを、『セールスマンの死』（一九四九年）の主人公、ウィリー・ローマンに匹敵する、神のいない現代における悲劇の主人公として再評価することが可能になると言えるだろう。

＊本稿は、二〇一三年五月一二日、県立長崎シーボルト大学で開催された、九州アメリカ文学会第五九回大会での研究発表「*A View from the Bridge* における眼差しに潜む欲望——現代悲劇の創造をめざして」に加筆修正をしたものである。

注

（1）原作である一幕劇のニューヨークでの初演は、一九五五年九月（出版も同年）。その後、ミラー自身により二幕劇に改訂され、一九五六年一〇月、ロンドンにて再公演されて人気を博した。本論では、一般的に普及している改訂版（出版は一九五七年）からほとんどの引用を行い、議論上、必要な箇所のみを一幕劇版より引用した。

（2）一幕劇のスタイルや、舞台セットの二本の巨大な円柱など、原作のほうがギリシャ悲劇の影響を強く残している。（エプステイン 七九—九〇）

（3）男性が女性に対して一般的に抱く、「相反するイメージ」について、例えば、ホール（Ann C. Hall）は、「マドンナと娼婦」に（*A Kind of Alaska* 6）、イリガライ（Luce Irigaray）は、「母、あるいは処女と売春婦」に（*This Sex* 186）、ギルバートとグーバー（Sandra M. Gilbert and Susan Gubar）は、「天使とモンスター」に例える（*The Madwoman in the Attic* 17）。

（4）ケンダルは、イタリア系移民のステレオタイプとして、例えば、「無法者」（lawless）、「争いを好みナイフを振り回す悪党」、「イタ公」（dagos）、あるいは「（不法滞在の）よそ者」（wops-short for without papers)（八七）といった蔑称を、社会学の概論書として広く普及している著書の中で挙げており、本戯曲のエディや、ロドルフォにも一部該当する。

（5）ミルス・ブラザーズ（Milles Brothers）が歌う四三年のヒット曲（イタリア系アメリカ人歌手のフランク・シナトラもカバー）。「紙人形」が、文字通り、華奢で体の線が細いロドルフォを暗示するだけでなく、歌詞に出てくる、男性の視線を集める魅力的な女性の代替となる「紙人形」のように、女性的で魅力的なロドルフォを暗示する。

（6）ボクシングの場面で、エディはロドルフォを「デンマーク野郎」（Danish）（五五、五七）と挑発的に二回呼ぶ。"Danish"は、白い肌が際立つ「デンマーク人」のようなロドルフォを示すだけでなく、甘いフルーツなどが入っているパン「デニッシュペストリー」（Danish pastry, アメリカではDanish）も連想させる。デニッシュの上に、砂糖を溶かした白い「糖衣」（icing）が多くみられる甘いパンは、ロドルフォの表面上の「白さ」とともに、「スィートな存在」（甘い&魅力的な）という意味も兼ね、女性のように魅力的な存在を暗示している。

（7）ロドルフォの「青い瞳」についての記述は戯曲内に見られない。しかし、彼が自己の肌の白さの理由とする、「(昔)、シチリア島を攻略した北欧デンマーク人（に由来する)」（二七）という台詞について、スティーヴン・マリーノは、「一般に、金髪で青い瞳のシチリア人の身体的特徴を示す際に使われる台詞である」（八二）と注釈を付けている。

Brewer, Mary F. *Staging Whiteness*. Middletown: Wesleyan UP, 2005.

Dyer, Richard. *The Matter of Images: Essays on Representations*. New York: Routledge, 1993.

———.*White: Essays on Race and Culture*. New York: Routledge, 1997.

Epstein, Arthur. "A Look at *A View from the Bridge*." *The Critical Response to Arthur Miller*. Ed. Steven R. Centola and Michelle Cirulli. Westport, CT: Praeger, 2006. 79–90.

Freedman, Morris. *American Drama in Social Context*. Carbondale: Southern Illinois UP, 1971.

Gardaphé, Fred L. *From Wiseguys to Wise Men: The Gangster and Italian American Masculinities*. New York: Routledge, 2006.

Hall, Ann C. "*A Kind of Alaska*"*: Women in the Plays of O'Neill, Pinter and Shepard*. Carbondale: Southern Illinois UP, 1993.

Hansen, Miriam. *Babel and Babylon: Spectatorship in American Silent Film*. Cambridge: Harvard UP, 1991.

Kendall, Diana. *Sociology in Our Times*. 11th ed. Boston: CENGAGE Learning, 2015.

Marino, Stephen. Notes. *A View from the Bridge*. By Arthur Miller. London: Methuen Drama, 2010.

Miller, Arthur. *A View from the Bridge* (*One Act Version*, 1955). *Arthur Miller Collected Plays 1944–1961*. Ed. Tony Kushner. New York: Library of America, 2006. 507–67.

———. *A View from the Bridge/All My Sons*. 1957. New York: Penguin Books, 2000. 1–85.

———. "On Social Plays." 1955. *The Theater Essays of Arthur Miller*. Ed. Robert A. Martin and Steven R. Centola. New

York: Da Capo Press, 1996. 51–68.

——. *Timebends: A Life*. New York: Penguin Books, 1987.

——. "Tragedy and the Common Man." 1949. *The Theater Essays of Arthur Miller*. Ed. Robert A. Martin and Steven R. Centola. New York: Da Capo Press, 1996. 3–7.

Mulvey, Laura. *Visual and Other Pleasures*. 2nd ed. Basingstoke and New York: Palgrave Macmillan, 2009.

Neale, Steve. "Masculinity as Spectacle: Reflections on Men and Mainstream Cinema." *Screening The Male: Exploring Masculinities in Hollywood Cinema*. Ed. Steven Cohan and Ina Rae Hark. New York: Routledge, 1993. 9–19.

Sedgwick, Eve Kosofsky. *Between Men: English Literature and Male Homosocial Desire*. New York: Columbia UP, 1985.

Studlar, Gaylyn. "Valentino, 'Optic Intoxication,' and Dance Madness." *Screening The Male: Exploring Masculinities in Hollywood Cinema*. Ed. Steven Cohan and Ina Rae Hark. New York: Routledge, 1993. 23–45.

Whitmarsh, Tim. *Ancient Greek Literature*. Cambridge: Cambridge UP, 2004.

有泉学宙「アーサー・ミラーとホロコースト――『壊れたガラス』小論」『ことばと文化 No.1』静岡県立大学、一九九七年、一―一二。

藤川隆男「白人研究に向かって――イントロダクション」『白人とは何か？――ホワイトネス・スタディーズ入門』藤川隆男編　刀水書房、二〇〇五年。

藤田秀樹「視点　一九七〇年代のアメリカ映画におけるイタリア系アメリカ人の物語」『日本映画学会会報第九号（二〇〇七年七月）』京都大学、ウェブ、二〇一五年一二月一三日、ページ付けなし。

人種認識の経由地としての南部

――ジェイムズ・ボールドウィンの『もう一つの国』

永尾　悟

ジェイムズ・ボールドウィンの第三作目の小説『もう一つの国』（一九六二年）は、彼がグリニッジ・ヴィレッジに住んでいた一九四八年からその原型となる作品を書き始め、一九六一年にイスタンブールで完成した。この十数年間のボールドウィンは、「大西洋間の通勤者（transatlantic commuter）」（キャンベル　一五二）と自称するように、パリを主な居住地としながら定期的にニューヨークに戻りつつ、各地を旅して回った。二度と帰らない意志で片道切符で渡欧しながらも（リーミング　五五）、母国での人種問題から目を背けなかったことは、ニューヨークとフランスを舞台とした『もう一つの国』について考える上での手がかりとなるだろう。この作品の主人公と言えるルーファス・スコットは、ジョージ・ワシントン橋から投身自殺を図ったユージン・ワースをモデルにしているが、ボールドウィン自身もこのままアメリカで生きていたら友人と同じ運命をたどっていただろうと語っている（スタンドレイ／プラット二三八）。つまりこの作品は、行き場を失ってハドソン川へ飛び込んだ友人の死をきっかけに、大西洋間の横断を繰り返しながら母国との関係を模索した彼の葛藤を映し出すものである。

一九五七年に一時帰国したボールドウィンは、生まれて初めてアメリカ南部を訪れるが、この旅のきっかけが一枚の写真との偶然の出会いだったと回想する。ソルボンヌで開催された第一回黒人作家・芸術家会議に参加していた彼は、リチャード・ライトらとともにサン・ジェルマン大通りを歩いていたとき、キオスクに置かれた新聞に載っていた少女の写真に目を奪われたという（『通りに名はない』五〇）。写真に写る少女ドロシー・カウンツは、ノースカロライナ州シャーロットにあるハリー・ハーディング高校に初めて入学を許可された黒人の一人である。入学式当日の彼女は、白人群衆の罵声と嘲笑の中で校舎へと向かい、祖母が徹夜で縫い上げたワンピースには唾が吐きかけられ、その様子が撮影された写真はアメリカ国内外に発信された。アメリカ南部の黒人少女に立ちはだかる残酷な現実に対して、会議での黒人知識人との観念的議論が無意味に思えたボールドウィンは、「他の人たちは代償を払っているのだから、私も帰国して自分の支払いをするときが来たのだ」と述べる（『通りに名はない』五〇）。そして、彼が降り立った初めての南部の地は、人種統合教育の問題で紛糾するシャーロットの町であった。

一枚の写真との偶然の出会いが彼を南部へ導いたとしているが、第一回黒人作家・芸術家会議は写真が撮影される一年前に開催されており、ボールドウィンは、カウンツが高校に入学する二か月前にはすでに帰国の途に就いていた。つまり南部への旅は、エッセイでの回想とは異なり、写真を見る以前からすでに予定されていたのである。この記憶の操作について、ケビン・ゲインズは、「当時のアメリカで熱狂していた黒人たちの闘争への連帯を宣言」するための意図的な書き換えだったと述べ（七三―七四）、ダグラス・フィールドも同様に、ヨーロッパ滞在中に彼が目を背けていた公民権運動の現状に向き合うための決意表明だったと解釈する（一一六―一一七）。確かに帰国後のボールドウィンは、公民権運動への関与を次第に深めていくが、その一方で、人種を語ることは「スポークスマン」として黒人の立場を代弁するのではなく、「私自身がどこからやってきて、私は今どこにいるのかについての証人になること」だとも主張する（スタンドレイ／プラット 二五八）。この発言を踏まえると、南部への旅は、人種主義の犠牲になる少女の写真に突き動かされたという後付けの大義名分とは別に、彼の出自に向き合うために南部とのつながりを見出そうとする個人的な動機によるものだったと考えられないだろうか。

ニューヨーク生まれのボールドウィンにとって、アメリカ南部は、家族の歴史と深く結びついていたこともあり、複雑な感情と想像力を呼び起こすものであった。実父を知らない彼は、三歳の頃に父となったデイヴィッドが一九一九年にニューオーリンズから北部に移り住んだ意味を通して、グレート・マイグレーションの歴史と彼自身の人種的アイデンティティを定めようとした（「アメリカの息子の手記」六三―六四）。そして、父が連れてきた祖母バーバラは、奴隷として生まれて一四人の混血児の母となったことから、彼女の話は黒人の歴史的トラウマを伝えるものだった（リーミング 六―七）。「南部から一世代離れている」（「誰も私の名前を知らない」一〇〇）と語るボールドウィンは、血縁のない父との関係を通して南部という「故郷」を想像／創造していった。だからこそ、初めての南部の風景を前にした瞬間、白人と黒人の「父たちが待つ家」に帰る「自分の姿」を見ているような「錯覚」を抱いたのである（九八）。

南部という「家」への帰省のためにボールドウィンがフランスから帰国した経緯は、この期間に執筆していた『もう一つの国』の作品解釈にいかなる可能性を与えるのだろうか。ルーファスの死に深く関わるレオナとエリックはともに南部人であり、彼らとの歪んだ恋愛関係は、北部黒人であるルーファスの潜在的な記憶に刻まれた南部白人に対する感情と衝動を顕在化するものである。そして、ルーファスの白人の仲間たちは、フランスでの滞在から二年ぶりに帰国したエリック・ジョーンズとの再会をきっかけに、彼の死の意味をより深く理解しようとする。自己破滅する黒人男性像というリチャード・ライトをはじめとする黒人作家たちが定式化した筋書きは、『もう一つの国』においては、黒人存在が白人登場人物の人種的自己の構築性を照射する物語へと転換していく。そこで本稿では、南部という地域性と結びつけられる白人性が、『もう一つの国』における人種とセクシュアリティの問題といかに結びつくのかを考察し、ボールドウィンの南部的想像力が地理的境界を越えて人種関係の構図を再配置するものであることを明らかにする。

1　「黒人男性《ブラック・ボーイ》」の表象と抗議文学からの「跳躍」

『もう一つの国』は三部構成になっており、第一部でルーファス・スコットの投身自殺までが描かれた後、この死を受け止めようとする仲間たちが各自の現実を見つめ直す場面が続く。ルーファスは、四〇〇ページを超すこの小説の八〇ページを過ぎたところで姿を消すが、彼の不在について問うことが、残された人物たちが直面する問題であると同時に、小説自体の解釈にもつながる。ジャズ・ドラマーとして華々しく活躍していた彼が自己破滅へと至る切迫した状況は描かれるものの、自ら死を選んだ経緯については断片的な回想を除いて決定的な出来事や要因は示されていない。スーザン・フェルドマンは、自殺の原因を曖昧にすることは作家の意図であるとし、ルーファスの人生を「人種主義の因果関係に基づいた語り」の中に位置づけないことで、社会的に宿命づけられた犠牲者としての典型的黒人像を回避しようとしたと指摘する（九二）。このことはボールドウィン自身も雑誌でのインタビューで語っており、ルーファスは「黒人男性《ブラック・ボーイ》」の描きかたとしては前例のないもので、「白人によってあのように苦しんで追い詰められていくニガーという全くの感傷的なイメージから脱却する試み」だという（スタンドレイ／プラット　一〇四）。

「黒人男性《ブラック・ボーイ》」という表現は、リチャード・ライトが主流化した黒人抗議小説の系譜における男性像を想定したものである。ボールドウィンは、作家の世界へと導いてくれたこの恩師について、アメリカ黒人文学の地位を築いた功績に敬意を示しながらも、人種の不正に対する怒りと憎しみを主題化したことへの批判をかねてより展開していた。二四歳の彼が「万人の抗議小説」（一九四九年）で攻撃したのは、ライトによる反人種主義の言説が、黒人を他者化する白人中心主義の容認に過ぎず、抗議という表現様式に芸術的価値が備わっていない点である(1)。そして、『アメリカの息子』（一九四〇年）の「ビガー・トーマスの悲劇」とは、「彼がアメリカ人、あるいは黒人であるということではなく」、彼の存在を否定する「出生時に受け継いだ残酷な価値基準に従って、人間性を求めてたたかうこと」だと述べる（「万人の抗議小説」一八）。つまり、抑圧者と被抑圧者という人種関係を前提とする限り、白人社会に対する抗議は、その価値基準への従属と本質的には同義だというのである。また、「人間性」とは黒人に本来備わっているものであり、その「人間性」をいかに「受け入れる」のかという葛藤こそが文学的主題になるとボールドウィンは述べる（「万人の抗議小説」一八）。さらに、追悼エッセイ「ああ、かわいそうなリチャード」（一九六一年）では、ライトを文学上の「父」だと告白しつつも（一九一）、「抗議文学」として圧倒的に立ちはだかる「彼の作品を自分の作品のための跳躍台にした」と回顧する（二五六）。

ボールドウィンが目指す「跳躍」は、『もう一つの国』における人種的視点の転換によって実践されている。第一部で「黒人男性《ブラック・ボーイ》」としてのルーファスが早々と姿を消した後、視点の中心はグリニッジ・ヴィレッジで交流のあった白人の仲間たちへと転換し、かつての恋人エリックと親友ヴィヴァルドを中心に物語が展開する。つまり、因果関係が明示されないルーファスの死について、その意味を問い続ける白人たちの意識を掘り下げていくことが作品の大半を占める。これによって犠牲者としてのルーファスの苦悩を表現する物語は、黒人存在を媒介として構築される白人たちの人種意識を映し出すものとなるのである。白人登場人物の視点から物語を作り出す試みは、ボールドウィン自身が語るように、『もう一つの国』と『ジョヴァンニの部屋』（一九五六年）が当初ひとつの小説として書き始められたことに起因している（スタンドレイ／プラット 二三八）。『ジョヴァンニの部屋』の一人称の語り手デイヴィッドは、アメリカを離れてパリで暮らす白人男性で、婚約者がいながらイタリア人男性ジョヴァンニと深い関係に陥っていくのであり、国籍離脱者と同性愛を結びつけている点でエリックを想起させる。『もう一つの国』が白人を主人公にしたホワイトライフ・ノベルと共通の原案から発展した点は、ルーファスの死をきっかけとして白人同士の葛藤へとつながっていく作品構造を予兆するものである。

ステファニー・リーによると、ホワイトライフ・ノベルは、人種的境界を越えた人間性を提唱する普遍主義が広まりつつあった第二次世界大戦後に文学的潮流となっていたが、黒人文学における例外的な要素として積極的に論じられることはなかった（三一―一九）。なぜなら、ボールドウィンも自認する通り、黒人作家は黒人全体を代表するものだという自明の前提に基づいて（ゲイツ　一八）、黒人登場人物を通して黒人の声《ブラックボイス》を表現すべきだと考えられたからである。(2) これは『もう一つの国』の先行研究についても当てはまっており、人種的抑圧の犠牲者としてのルーファスに対する解釈を中心に議論が展開されがちである。たとえばアーヴィング・ハウは、ルーファスを「ビガー・トーマスの教養ある遠縁のいとこ」だと呼びつつ、ボールドウィンが批判していたライト的な黒人男性像の系譜に位置づけようとしている（一一九）。このような視点は、白人を基準的存在として黒人が他者化される社会的現実を表層的に描き出すことであり、その表層の奥に潜む白人の人種的自己の構築性を見落とす恐れがある。

『もう一つの国』の語りの視点が白人意識へと転換する点について、ボールドウィンはアメリカ南部に想像力の源泉を求めている。ルーファスのモデルとなったユージン・ワースの自殺について、ボールドウィン自身はその原因を明確には認識していないため、作品執筆の過程でルーファスの死を二人の南部白人とのセクシュアリティをめぐる複雑な関係と結びつけながらフィクション化したと考えられる。ボールドウィンにとって南部が白人と黒人の「父たち」の系譜を遡るための想像上の地図でありつづけたように、『もう一つの国』における南部は、地域性を越えて個人の意識と記憶に潜在的な支配力を持つものとして表象されるのである。

2　アメリカの「私生児」と二人の南部白人

インタビューの中でボールドウィンは、投身自殺を図るルーファスを「国家的精神の中に漂う黒い身体」と呼び、歴史的に排除された黒人存在を象徴するものだと説明する（リーミング二〇一）。ハーレムの北東にあるジョージ・ワシントン橋を「祖国の父をたたえて建てられた橋」と呼ぶルーファスは、冬空を見上げて「この野郎。俺だっておまえの子じゃないのか？」と言いながら、黒人であるがゆえに父なるアメリカの「私生児」として生まれたことへの絶望の中で、暗く冷たい川に消えていく（八七）。[3] すでに述べたように、アメリカ黒人の歴史的トラウマを体現するルーファスについて、自殺の原因となった恋愛関係の相手は、ジョージア出身の白人女性とアラバマ出身の白人男性である。死の直前のルーファスが、「エリックを女として扱うことで彼の男性性を軽蔑し」、彼を罵った「まさに同じ言葉」をレオナに対して使ったことを回顧するように（四六）、南部白人の登場はルーファスの人種的自己を可視化させるものだと言えるだろう。だとすれば、彼らの異性／同性関係を通していかなる人種の構図が浮かび上がってくるのかを考えてみたい。

ルーファスが自殺する七か月前、ハーレムのジャズクラブの外で出会ったレオナは、ジョージアで夫と離婚して息子と引き離された後、仕事を求めて一人でニューヨークに来ていた。いかにも「南部の貧乏白人の表情」で質素な身なりをした彼女の痩せこけた体は、ルーファスの目には「突如として最も刺激的な体になって」いく（九）。そして互いの身の上話をしているうちに、南部での軍隊時代に白人士官から受けた激しい暴力の記憶が蘇る。赤土の上で血まみれになるまで顔に足蹴りをしたこの士官は、「永久に復讐できないところに消えた」（一三）はずだったが、この復讐心はレオナに対する欲望となって回帰する。二人が初めて関係を持つときのルーファスは、彼女への優しさと罪意識を感じながらも、乳白色の太腿の間に向けた「彼の武器」から「混血の赤ん坊が一〇〇人できるほどの毒液がほとばしるような」高揚感を抱いている（二二）。「白人の神もリンチの群衆も彼のことを止められない」（二二）というように、ルーファスの暴力的なふるまいは、白人士官への復讐の代替手段にとどまらず、白人女性の身体を支配するという人種の禁忌を犯し、去勢不安という黒人男性が歴史的に抱えてきた潜在意識を乗り越えることによって優越感に浸るのである。(4)

白人女性への暴力を黒人男性の自己表現と白人中心社会への抗議の手段にするという筋書きは、「野獣《ブラック・ビースト》のような黒人の復讐物語」としてライトをはじめとする黒人男性作家によって定式化されてきた（ライター 二〇四―〇七）[5]。野獣《ブラック・ビースト》のような黒人は、西洋植民地主義の言説における非文明的で危険な黒人男性の固定概念であるが、南部に関して言えば、奴隷制度による人種的秩序の保証が失われた南北戦争後になって白人たちの恐怖心をより強く喚起するようになった（サマービル 二〇七）。リチェ・リチャードソンによると、この南部的想像力は二〇世紀初頭以降に国家的に共有されたことで、「南部性」がアメリカ黒人男性の「他者性」を照射するものとなった（六―七）。南部黒人男性像の越境性を踏まえると、ルーファスがレオナに対して感じる欲望と反発は、北部の都市に生きる彼の人種的自己意識が抑圧された南部の記憶へと遡及することに伴う感情だと言えるだろう。つまり、白人南部の象徴的役割を付与されてきた白人女性の身体に対して、触れることを禁じられた黒人男性の視点からの読み替えがなされるのである。このような意味の転換は、ボールドウィンが高く評価したジーン・トゥーマーの『砂糖きび』（一九二三年）に収められた詩「ジョージアでの肖像画」において、白人女性の体がリンチの末に燃やされた黒人男性の白い灰になるという描写にも見られる（二九）。破滅する黒人男性と表裏一体になった白人女性像は、白人父権的想像力の中で対極化されるべき彼らの身体の潜在的結びつきを暗示する。トゥーマーが描き出す南部的身体の論理は、時代と場所を越えてルーファスとレオナの共依存的関係から破滅へと向かう物語にも作用するのである。

レオナとの関係を通して映し出される南部の場所性は、ルーファスがかつて恋愛関係にあったエリックの南部白人としての人種意識を通して問い直される。フランス滞在中にルーファスの死を知らされた彼は、かつての恋人の「偉大な力」が「深くて暗い場所に埋めたはずの過去とつながっている」と考える（一九三）。この秘めた「過去」とは、故郷アラバマでの「冷たい白人」と「温かい黒人」についての記憶である（一九三）。子ども時代に両親が不在がちであったエリックは、黒人の料理人グレースから愛情をもって育てられ、彼女の夫ヘンリーと火炉室で過ごす時間に大きな慰めを感じていた。彼が黒人男性への性的関心に目覚めたのは、火炉の前で人知れず泣いていたヘンリーから抱きしめられ、はじめて男性の胸と下腹部の感触を知った一〇歳か一一歳の頃である。この目覚めがきっかけとなって「すべてを秘密にして生きなければならない」（一九八）ことを実感し、人種隔離政策下にあるアラバマの白人共同体の中で疎外感を深めていくことになる。逸脱的に見える彼のホモエロティックな欲望は、野獣《ブラック・ビースト》のような黒人の誇張された肉体的要素と根本では結びついている。ロビン・ウィーグマンも指摘するように、野獣《ブラック・ビースト》のような黒人への制裁行為としてのリンチや去勢は、黒人男性に対する白人男性の強い執着をもとにした潜在的に「同性愛的なやりとり」である（九九）。この潜在性については、短編「出会いの前夜」（一九六五年）において、南部の田舎町に住む中年の白人警官ジェシーが、幼少期に目撃した黒人の去勢を回想しながら、妻グレイスと夜の営みをする場面でも示されている。寝室でグレイスと横たわるジェシーは、ナイフで切り取られた黒人の重たそうな陰部を思い描きながら、彼女に対して「お前をニガーのようにしてやるよ」と言って久々に性的興奮を覚えるのである（「出会いの前夜」二四九）。野性的な黒人男性の記憶を媒介として喚起されるジェシーの異性愛的欲求は、人種的他者に依存する南部白人男性のセクシュアリティの危うさに起因するものである。

　ルーファスの自殺を知ったエリックは、「僕はルーファスのことを愛していたのだろうか」、「自分が執着していたのはルーファスの体なのか、それとも黒い男たちの体なのか」と自問する（一九四）。彼の同性愛は、個人的な愛情や指向性に基づくのか、あるいは、ジェシーと同じく南部白人男性の潜在意識に起因するのか線引きできないと感じるのである。さらに、ルーファスに魅かれたことが「怒りと郷愁と罪意識に過ぎないのか、そして恥辱なのか」（一九四）と考えるように、黒人男性との結びつきを禁忌だとして自己否定的感情でとらえていたことを示唆する。だとすれば、エリックの南部的追憶がルーファスから野獣《ブラック・ビースト》のような黒人としての暴力的ふるまいを引き出したと考えられる。つまりルーファスは、レオナとエリックとの異性／同性間の恋愛の中で作用する遠い南部の人種と身体の論理によって無意識のうちに抑圧されて死を運命づけられるのである。

　ルーファスを抑圧する南部的な人種とセクシュアリティの交錯は、彼の親友ヴィヴァルド・ムーアとの関係にも影を落としている。ブルックリン生まれのヴィヴァルドは、スコットランド系イタリア人の作家志望の青年であり、ルーファスがハーレムの実家に招き入れるほど「肌の色という陳腐で馬鹿げた領域を越えた友人」（一三三）である。「一緒に寝て、一緒に酔い、一緒に女遊びをした」（一三三）という彼らの友情は、その親密さゆえにかえって互いの人種的差異を自覚させる。ルーファスは「親友である白人の男」を「傷つけたい欲求で窒息しそう」だと感じるが（五〇）、野獣《ブラック・ビースト》のような黒人的なこの衝動は、ヴィヴァルドが「心のどこかで黒人だという理由でルーファスを恐れ、憎んでいた」という心の「深淵」に呼応するものである（一三四）。ルーファスとの友情に潜む恐怖と憎しみは、ヴィヴァルドの男性性が黒人との危険な接触を想像することで構築されることを示唆している。彼にとってハーレムの暗い街路を歩き回ることは、「自らの肌の色に書き込まれた歴史が、その場にいる権利に挑んでくる」ことであり、アップタウンの黒人たちの間で疎外された自己が「可視化される」という「危険」は、ダウンタウンでの「平凡さというぬるま湯から彼の男性性をつかみ出して火の中に入れて試している」ような「幻想」を与える（一三二）。「自己満悦と性的興奮」によって「生きている実感をより強くした」（一三二）ハーレムの記憶は、白人男性としての自己意識を構築するために黒人存在を表象化する人種主義に他ならず、苦悩するルーファスとの心理的距離を生み出している。

「肌の色を越えた」彼らの友情に潜む距離感を描いた印象的な場面がある。死の直前のルーファスを部屋に迎えたヴィヴァルドは、ベッシー・スミスの「バックウォーター・ブルース」のレコードを蓄音機にかける。ルーファスは、「行くところがない何千もの人たちがいる……私の家は崩れ落ちて、もうあそこには住めない」という一節に心を動かされるが、ヴィヴァルドは、「住む場所を変えるのも良い考えだよ……西海岸に行ってみるとかさ」と助言する（四九）。「バックウォーター・ブルース」は、一九二七年のミシシッピ川大洪水についてスミス自身が書き下ろしたブルースであり（ペンス 五九）、ヨーロッパ滞在中のボールドウィンが書くことにおける啓示的な意味を見出した曲である（スタンドレイ／プラット 四）。一人の黒人少女が丘の上から洪水で流された我が家を想う歌詞は、「自分が家に帰ることはもうない」（八六）という絶望の中で一二五丁目駅を地下鉄で通過し、ジョージ・ワシントン橋の欄干からニューヨークの街並みを見つめるルーファスの状況と重なる。この曲を聴いて災害と我が家の喪失を想像するルーファスは、「自分が今まさに直面しているような空虚さと恐怖を他の人たちはどうやって乗り越えてきたのだろうか」（四九）と思いめぐらせ、自らの苦悩を南部黒人の歴史的経験の中に位置づけてみようとする。南部の過去に遡る試みが彼を救うことはないが、ボールドウィンがヨーロッパでスミスを聴くことでアメリカ黒人作家としての自己に対峙したように、ルーファスは、時間と場所を越えて自己存在をとらえ直すことに望みを託したのではないだろうか。そしてこの魂の叫びはヴィヴァルドの心に届くことはなく、ルーファスは、ジョージ・ワシントン橋に向かうためにアパートをあとにする。

3　南部との「距離」——大西洋間で表象される南部白人性

ボールドウィン自身の説明によると、『もう一つの国』はヴィヴァルドとアイダとの恋愛関係から書き始めたもので、ルーファスについては作品の全体像が固まってから書くことを決めたという（スタンドレイ／プラット　一四三）。実際に作品後半は、兄の突然の死と向き合おうとするアイダが、ヴィヴァルドと親密な関係を築いていく過程を中心に展開されている。この異性関係と並行して描かれるのは、エリックと年下のフランス白人男性イーヴとの関係である。地中海を臨むエデン的な雰囲気が漂うコテージでの彼らの同棲生活は、「相手の存在がもはや見つからないと諦めていた住処」（一八四）だと表現されるように、日常性や特定の場所との関係性を構築しえない彼らが、恋愛そのものに帰属意識を見出すことで成り立っている。エリックの渡仏は、彼のセクシュアリティを受け入れる場所を求めることが目的のひとつであり、アーネスト・J・マルティネスが指摘するように、同性愛者が社会規範や義務の抑圧から逃避して新たな環境を求めて移動する「クィア・マイグレーション」（三八）だと言える。一六歳のエリックが故郷アラバマを去る決意をしたのも同様の目的であり、初恋相手の黒人男性ルロイとの人種的差異を越えた関係を築くために北部への移住を考えたからである。彼らの関係は、ルロイが南部を離れて生きられないと主張したことで成就しないが、「ずっと隠されていたものが発見された」ような「人生の始まり」（四三六）としてエリックの記憶に刻まれている。

国境を越えて人種とセクシュアリティの葛藤を経験するエリックは、ルーファスの死に向き合うヴィヴァルドにとって象徴的な役割を果たす。ジェイムズ・A・ディーヴラーが論じるように、エリックが物語において担う象徴性は、彼が端役として出演したフランス映画の一場面で暗示されている（一七九）。[6] ブロードウェイの舞台出演のために帰国したエリックとこの映画を鑑賞するヴィヴァルドは、混雑したカフェで静かに佇むエリックの表情が「二〇世紀の苦悩についての脚注」のようであり、「両性具有という言葉にも抵抗を感じる」何かを読み取る（三二〇）。そして、映画館を出て街路を歩きながら、「映画の中のエリックを見たときと同じように」彼を見つめて、「エリックとはどんな人間なのか、どうやって人生に耐えているのか」と思いめぐらせる（三三三）。このように、映画の中で境界越境的な表象として映し出されるエリックの存在は、作品第三部で描かれる彼とヴィヴァルドとの肉体関係についての解釈に手がかりを与えうる。

この場面でヴィヴァルドは、ルーファスのかつての恋人エリックとの一体感を得ることによって、亡き親友の痛みを追体験する。飲み明かしてエリックのベッドで眠るヴィヴァルドは、激しく降る雨音とすすり泣くようなブルースの音色に包まれながら、橋の下で血だらけになったルーファスが復讐の表情で彼を待っている夢を見る。「**僕を殺さないでくれ、ルーファス。お願いだ。お願いだ。僕は君を愛しているんだ。**」（三八二）と叫んで目覚めると、同じベッドでエリックと身体を寄せ合っていることに気づく。そして、エリックとの営みが「ルーファスもこんな感じだったのだろうか？」（三八六）と想像しながら、その感覚が「まるで溺死のようだ」（三八五）とルーファスの死の瞬間に重ね合わせている。エリックとの営みの後、ヴィヴァルドは、死の直前に彼の部屋を訪れたルーファスの様子を初めて打ち明け、「あのベッドの上で四分の一インチほどしか離れていないルーファスに手を伸ばして抱きしめていたら、彼を救えたかもしれない」（三四三）と言う。また、夢を見ているヴィヴァルドが、洪水の中で「自分を救う何らかの真実、何らかの義務」（三八二）を探し求める状況は、「バックウォーター・ブルース」の歌詞の内容と重なっており、災害に直面する南部黒人の歌に最期の望みを読み取ろうとした亡き親友との想像上の対面となっている。(7)

二人の営みが「儀式、愛の行為」（三八六）と表現されるように、ヴィヴァルドは、「エリックを愛している、それは大きな発見」であり、「エリックが彼を愛していること、それは奇妙でこれまでに感じたことのない安定と自由な感覚だ」（三八七）と考える。異性愛者を自認するヴィヴァルドと同性愛者エリックとの「愛の行為」によって得られる一体感は、ルーファスが二人の南部白人に対して不可避的に抱く身体的欲望を通した差異認識とは対極にあるものに見える。レオナと初めて関係を持ったルーファスは、「人生で最も長い一日を彼女の記憶に刻みたい」という荒々しい高揚感の中で混血児の誕生を想像し（二二）、レオナの白い身体に彼の黒さを刻印することで優越感に浸る。この感覚は、「エリックを女として扱うことで彼の男性性を軽蔑した」（四六）ときと同じく、ルーファスの自己認識が野獣《ブラック・ビースト》のような黒人の固定概念に縛られて、二人の南部白人に対する愛情を自らの手で破壊する結末につながる。このことを踏まえると、ルーファスの自殺を通してボールドウィンが目指した前例のない「黒人男性《ブラック・ボーイ》」の描きかたは、黒人作家が白人的想像力に呼応するかたちで構築された黒人男性の自己表象を逃れる試みだったのではないだろうか。

　エリックとの儀式的な関係を経験したヴィヴァルドは、アイダから兄の死を受け入れようとする彼女の葛藤を率直に打ち明けられ、失いかけていた互いの愛情を再確認する。和解して抱き合う彼らには「少しも欲情的なところはなく」、「疲れ果てたこども」（四三一）のように無垢な表情をたたえており、人種の差異を乗り越えた愛の展望が暗示されている。エリックとの「愛の行為」を経たヴィヴァルドがアイダとの関係修復に至る筋書きは、クィア批評的視点から作品を読むマット・ブリムが論じるように、同性愛が「異性愛規範的《ヘテロノーマティヴ》なものへ回帰」するための一時的な超越だという解釈も引き出しうる（一一七）。しかし、作品の結末でエリックとイーヴが再会を果たす場面は、同性間の結びつきが一時的なものには終わらない可能性が示される。高度を下げながらマンハッタンの摩天楼に近づく飛行機の中で、イーヴは、土産が入った包みにそっと触れながら、窓から見える人々の群れの中にエリックがいることを想像して「とてつもない平和と幸福」を感じる（四三三）。そして、入国審査と手荷物の受け取りを終えたイーヴは、ガラス越しに彼の到着を待つエリックの笑顔を見つけ、「幼い頃にも感じたことのない高揚感の中で」、「天国から舞い降りた人々が故郷にするその街へと歩み出す」（四三六）。作品冒頭におけるルーファスが行き場を失ってニューヨークの街を彷徨い続けるのに対して、飛行機から降り立ったばかりのイーヴは、エリックとの新しい生活のための「故郷」を思い描くのである。

『もう一つの国』は、地理、人種、セクシュアリティの境界の交錯が作用する人物たちの関係と自己認識を物語化している。北部黒人男性ルーファスと南部白人レオナとエリックとの恋愛関係が映し出すのは、白人社会が黒人男性の身体に刻印してきた人種的差異がその共依存性と表裏一体であるがゆえに生じる心理的葛藤と破滅である。ルーファスの物語は、白人社会との敵対関係の中で破滅へと向かうビガー・トーマスとは異なり、人種的抑圧が個人の意識と記憶の深層を支配する状況を、非直線的な語りの中で表象している。そして、ルーファスの亡き後に物語の視点が白人側へと転換したとき、エリックの南部白人として自己意識の構築性が照らし出される。アラバマで黒人男性への欲望と人種を越えた愛情による葛藤に直面する彼は、精神的解放を求めてたどり着いたニューヨークにおいてもルーファスとの恋愛の中で同じ葛藤に陥る。それからアメリカを離れた彼は、フランス人男性イーヴとの関係に安息を見出しつつあったとき、ルーファスの自殺を知ったことで南部の過去の記憶にとらわれる。境界の交錯を越えるために異なる場所に自己を置き直すエリックの存在は、南部的なものを通してアメリカの人種とセクシュアリティの表象を試みたボールドウィンの想像力を浮かび上がらせる。この想像力は、「大西洋間の通勤者」としてヨーロッパとアメリカを往来していた彼が、作品執筆の過程において南部との「距離」を再測定したことで生み出されたものだろう。さらに、南部という概念的空間をアメリカ国内外に「転地」しつつ南部白人男性のセクシュアリティを表象した点は、犠牲者や反抗者としての黒人男性像を通して黒人主体性をとらえる従来的な物語からの「跳躍」になっている。

注

（1）「万人の抗議小説」におけるライト批判の主たる根拠は、文化的抑圧の犠牲者としての「抗議」の表現が芸術性や文学的価値を欠くというものである。これに対して、ヒューストン・A・ベイカー・ジュニアは、ライト文学への否定的評価を促したボールドウィンの視点が、芸術性を非政治的なものとして狭義でとらえており、「抗議」が紡ぎ出す重層的な「比喩」に目を向ける必要性を提起している（一四〇―四二）。

（2）ステファニー・リーによると、第二次大戦後のホワイトライフ・ノベルは、黒人作家が何らかの「口実」のために書いた「非人種的なテクスト」だと解釈されがちであった（一一）。例えば、『ジョヴァンニの部屋』はボールドウィンの同性愛の仮面であり、ゾラ・ニール・ハーストンの『スワニー河の天使』（一九四八年）は経済的理由によって書かれたものとされ、真正な黒人性の追求という点においては評価されなかったと指摘する。

（3）James Baldwin, *Another Country* (New York: Vintage-Random, 1993) 87. これ以降、作品からの引用はページ数のみを括弧内に表記する。また、引用文の日本語訳はすべて筆者により、原文のイタリック体の部分はゴシック体で表記する。

（4）アメリカ南部におけるリンチは、白人父権制度の維持という大義名分のもとに、白人女性と関係を持った黒人男性を制裁する手段とみなされていた（ブランデージ 一―二〇）。リンチの一環として行われていた去勢についても、黒人男性の性器の切除によって白人男性の白人女性に対する性的支配を保証するものであった（ウッド九八）。

（5）『アメリカの息子』はシカゴを舞台にしているが、ビガー・トーマスは、ミシシッピで生まれ育ち、人種暴動で父親を失った後に家族とともに北部に移住している。ライト自身の解説によると、ビガーは、ジム・クロウ期南部の「バッド・ニガー」という反抗的な黒人像を想定したものである（四三五―三七）。

（6）デイヴィッド・A・ガーストナーは、『もう一つの国』において映画がアイデンティティ表象と密接に結びつくと指摘し、作品の冒頭でルーファスがタイムズ・スクエアの映画館で落ちぶれた自分の姿を認識する場面がこのことを象徴していると述べる（一〇九）。

（7）『もう一つの国』におけるブルースの役割を論じた音楽批評家ジョッシュ・クンは、ヴィヴァルドとエリックの営みの描写でも「バックウォーター・ブルース」が共鳴していると指摘する（三二〇）。ヴィヴァルドが「それはまた音楽のようだった……雨のようだった」（三八五）と感じるように、二人の営みはルーファスとの共感を生み出す行為であることが暗示されている。

引用文献

Baker, Jr., Houston A. *Blues, Ideology, and Afro-American Literature: A Vernacular Theory*. Chicago: U of Chicago P, 1984.

Baldwin, James. “Alas, Poor Richard.” 1961. Baldwin, *Collected Essays* 181–215.

———. *Another Country*. 1962. New York: Vintage-Random, 1993.

———. “Everybody’s Protest Novel.”1949. Baldwin, *Collected Essays* 11–18.

———. “Going to Meet the Man.” 1965. *Going to Meet the Man*. New York: Vintage-Random, 1993. 227–49.

———. *James Baldwin: Collected Essays*. Ed. Toni Morrison. New York: Library of America, 1998.

———. “Nobody Knows My Name: A Letter from the South.” 1957. Baldwin, *Collected Essays* 197–214.

———. "Notes of a Native Son." 1957. Baldwin, *Collected Essays* 63–84.

———. *No Name in the Street*. 1972. New York: Vintage-Random, 2007.

Brim, Matt. *James Baldwin and the Queer Imagination*. Ann Arbor: U of Michigan P, 2014.

Brundage, W. Fitzhugh. Introduction. *Under Sentence of Death: Lynching in the South*. By Brundage. Chapel Hill: U of North Carolina P, 1997.

Campbell, James. *Talking at the Gates: A Life of James Baldwin*. 1991. Berkeley: U of California P, 2002.

Clark, Keith. *Black Manhood in James Baldwin, Ernest J. Gaines, and August Wilson*. Urbana: U of Illinois P, 2002.

Dievler, James A. "Sexual Exiles: James Baldwin and *Another Country*." McBride 161–83.

Feldman, Susan. "Another Look at *Another Country*: Reconciling Baldwin's Racial and Sexual Politics." *Re-Viewing James Baldwin: Things Not Seen*. Ed. D. Quentin Miller. Philadelphia: Temple UP, 2000. 88–104.

Field, Douglas. *All Those Strangers: The Art and Lives of James Baldwin*. New York: Oxford UP, 2015.

Gaines, Kevin. "Exile and the Private Life: James Baldwin, George Lamming, and the First World Congress of Negro Writers and Artists." *James Baldwin: America and Beyond*. Ed. Cora Kaplan and Bill Schwartz. Ann Arbor: U of Michigan P, 2011. 173–87.

Gates, Jr., Henry Louis. *Thirteen Ways of Looking at a Black Man*. New York: Random, 1997.

Gerstner, David A. *Queer Pollen: White Seduction, Black Male Homosexuality, and the Cinematic*. Urbana: U of Illinois P, 2011.

Howe, Irving. *A World More Attractive: A View of Modern Literature and Politics*. New York: Horizon, 1963.

Kun, Josh. "Life According to the Beat: James Baldwin, Bessie Smith, and the Perilous Sounds of Love." McBride 307–28.

Leeming, David. *James Baldwin: A Biography*. London: Penguin, 1995.

Leiter, Andrew B. *In the Shadow of the Black Beast: African American Masculinity in the Harlem and Southern Renaissances*. Baton Rouge: Louisiana State UP, 2010.

Li, Stephanie. *Playing in the White: Black Writers, White Subjects*. Oxford: Oxford UP, 2015.

Martínez, Ernesto Javier. *On Making Sense: Queer Race Narratives of Intelligibility.* Stanford: Stanford UP, 2013.

McBride, Dwight A., ed. *James Baldwin Now*. New York: New York UP, 1999.

Pence, Charlotte. *The Poetics of American Song Lyrics*. Jackson: UP of Mississippi, 2012.

Richardson, Riché. *Black Masculinity and the U.S. South: From Uncle Tom to Gangsta*. Athens: U of Georgia P, 2007.

Sommerville, Diane Miller. *Rape and Race in the Nineteenth-Century South*. Chapel Hill: U of North Carolina P, 2004.

Standley, Fred L. and Louis H. Pratt, eds. *Conversations with James Baldwin*. Jackson: UP of Mississippi, 1989.

Toomer, Jean. *Cane: An Authoritative Text, Backgrounds, Criticism*. Ed. Darwin T. Turner. New York: Norton, 1988.

Wiegman, Robyn. *American Anatomies: Theorizing Race and Gender*. Durham: Duke UP, 1995.

Wood, Amy Louise. *Lynching and Spectacle: Witnessing Racial Violence in America, 1890–1940*. Chapel Hill: U of North Carolina P, 2009.

Wright, Richard. "How Bigger Was Born." 1940. *Native Son*. New York: Perennial-Harper, 1993. 431–62.

経験がものを言う
――フランシス・E・W・ハーパーの『アイオラ・リロイ』とプラグマティズム

藤野功一

一九世紀を代表する黒人女性知識人の一人、フランシス・エレン・ワトキンズ・ハーパー（一八二五―一九一一）は、六七歳で初の長編小説『アイオラ・リロイ』（一八九二年）を出版してから二年後、ボストンの全米黒人連盟の会合で演壇に立ち、今までの経験から「若者がどうやっても失敗してしまうこと」でも、老人である彼女の方が「なんとか成功してしまう」ことがあるものだと語った（五）。高齢の自分を若者はあなどるかもしれないが、若者たちは自分から学ぶべきことがある。黒人に有利な状況を作り出すためには「血筋や遺伝の影響と同じくらい、経験がものを言うのだということを認めなければならない」（五）と述べる彼女に観客は喝采し、ボストン・デイリー・グローブ紙は八月二二日の記事でその内容を詳細に紹介して、彼女の意気軒昂な演説がひときわ目覚ましいものであったことを伝えている。この演説のなかでハーパーが「血筋や遺伝の影響」と同じくらい価値のあるものとした「経験」は、『アイオラ・リロイ』でも強調され、黒人の社会的地位を向上させるためには「若さによる情熱」と「老齢による経験」[1]（二五一）が必要であるとされた。一九世紀後半、ハーバート・スペンサー（一八二〇―一九〇三）の社会進化論が大きな影響力をもち、彼が『社会学研究』（一八七三年）において主張した「最も劣った人種と最も劣った個人が滅亡することによって引き起こされる社会全体の進歩」と、「社会的に有効な活動による発達が遺伝することによって引き起こされる社会全体の進歩」（一九三）といった考え方、あるいは『生物学原理』（一八六四年）の中で使った用語「適者生存」（四四四）が社会通念として浸透して、人種の優劣による淘汰と社会適応者の遺伝による社会の進展が「個人とは無関係な過程」（ホフスタター 一二五）とみなされるなか、ハーパーはむしろ個人の経験から生まれる実践的な知性による社会改革の可能性を主張した。

ハーパーと同時代に、スペンサーの社会進化論に反発し、個人の経験の可能性を考察した哲学者は、ウィリアム・ジェイムズ（一八四二―一九一〇）である。ジェイムズは一八九〇年に二巻本として出版した大著『心理学原理』の結論の章「必要不可欠の真実――経験の影響」で、こまかな事例を検証すると、スペンサーが論じるような人間の何世代にもわたる長期間の経験が遺伝して人間の知性を決定するという単純な議論では説明がつかないことが多々あるとして、劣等な人種よりも優れた人種がより先天的能力があるとする社会進化論の主張に疑問を呈した（六二四）。ジェイムズの議論はのちにさらに発展して、主著『プラグマティズム』（一九〇七年）においては、現実の街角で営まれる「想像を超えるほど多様で、錯綜し、混濁し、苦痛と困惑に満ちた」（二二一）具体的な個人の経験が注目されるべきであり、「事実」と「経験」こそが、「良きプラグマティスト」として取り組むべき対象であるとした（一六五）。ジェイムズは、概念が真であるとは、その概念が実際に「働く」（五八）力を持っているということだと考え、「プラグマティストは事実と具体性にこだわり、真理とはある特定の状況の中で実際に効果を持つものとして観察されたものが、普遍的な法則として一般化されたものだと考える。真理は、彼にとって、経験におけるあらゆる種類の効果的な作用を及ぼす力の総称なのだ」（六八）と論じた。現実に対する概念の実際的《プラグマティック》な効果を重視するジェイムズの主張は、ハーパーの、個人の思考が現実の行動にむすびついているかどうかを重視し、講演活動と著作によって広く大衆に現実の変革を訴えかけた言葉とも共通する要素がみられる。ジェイムズがめざした現実的思考は、ハーパーにおいては、たとえば一八六〇年の手紙「フィラデルフィアの救い手たちへの呼びかけ」でより簡潔に「言葉だけで同情を表現しても始まらない。それを行動に結実させなければならない」（五二）と表現されているとみることもできるだろう。

これまで、ハーパーの文学的作品はフェミニズムの立場からの評価が主であり、彼女の小説『アイオラ・リロイ』が、二〇世紀初頭の『プラグマティズム』の出版へと至るジェイムズの知的活動と関連づけて論じられる事はほとんどなかった。だが、同時代を生きた二人は、どちらも一九世紀後半から二〇世紀初頭において支配的な影響力を持ったスペンサーの社会進化論に反発し、現実における経験が個人を向上させ、それが社会の変革へと結びつくという発想に深くかかわっている。現実の経験とそれに基づいた社会的実践に重きを置くこれら二人の思想は、ハーヴァード大学でジェイムズの「熱心な弟子」（デュボイス『自伝』一三三）となり、ハーパーの死去の際には追悼文を書いて「若い書き手たちがフランシス・ワトキンズ・ハーパーの神聖な足跡に従う」（デュボイス「作家たち」二一）ことを励ましたW・E・B・デュボイス（一八六八―一九六三）に引き継がれた。コーネル・ウェストは『哲学を回避するアメリカ知識人』において、実践的な知を重視するプラグマティズムの系譜に連なる知識人として、ジェイムズとデュボイスを「一九世紀末のアメリカの新たな知的発展の最前線」（一四〇）でつながった二人として強調しているが、このプラグマティズムの系譜に連なる知識人の一人にハーパーを加えるために、ここであらためて彼女の『アイオラ・リロイ』を、「生活を改善しようとする積極的な人間的努力を認める哲学を探究する」過程のなかで「スペンサーに対する反論」を行ったジェイムズ（ホフスタター　一二九）と同時代の作者による作品として読んでみたい。

1　同時代人としてのハーパーとジェイムズ

ハーパーの著作は、常に、黒人のみならず白人にも強く同情を訴えかけ、互いに理解し合える共通の基盤を提供しようとする。ハーパーの残した短編や詩作品、あるいは講演の記録を読む時、読者がまず感じるのは、人々のあいだに自分の言葉が広く行き渡ることを求める彼女の言葉の表現のしたしみやすさと平明さだろう。ハーパーは、南北戦争以前は奴隷解放に、そして戦後は黒人、とくに黒人女性の社会的地位向上にその主題の焦点を当てた。彼女は十代のうちに一〇冊以上の詩集を出版し、最初の『様々な主題の詩集』は彼女が亡くなるまでに二〇以上も版を重ねた（フォスター「序論」二六）。ヒルデガード・ヘラーも言うように、その詩は、ウォルト・ホイットマンの詩と同様、あらゆる人々と共感し合う「徹底的に民主的」（二一〇）なものである。講演者としても、ハーパーは奴隷解放に尽力した多くの指導者たちと交流し、「アメリカ国中の何百という聴衆たちに対して」講演を行った（デュボイス「作家たち」二〇）。また、短編小説家としてのハーパーは、短編「ミニーの犠牲」の最後の部分で、作者自身の結論として「どのような才能を持とうが、どれほどの天分、教養、財産、あるいは社会的地位を持っていようが、私達が自分たちの同胞の利益に最もかなうためには、野蛮な反社会的状態に結局は陥ってしまうような利己的で孤立した状況にならずに、寛容で愛情深い精神を伝播してゆく必要がある」（九一―九二）と語り、万人に共通する寛容な精神を訴えた。詩人、講演者、そして短編小説家としてのハーパーは、難解な表現を避け、みずからのしたしみやすい言葉が人口に膾炙することを願い、その語りの中に人々と交流する喜びを込めている。

彼女の唯一の長編小説『アイオラ・リロイ』においても、ハーパーは「文学がまじめでその目的が教訓的なものでなくてはならない」という一九世紀の価値観（フォスター「序論」二五）に従い、誰にとっても「面白く、教訓に富んだ」（スティル 三）小説によって、彼女が生涯を通じて訴えてきた黒人の社会的地位向上という主題を人々に伝達しようとした。この小説では、まず何より主人公が持つ数奇な運命による経験が読者の興味を引く。南北戦争以前の裕福な南部の白人農園主の娘として生まれ、北部で高い教育をうけたアイオラ・リロイは、父親の死をきっかけに自分の母親がもともと黒人の血を引く奴隷出身であったことを知らされ、母親と引き離され、奴隷の身分に落とされてしまう。南北戦争勃発後、アイオラは奴隷の身分を逃れて野戦病院で北軍の看護婦として働き、再び自己を社会的に向上させてゆく。白人と見まがうほどの白い肌を持つアイオラは白人のグレシャム医師から求婚される。だが、グレシャムと結婚して白人の家族の一員となることは、奴隷出身である自分の母親との関係を完全に断絶することになるのだと気付いたアイオラは自己のアイデンティティーが白人ではなく黒人にあると決断し、その求婚を断る。彼女は南北戦争中に離ればなれになった家族を捜しに南部へと戻り、再び自分の母親や兄弟と再会した後、自分と同じように外見は白人でありながら黒人の祖先を持つことを誇りとするラティマー医師と結婚し、復興期の南部で自分たちの所属する黒人共同体の知的指導者となる。

『アイオラ・リロイ』では、「その身体にほんのわずか黒人の血が流れている」（一一四）母親から生まれ、裕福な南部の農園主の白人の娘として育ったアイオラが、白い肌を持ちながら奴隷の身分に落ちるという個人的な経験を通して、南北戦争以後も続く白人優越主義に支配された社会を批判的に見る視点を獲得する。ローレン・バーラントは、アメリカの黒人女性はその知的系譜において、私的な経験にもとづいた世界への独自の観点をスキャンダラスなまでに公に表明し、それによって社会的な倫理感をあらためて規定してゆくことで、みずからの市民権を確立して行ったことを指摘して、ハーパーもまた個人的な経験にもとづきながら世界に対する「修正の美学」（五六二）をもってその地位を築こうとする黒人女性知識人であったと論じた。ハーパーの黒人女性としての独自の観点は彼女の小説の主人公にも色濃く反映されているだろう。『アイオラ・リロイ』において、主人公が黒人として生きることを選ぶ行為は、彼女が個人的な経験から出発して、新しい社会のあり方を築く可能性を見いだそうとする宣言でもある。

ハーパーの小説の上梓と同時期に、ジェイムズの思想も個人の経験を重視する独自の発展を遂げていた。ジェイムズはすでに二巻本として出版されていた『心理学原理』をあらためて一巻にまとめた『心理学』を一八九二年に出版する。『アイオラ・リロイ』と同じ年に出版されたこの著作によって、ジェイムズはスペンサーとその一派が自然淘汰の原理にもとづいて「我々の行動を因果律にのっとった純粋に機械的なもの」（ジェイムズ『心理学』一〇四傍点は原著者）として説明しようとする立場からはっきりと決別し、多様な現実における人間の意識の変化に対応する、更新可能な学問としての「心理学」を確立しようとした。その大幅に書き直した後半部において、彼は簡潔に「我々は経験によって我々のあらゆる可能性を知る」（四一六）と述べている。人間の行動は自然淘汰と遺伝の因果律によって先天的に定められているのではなく、経験によって可能性が与えられるものであり、「ある特定の動きが、成り行きまかせに、あるいは反射的に、あるいは何気なく行われた後に、その記憶が印象として残り、それからその動きをもう一回やってみようという気になったり、意識的にやってみようという気になる。だが、そういう経験をする前に、それをどのようにしてみればよいかを知るなどということは不可能だ」（四一六）とジェイムズは断じた。一八六〇年代以降「アメリカの一般人に衝撃」（ホフスタター　三四）を与えたスペンサーの思想では、個人の経験は、人間の行動が一般的な法則に従っていることが証明されるにいたるまでの無数の実例の一つに過ぎず、彼の『社会学研究』においても、「過去の人間の経験が蓄積してきた様々な結果」は「過去から受け継がれ、神意にもとづいて強められてきた行動様式」によって公式化されると考えられ（二七九）、人間の精神を支配する普遍的法則と、人間が個人的な経験から導きだした法則を混ぜ合わせることなどは「ばかばかしいことだ」（三二四―二五）とされたことを考えると、個人の経験とその可能性を重視したジェイムズの議論は画期的なものだったといえるだろう。さらにジェイムズは、一九〇七年に出版した『プラグマティズム』の中でも、スペンサーの社会進化論はその全体系が「融通が利かない」（三九）ものであって、こまやかな個人の経験にほとんど対応できない点を批判している。ジェイムズは自分のプラグマティズムは「事実との最も豊かな接触を保持する」（三三）ものであり、彼の実際的な方法が、「一つ一つの言葉の掛け値のない価値を個人の経験の流れのなかで生かす」（五三）ことになると考えた。

個人の経験を重視する『プラグマティズム』において、ジェイムズは、世界がすでに完成されたものであるという見方を否定する。もしも世界が完成していたら、「概念はそれをたずさえて経験の中に帰ってこなければならないもの、それによって今までにない違ったものをみつけだそうとするもの」であるにもかかわらず、「もはやこれ以上、経験する甲斐のあるものはなく、そしてまた新たに見つけるべきこれまでにない違ったものなどない」ということになる（九六―九七）。ジェイムズは、スペンサーの哲学は、個人が概念を用いて経験を吟味し、未来に向けて世界を変えてゆく力を完全に無視して「全くの過去しか見ていない」（一〇二）とする。リチャード・ホフスタターは『アメリカの社会進化思想』で、ジェイムズによるスペンサーの進化思想への反逆をまとめて、「自発性がなかったら、また個人がいくぶんかでも歴史の流れを変えうる可能性というものがなかったら、いかなる種類の改善の機会もなく、勝利か敗北かのいずれかがつきまとう闘争のロマンスもすべてなくなる」と述べ、ジェイムズの哲学の根幹にある目的は、スペンサー流の社会進化論の「圧倒的因果網」から個人の「自発性と不確定性を救出すること」であると論じた（一三三）。ジェイムズのプラグマティズムの思想はスペンサーの社会進化論への徹底的な批判から生まれたものであった。

一八九二年のハーパーは、ジェイムズが論じた、新たな現実に対応できる更新可能な思考の重要性を、より具体的に、母親の知性の問題として考えていた。この年の代表的なエッセー「啓蒙された母親」において、ハーパーは「不確定な未来」（二八五）に向けて、現実の状況をよりよくしてゆく能力のある母親、すなわち、「あらゆる機会をとらえ、あらゆる力を利用し、そしてあらゆる手段を使って古く悲しい過去とは対照的な未来を築くために彼女たちの子供を教育する母親」（二九二）が必要だと論じた。ミア・ベイも指摘したように、アメリカでは南北戦争後、社会進化論が隆盛するなか、子どもを産み育てる女性が「その人種の進歩的発展を押し進めるか、あるいは妨げるかの中心的役割を担っている」（「女性のための闘争」八八）と考えられた。ハーパーの言葉はこの社会的文脈を前提としたうえで、なおかつ個々の黒人の母親の現実改革の能力を重視したものと言えるだろう。『アイオラ・リロイ』のなかでも、アイオラが母親の教育についてのエッセーを書き、黒人全体にとって必要なのは「教育された母親」(二五三)だということを訴えかける場面がある。ハーパーはその後も引き続き黒人の母親の教育の必要性を論じ続け、たとえば『アイオラ・リロイ』出版から二年後の一八九四年には、カンザス州のアチソン・デイリー・グローブ紙が、ハーパーを取材して、彼女の目下のテーマが黒人女性の道徳的向上であること、「ゆりかごを揺らす手が、世界を支配する手となる」と信じるハーパーが、黒人の将来の向上は黒人の母親の手にかかっていると考え、家庭生活をよりよいものにしようと努力することによって「黒人の母たちに手を差し伸べなければならない」と語ったことを紹介している(二〇)。

環境の現実的な諸条件を少しでも向上させることによって、黒人全体が向上してゆくと考え、黒人の母親自身による教育を強調するハーパーの言葉は、黒人全体を人種的に劣った存在とみなし、黒人の能力は白人の教育によって向上させなければならないとする当時の支配的な言説に強く抵抗するものであった。たとえば、一九〇四年の著名なエッセー「黒人女性——社会的で道徳的な堕落」で、白人優越主義的な立場から黒人女性の教育を論じたエレノア・テイラーは、ハーパーと同じ表現を用いて「揺りかごを揺らす手が世界を支配するというのは永遠の真理だ」と述べながら、黒人女性は「文明の作り出したフランケンシュタイン」のようなものであり、「彼女の肌の色と彼女の性別によって二重に呪われている」と語った（七二）。そして、「人種を母親以上に向上させることはできない」ため、「この国における白人女性の使命は黒人女性を救う」ことであり、「おとしめられたこの同胞の手を取り、彼女たちが陥っている泥沼からひきあげねばならない」と結論づけた（七七）。テイラーが同情を込めて「同胞」（sisters）と呼びながらも、同時に黒人女性を「遺伝と、社会状況と、環境の犠牲者」（七七）と考えて、白人との間に決定的な能力差をみているのにたいして、ハーパーはあくまで未来の不確定性の認識と個人の活動の自発性にもとづいて、社会の変革を目指す重要な要素として黒人の母親自身による現状改革とその子供への教育を考えようとする。この時代のジェイムズとハーパーの知的活動は、ともに、スペンサー的な社会進化論の思想的潮流の大きな流れの中から個人の経験とそこから生まれる言葉と行動の意義を救い出そうとしたものであった。

2　白人とのロマンスと闘争

スペンサーは、長い期間にわたる集団的な経験は、遺伝となって人間の種全体に伝わってゆくと考え、『社会学研究』のなかで、「何らかの人間の性質や社会体制が人間の種に特有のものとして永久に遺伝されるようになるためには、そのような変化が起こるまで何度も考えられ、感じられ、そして実行されねばならない。その過程を省略することはできないし、そして辛抱強くそれが続けられなければならない」（三六七）と論じた。人間の種がもつ性質は一代で築き上げられるわけではなく、むしろ何世代にもわたってゆっくりとしか形成されず、人間社会の構造もまた、一人の人間の行動によって劇的に変化するようなものではないというのが、スペンサーの社会進化論の基本的な考え方であった。それに対して、ハーパーの小説は、むしろ個人の存在のありようが社会の構造を変える力を持っていることを示そうとする。たとえば白人のグレシャム医師はアイオラと知り合った当初、アイオラが魅力的な白人の女性であると信じていたが、あるとき、ふとした同僚との会話から彼女が奴隷であったことを知り、うろたえて「あんなに肌の白い女性が奴隷だったなんて」（五八）と口走る。グレシャムにとってその事実は「ものごとのありさますべてがひっくり返ってしまう」（五八）ほどだ。ハーパーは、『アイオラ・リロイ』の前半部分で、「肌の白い女性」でありながら黒人として生きようと決意するアイオラと、彼女にひかれるエリート白人のグレシャムという構図を通して、個人的な経験から世界を変革したいと望む女性と、当時の支配的な考え方にとらわれた白人男性とのロマンスと闘争を描きだしている。

南北戦争が起こるまで、裕福な南部農園主の白人の娘として育ち「奴隷制は間違ってなどいないわ」（九七）と語っていたアイオラは、自分を奴隷制を支持する「奴隷所有者の娘」（九七）と考えていたが、彼女の裕福な父親が死んでしまい、自分が奴隷の身分に落とされるという「おそろしい現実」（一〇五）を経験し、そののち、再び奴隷の身分から逃れた過去をもつ。その事実を知ってもなお、アイオラに一目惚れし、彼女に「理想の女性」（五九）を見いだしたグレシャムは、彼女に求婚する。だが、アイオラはグレシャムの母親が「親切ではあるものの、どこかしら排他的で貴族的なところがある」（一一〇）のを見て取り、グレシャムの中にある人種の優劣の感覚が、おそらくは自分たちの愛をも壊すだろうと予想して、「自分の心と戦い、わき起こる彼への愛情を抑える」（一一一）ことにする。彼女は理性的に「彼のためにもお互いに結婚しないほうが良い」（一一一―一一二）と判断する。

アイオラがグレシャムの求婚を断るときの思考の核心にあるのは、みずからの経験によって得られた自分の判断力への自信である。アイオラは、奴隷となった経験のために「自分の心が自分の年齢を超えて成熟したように思えるのです。私自身が私にとっては驚きなのです。そして、ほんの数ヶ月の間に何年もの時が過ぎ去っているようにさえ思えました。こう言ってみたら、あなたと私の間に、とうてい克服することのできない壁があることがわかりますか?」(一一四)と言い、自分の経験からもたらされた世界観がグレシャムとあまりに違うことを理由に、彼との結婚を断ろうとする。だが、グレシャムはあくまで人種が二人を隔てている障壁だと考え、「ぼくはあなたのことを思えばこそ、あなたを愛しているんだ。この愛があるからこそ、生まれが不利なことなど全く関係ない」(一一四)と言って説得しようとする。アイオラがみずからの経験のゆえに自分とグレシャムとのあいだに生まれた違いを話そうとしているのに、グレシャムは結局その違いを自分の人種的な優越とアイオラの生まれとの違いに還元してしまおうとする。アイオラはグレシャムの人種観に激しく反発し、「今の言葉を、本気で言っているのですね。あなたの私への友情も同情から生まれているでしょうけれど、その同情が失われたら、結局、私のことを低く見ることになるのではありませんか?」(一一四)と応じる。この会話では、人間の持つ能力と社会的地位をスペンサー的決定論から見るか、それともジェイムズ的に、その人の経験と人格的な成熟にもとづいて考えるかの思想的な違いが示されているといってもいいだろう。

自分が南部の裕福な白人農園主の一家の出自であったことよりも、むしろその後に起こった奴隷としてのみずからの過酷な経験そのものを自己存在の根底に据えているアイオラとは対照的に、グレシャムは裕福な白人家庭の出身であることに安住した存在である。彼は典型的なアメリカの中産階級の、ブルジョア的な価値観を体現している家庭の出身であり、彼はその価値観の中に浸りきっている。アイオラに求婚する時も、アイオラに黒人の血が流れていることを隠して妻にしようとし、自分の属する家族の人種観を変えようとはしない。そのため、アイオラに、自分たちの子供に黒人の肌の色が「見間違いようもなく」（一一七）あらわれた時にどうするのか、と聞かれた時に、彼は答えられずに戸惑うままだ。彼は自分を良心的な白人であると考えてはいるが、その彼においてさえ、白人の社会と自らの存在のあり方を根本的に変えてゆこうという考えは見られない。アイオラの質問はグレシャムの世界観の根本にある自己満足と現状維持の発想をあばいてしまう。アイオラの決心はなされ、グレシャムの言葉は「彼女を彼女の魂の目的からそらす力を失う」（一一八）。グレシャムの求婚を断ることによって、アイオラが「魂の目的」として得ることができるのは、奴隷出身の母親との繋がりを回復し、同時にみずからの奴隷としての経験にもとづいて新たな社会を希求する立場を明確にすることであった。

ただし、アイオラの決心は、社会的弱者としての自己の立場を明確にし、その弱者としての経験をもとに社会的に向上することであるために、常に不安につきまとわれることになる。グレシャムとの結婚を断った後、小説の後半では、アイオラは自分と同じように外見は白人だが黒人の血を引いているラティマーと恋に落ち、彼から求婚される。彼女はこの申し出を承諾することになるが、この小説の中では、アイオラとラティマーとの間には、恋人同士にいくぶんかでもみられるはずの、官能的な喜びを暗示する描写はほとんど表現されない。たとえば小説の後半の部分でラティマーが結婚を切り出したときの会話でも、うら若い女性が恋する男性に求婚された際の甘美な高揚感は見られない。むしろアイオラはラティマーとの結婚について、ひどく深刻な態度で検討し、そのためラティマーが心配そうに、「きみはこのままだと気鬱で、神経過敏になってしまうよ。たいていの人間はもっと人生を気楽に考えているものだ——どうしてそうできないんだい？」（二六九）と問いかけるほどだ。それに対してアイオラは、「だって、世間を気楽に見ている人には見ることができないでしょうけれど、これから先にも、この世界を踏みにじろうとする人々が必ず現れるってことが私にはわかっているのですもの」（二六九）と答える。ここでは、自分も憎からず思っている男性からの求婚を受けても、冷静に黒人の立場に身を置く自分の未来を予想し、自分が新たに築き上げてゆこうとする世界をおびやかすことになる白人社会にたいして、神経質なまでに考えを巡らせて不安と苛立ちにとらわれている黒人女性の心理が強調されている。

恋人たちの甘い雰囲気とはかけ離れたこの恋愛の場面には、一九八〇年代にいち早くこの小説を再評価したヘイゼル・V・カービィも不満に思ったらしく、ロマンティックな道具立てにもかかわらず、この小説には、血脈の通った愛情の表現がほとんどないと論じ、さらにはこの小説の限界として、ハーパーがヒロインのアイオラの「性的な欲望を抑圧してしまっている」（二一五）と指摘している。カービィの不満ももっともだが、ここで見逃してはならないのは、みずからの弱者としての立場の自覚が、油断していれば世界の既存の秩序は自己の存在そのものを破壊しようとするだろうという危機感をよりいっそう強めているために、アイオラの性的な欲望が抑圧されているという点だろう。結婚に際しても、アイオラは彼女のもつ存在の危機感を共有できる男性との結婚を望んでおり、そして、「僕と運命を共にしてほしいと頼むとは言っても、君に安逸で贅沢な暮らしをさせてあげられるというわけじゃないんだ。これからは来る年も来る年も、僕は悪意ある人々からの攻撃から自分の家を守るのに精一杯だろう。けれども君が僕の家にいてくれれば、僕の家は明るく、天国にもおとらぬほどすばらしい場所になるはずだ」（二七二）と、ラティマーがこの世界への危機感を共有できるパートナーとして彼女に求婚した時に、はじめて彼女はその申し出を承諾する。

ハーパーの実践的、政治的な主張の特徴は、彼女の言葉のなかでしばしば、自己の存在がおびやかされる危機感から発する改革への意思が強調されている点である。自己を含めた黒人の存在が社会からおびやかされている、そしてその状況から黒人は社会的に向上し、救われなければならない、という彼女の主張は、黒人女性講演者としてのハーパーの講演でも表明され、そしてまた彼女が若い頃から得意とした詩作品にもしばしば象徴的に表現されており、晩年の唯一の長編小説の主人公の描写にも顕著に表現されている。自己存在がおびやかされているという危機感に支えられた真剣な社会改革への意思が、ハーパーが『アイオラ・リロイ』によってはっきりと表明したテーマであった。

3　アイオラと二重の自己

白人として自分の家族の一員となってほしいことをアイオラに求めるグレシャムの求婚を断るにあたって、アイオラは「自分の生まれの秘密を隠したまま、彼の手をとるわけにはいかない」（一一一）と考える。社会的に強い立場である白人と社会的に不利な立場に立つ黒人のふたつの自己の可能性の間でアイオラは分裂し、アイオラは、分裂した自我のなかでむしろ弱い立場の自分を抑圧することなく認めようとする。そこにハーパーが込めたのは、社会的に最も弱い自己の部分に注目することによって、この世界の状況を向上させることができるという確信だろう。コリーン・T・フィールドも論じるように、ここには、ハーパーの、社会的には弱い立場にある存在が、むしろ「道徳的な智慧と健全な市民の行動を向上させる基盤となる」という、現在でも「革命的な《ラディカル》」発想がある（一二二）。この発想はハーパーの講演で早くから示されており、一八六六年、四〇歳のときの講演「私達は皆結びつかなくてはならない」で、彼女は次のように語った。

私達は一つの大きな同じ人間という帯でまとまるべきです。社会はそれ自体の魂の呪いを受ける事なしにその社会の成員の最も弱く最も虚弱な者たちを踏みつけにすることなどできないのですから。黒人の場合を見てもそれはよくわかります。この社会は黒人を二世紀の間踏みつけにしてきました。そうすることで、この白人の国の道徳的な強さをそこない、この国の白人の精神的な力を麻痺させてきたのです。（二一七）

ここで、ハーパーはより聴衆にわかりやすい言葉で、ジェイムズが『心理学』で述べた「一体、誰が本当のことを知っているのか」（四六七　傍点は原著者）という問いにすでに一つの答えを与えているとも言えるだろう。みずからの道徳的、精神的向上を願うアイオラがもはや隠すことができないものとして感じている自己は、「その社会の成員の最も弱く最も虚弱な者たち」の経験につながるものである。

いっぽう、ジェイムズは、自己にとって到底容認できない残酷な個人的経験は、自己の分裂を引き起こしはするものの、それと同時に自己に新たな認識をもたらす契機となる可能性を持っているとの考えを、一八九〇年の論文「隠された自己」で示した。ジェイムズはこの論文で過去のトラウマとなった経験が潜在意識の中に抑圧され、別の人格を形成する多重人格者の調査について報告している。多重人格者という特殊な事例を用いながらも、この調査によってジェイムズが論じようとしたのはより普遍的な問題であった。それまでの認識では受け入れることのできない新たな経験という、いわば従来の認識から切り捨てられてきた弱い部分をはたして人間は取り込み、新たな認識の地平を得られるのか。この問いに対して、彼は、「人間がじっくりと法則に反するような物事に注意を払うことによって、科学を新たにすることができる可能性がある。そして科学が新たになったら、その新しい原則は、ルールに適《かな》うとされてきた者の声ばかりでなく、しばしばいままで例外とされてきた者たちの声を包括できるものとなるだろう」(三六一)と考える。ジェイムズはさらにこの主題を社会的な広がりのなかでとらえ、人間は、従来であれば抑圧され、無視されてきた他者を理解できるかどうかを問い、「大勢の人間が、我々や我々の神を無視して生きており、しかも実際に我々の聖典や、基準や、権威といったものにまったく関心ももたずに読んだり、書いたり、考えたりしている」という衝撃に「大学出の紳士である自分達」はいかに対応するべきかを考えようとした(三六二)。彼自身、白人エリートの立場にいながらも、ここで示されたジェイムズの議論は人種を越えた経験への洞察と、それを共有することのできる人間の能力の可能性を模索するものであった。そのためジェイムズの論文は、のちに黒人女性作家ポーリーン・ホプキンズ(一八五九―一九三〇)の『血筋――あるいは隠された自己』(一九〇二―〇三年)にも大きな影響を与えている。ホプキンズは彼女の小説の副題にジェイムズの論文の題名をそのまま採用し、見た目は白人の医学生がエチオピアに行き、黒人の文化と歴史を知り、みずからもアフリカの王族の血を引いている事を知って、自分の黒人の血筋に誇りを抱き始める物語を書いた(2)。

ジェイムズは「隠された自己」において、相反する二つの自己のあいだで緊張状態の中にいる個人に注目している。社会からの要請に従う自己と、より個人的な経験によって形成される自己。社会に容認された自己に比べると、個人の経験から育まれた自己はひそやかで弱々しいものの、その人なりの自発性と判断力をもたらす源泉でもあり、彼にとって潜在意識の研究は「我々の本来の姿を理解するために大変な重要性」（三七三）を持つものであった。ゴードン・フレイザーも論じるように、ジェイムズは「個人の精神の弱さと分裂した状態に注目することによって、かえって個人がより強い自信を持つようにうながす」（三六八）ことができ、分裂して弱い自己は、より独立した考えを持ち、冷静に自分を見据えることのできる自己を生み出すきっかけになると考えた。「隠された自己」でジェイムズが注目した問題は、この時代に共通する問題意識として、『アイオラ・リロイ』でも描かれ、さらに七年後にはデュボイスが一八九七年の『アトランティック・マンスリー』に掲載した論文「黒人の奮闘」で述べた黒人の「二重意識」（一九四）にも引き継がれているだろう。この論文で、デュボイスはアメリカにおける黒人は常に「アメリカ人であることと黒人であること」（一九四）の二重性を感じており、白人優越主義に由来する社会の規範にあわせようとする自己と、黒人としての経験から育まれた自己との相克に悩んでいることを指摘し、黒人はいつでも「二つの魂、二つの思想、二つの調和することなき向上への努力」（一九四）を感じていると論じる。興味深いのは、デュボイスの「二重意識」という発想が、ジェイムズが「隠された自己」において考察した潜在意識についての心理的洞察に、その思考の「枠組みを負っている」（フレイザー 三七三）という点だろう。「隠された自己」でジェイムズが示した社会的に是認された自己と、潜在意識下の抑圧された自己という二つの自己に悩まされる心理構造は、デュボイスにおいては「アメリカ人」と「黒人」という枠組みで示される。さらにジェイムズにおいても、そしてまたデュボイスにおいても、社会的に弱い自己を経験し、分裂した意識に悩まされることがむしろこれまでにないさらに広い認識のありかた、あるいは向上した自己のあり方を模索するきっかけになると示唆される。ハーパーもまた、社会的に弱い立場に立つ自己のいまだ表にあらわれない能力こそがかえって社会を向上することになるはずだと考えた。それゆえに彼女の小説中で、アイオラは、「黒人には潜在的にまだ未発達な能力が大いにある」（一一六）と考え、グレシャムに向かって「黒人の文明が白人の文明よりもよりすぐれたものになる時が来ることを信じていますわ」（一一六）と述べることができたのだろう。ジェイムズが多重人格に悩む人間を考察することによって示し、そしてまたデュボイスが黒人の二重意識として示した新たな認識と社会的向上の可能性を、ハーパーはその小説の中で、ふたつに分裂した自分を自覚し、より弱い自己に注目することによってむしろそれを社会的向上へと結びつけようとするヒロインの努力によって示そうとする。

『アイオラ・リロイ』では、アイオラに結婚を断られた後も、グレシャムはアイオラと対照的な発想で生きている人物として、引き続き小説の中に登場する。アイオラが離ればなれになった自分の母親と兄弟に再会するための旅に出たため、グレシャムはしばらくのあいだアイオラと会わずにいるが、南北戦争後にまた再会する。そのとき、彼は過酷な医師の仕事のためにすっかり疲弊している。そしてこの再会の場面で初めて、戦時に銃で誤って撃たれたために、グレシャムには片腕がないことが、彼自身の口から語られる。ここでやっと読者は、彼が失われた片腕を「これから一生のあいだ自分について回る戦争の記憶の一つ」（一四四）と考えてきたことを知るのだが、むしろこの部分を読む者にとって衝撃的であるのは、彼自身が、自己の肉体の一部を失い、その後も自己の生命力を消耗する労働を重ねながら、しかし、文字通り自分の生命そのものをもおびやかしかねない社会の構造自体には全く疑問を抱いてこなかったという点だろう。グレシャムは、弱者としての自己の個人的な経験を直視できず、さらにはアメリカが白人を含むあらゆる国民の生命の根幹をおびやかす構造を持つ国家を作ってきたという事実に気付かず、社会変革への意志を持つことができない白人の典型として描き出される。それとは対照的に、みずからの経験を率直に見つめ、そこから現実的な知恵を学ぼうとする女主人公は、グレシャムにとって、その身体が美しく光り輝き、すぐれた知性をもつ存在として見え、「アイオラは、成熟して女盛りを迎え、知性に恵まれ、落ち着いた愛らしさと美しさに輝きながらグレシャムの目の前に立っており、彼女の声には悲しみの影さえない」（二一四）と描写される。現在の読者からみると、アイオラはあまりに理想主義的な姿で描かれていると思われるが、しかしハーパーは、みずからの経験を重視して自己を形成しようとするアイオラがグレシャムの目に魅力的に映るさまを描くことにより、スペンサーの社会進化論と白人優越主義がもたらす幻想にとらわれることなく、経験にもとづく更新可能な自己をその存在様式の根底に据えた新しい人物像をここで打ち立てているのではないだろうか。

4　暗がりの中の未来

今までの認識では説明のつかない新たな経験を現実の効果的な行動にむすびつけるためには、社会的に認められない自己のありように耐え、先の見通しの立たない状況のなかを進まなければならない。この苦悩に満ちた人間のありようを暗示するかのように、ハーパーは『アイオラ・リロイ』の最後に二頁ほどの作者自身による「結論」を付し、その結語に「暗がりの中にこそ未来の約束が／より明るい明日がある」（二八二）という詩句を置いた。具体的には、この詩句の中で「暗がり」の中にいるのは黒人ということになるだろうが、この小説をより普遍的な作品として読むために、この部分は、新たな経験を社会的に是認されるかたちでは認識できないために、いまだはっきりとした将来への見通しをもつことができない状態にいる個人の誰にでも当てはまる描写だと解釈してもよいだろう。

ハーパーの小説と同年に出版された『心理学』の巻末では、ジェイムズもまた、あたかも新たな認識へ手探りをしながら進む自分自身の姿を描写するかのように「我々が手探りで進んでいる暗闇は巨大なものであり、我々が出発点とした自然科学の様々な仮説は、暫定的なもの、更新可能なものであることを決して忘れてはならない」（四六八）と論じた。経験にもとづいて、新たな観点から不確定な未来を探る試みを、ジェイムズはのちに『プラグマティズム』においてより普遍的な形で論述する。あくまで書物から得た知識のみによって、人間の経験とは本質的に何なのかを論じようとする哲学者は世の中の影を論じているだけなのであり、むしろ、書物にいまだ書かれていない現実を生きている人間のほうが「真実を知っている」（三〇）とジェイムズは考える。そして実際の経験に基づく言葉は「解決であるよりもむしろこれからの仕事のためのプログラムであり、もっと詳しく言えば、現存の実在がそういうふうに変化してゆくかもしれないその方向の暗示である」（五三　傍点は原著者）と主張した。

ハーパーとジェイムズは、それぞれ、「暗がり」（the shadows）あるいは「暗闇」（the darkness）という表現によって、それまでの原則や、公式に当てはまらず、そのために弱々しく、無視されかねない経験に注目することによって、個人の認識を更新可能にし、社会の道徳的な向上を可能にする思考の形態を見いだそうとした。ハーパーが『アイオラ・リロイ』のなかで、弱い自己という経験から未来を探ろうとする人物を描いた試みを、ジェイムズのプラグマティズムへと至る歩みと同時代のものとして再び措定し直す時、私達はハーパーとジェイムズの思考が本来もっていた共通の出発点、すなわち、スペンサーに代表される、現実の多様性と個人の経験を軽視する無味乾燥な社会進化論への抵抗という側面に光を当てることができるだろう。

＊本論文は、『西南学院大学英語英文学論集』第五六巻第二・三合併号、二〇一六年掲載の「フランシス・E・W・ハーパーの『アイオラ・リロイ』とプラグマティズム」に大幅な加筆・修正を施したものである。

注

（1）ハーパー、ホフスタター、ジェイムズ、およびウェストからの引用文については、ページ数を記し、同一作者による作品の区別が必要な場合は題名あるいは題名の略記を表記することによって示した。引用文の和訳に関しては、引用文献に掲げている訳本を一部参考にさせて頂いた。

（2）ジェイムズの論文「隠された自己」からホプキンズ『血筋——あるいは隠された自己』への影響については、フレイザーの論文を参照。

引用文献

Bay, Mia. "The Battle for Womanhood Is the Battle for Race: Black Women and Nineteenth-Century Racial Thought." Bay, *Toward* 75–92.

———, et al., eds. *Toward an Intellectual History of Black Women*. Chapel Hill: U of Northern Carolina P, 2015.

Berlant, Lauren. "The Queen of America Goes to Washington City: Harriet Jacobs, Frances Harper, Anita Hill." *American Literature* 65 (1993): 549–74. *Humanities Source*. Web. 10 Feb. 2016.

Carby, Hazel V. Introduction. Harper, *Iola* ix–xxx.

Du Bois, W. E. B. *The Autobiography of W. E. B. Du Bois: A Soliloquy on Viewing My Life from the Last Decade of Its First Century*. New York: International, 1968.

———. "Strivings of the Negro People." *Atlantic Monthly* 80 (1897): 194–98.

———. "Writers." *The Crisis: A Record of the Darker Races* 1.6 (1911): 20–21.

Field, Corinne T. "Frances E. W. Harper and the Politics of Intellectual Maturity." Bay, *Toward* 110–26.

Foster, Frances Smith, ed. *A Brighter Coming Day: A Frances Ellen Watkins Harper Reader*. New York: Feminist, 1990.

———. Introduction. Foster, *Brighter* 3–40.

Fraser, Gordon. "Transnational Healing in Pauline Hopkins's *Of One Blood; or, The Hidden Self*." *Novel:A Forum on Fiction* 46.3 (2013): 364–85. *Academic Search Complete*. Web. 2 May 2016.

Harper, Frances E. W. "An Appeal for the Philadelphia Rescuers." 1860. Foster, *Brighter* 52–53.

———. "Enlightened Motherhood." 1892. Foster, *Brighter* 285–92.

———. *Iola Leroy; or, Shadows Uplifted*. 1892. Boston: Beacon, 1987.

———. "Minnie's Sacrifice." 1869. *Minnie's Sacrifice; Sowing and Reaping; Trial and Triumph: Three Rediscovered Novels by Frances E. W. Harper*. Ed. Frances Smith Foster. Boston: Beacon, 1994. 1–92.

———. "We Are All Bound up Together." 1866. Foster, *Brighter* 217–19.

Hoeller, Hildegard. "Self-Reliant Women in Frances Harper's Writings." *ATQ* 10 (2005): 205–20. *Humanities Source*. Web. 10 Feb. 2016.

Hofstadter, Richard. *Social Darwinism in American Thought*. Boston: Beacon, 1955.
（リチャード・ホフスタター『アメリカの社会進化思想』後藤昭次訳　研究社、一九七三年）

Hopkins, Pauline. *Of One Blood; or, The Hidden Self*. 1902–03. New York: Washington Square, 2004.

James, William. "The Hidden Self." *Scribner's Magazine* 7.3 (1890): 361–73.

———. *Pragmatism: A New Name for Some Old Ways of Thinking*. 1907. Cambridge: Cambridge UP, 2014.
（W・ジェイムズ『プラグマティズム』桝田啓三郎訳　岩波書店、二〇一五年）

———. *The Principles of Psychology*. Vol. 2. 1890. New York: Dover, 1950.

———. *Psychology: Briefer Course*. New York: Holt, 1892.
（W・ジェームズ『心理学』上下　今田寛訳　岩波書店、一九九三年）

“Protesters against Lynching: Colored National League Preparing for Mass Meeting—Address on the Colored Man in America by Mrs Harper.” *Boston Daily Globe* 22 Aug. 1894: 5. *Newspaper Archive*. Web. 21 May 2016.

Spencer, Herbert. *The Principles of Biology*. Vol. 1. London: Williams and Norgate, 1864.

———. *The Study of Sociology*. New York: Appleton, 1873.

Still, William. Introduction. Harper, *Iola* 1–3.

Tayleur, Eleanor. “The Negro Woman: Social and Moral Decadence.” 1904. *The American New Woman Revisited: A Reader, 1894–1930*. Ed. Martha H. Patterson. New Brunswick, NJ: Rutgers UP, 2008. 71–77.

“To Elevate the Freedmen: Life Work of Mrs. Haper, the Colored Lecturer and Author.” *Atchison Daily Globe* 20 Sep. 1894. *Newspaper Archive*. Web. 21 May 2016.

West, Cornel. *The American Evasion of Philosophy: A Genealogy of Pragmatism*. Madison: U of Wisconsin P, 1989.
（コーネル・ウェスト『哲学を回避するアメリカ知識人――プラグマティズムの系譜』村山淳彦ほか訳　未來社、二〇一四年）

白から赤へ――マーク・トウェインとアメリカ・インディアン

田部井孝次

一九〇六年一二月、米国国会議事堂正面にある議会図書館に七一歳になったばかりのマーク・トウェインが現れた。著作権法案の公聴会に出席するためだ。そこに集まったロビイスト、法律家、作家、出版関係者などは我が目を疑った。自分の座るべき席のところに着き、一瞬、間をおいてコートを脱ぐと、場所もわきまえず、全身白ずくめの衣装を着たトウェインがいたからだ。目立ちたがり屋で遊び心満載のトウェインは、「劇的効果」をねらって黒色と灰色の衣装の世界に突如場違いな白衣で登場して会場を驚きの渦に巻き込みたかったようだが（シェルデン xviii–xix)、思惑通り、会場の目は一瞬にしてトウェインの姿に釘付けになった。

トウェインが亡くなるまでの約三年半、白衣しか身につけなかった逸話は有名だが、その発端はこの公聴会出席のときだった。なぜ白にこだわったのか。最後はやはり自分が由緒ある白人の出であることを再認識したかったのではないか、といった声が聞こえてきそうな気もしないではない。確かに、植民地時代にアメリカに渡ったヴァージニア出身の由緒ある祖先を持つといわれる家系のことを考えると、それもうなずける話ではある。

しかし、それに異を唱えたのが、マイケル・シェルデンである。なぜ突然奇をてらうように白衣に身を包んだのか。『マーク・トウェイン——白衣の人』(二〇一〇年)のなかで彼はこう説明する。「過去の悲しみ、別れ、そしていずれ訪れるであろう彼自身の死という憂鬱な思いから逃れたかった」(xxiii)からだ。親兄妹の死に接しては黒衣を着て喪に服し、妻オリヴィアとの間に生まれた長男ラングドンの死(二歳にも満たなかった)、病に苦しむ二四歳の長女スージーに先立たれ、そして一九〇四年、若いころより病弱であった最愛の妻オリヴィアが逝く。七〇歳になんなんとするトウェインにはもうそれで十分であったろう。黒い服はもうたくさん。「黒い服を見ると憂鬱な気分になる。……明るい色の服の方が目にはいいし、元気が出る」(シェルデン xxix)。それで、最初に紹介した出来事につながるのである。それ以降、彼の文学活動は衰えつつも、人生を謳歌しつづけたことは評伝が示すとおりである。

白であること。これは彼にとって「目にいいし、元気が出る」以外のなにものでもない。白にこだわるから白人至上主義者という短絡的なレッテルは禁物である。とはいえ、彼が一貫して聖人のような人種平等主義者であったとも言い難い。黒人に対してもしかり、アメリカ・インディアンに対してもしかりである。以下、本論文ではアメリカ・インディアンに焦点を絞って、年代順に彼のインディアン観の変遷を見ていくことにする。

1　マーク・トウェインのなかのインディアン——『苦難を忍びて』を中心に

一八六一年、始まったばかりの南北戦争に義勇兵として参戦したマーク・トウェインことサミュエル・ラングホーン・クレメンズは、戦場から早々に退散し、ネヴァダ準州の秘書官に任命された兄オーリオンに同行して西部への旅に出た。同年七月のことであった。戦争の煽りを食ってミシシッピ川蒸気船のパイロットの職を失い、戦争にも嫌気がさしていたトウェインは、西部で金鉱を掘り当て一旗揚げようという魂胆であった。カーソンシティを本拠地に、鉱脈を求めて歩き回ったが、この目論みは見事に当てが外れ、金一粒、銀一粒お目にかかることはなかった。西部で大金持ちになり、兄共々故郷に錦を飾って世間を見返してやるつもりが、政府要職にある兄に借金しては鉱脈探しに明け暮れるという情けない貧乏生活を送るはめになった。

金鉱にも銀鉱にも見放されたトウェインであったが、後に彼を東部の文壇に送り出し一躍有名人に仕立て上げたほら話という鉱脈を掘り当てた。あの飛び蛙の話だ。その後彼は東部に移り住み、とんとん拍子にことが運びアメリカ文学界の大御所にまで上り詰めるが、しかしこのとき彼は文学者としての評価を左右しかねない厄介なものを背負い込んで東部へ乗り込んだ。それは彼のアメリカ・インディアン観だ。彼の人気は、歯に衣着せぬユーモアと風刺にあることは間違いない。社会や人をちくりと刺す彼のユーモラスな話に読者・観客はその痛さ痒さに笑い出し、拍手喝采を惜しまなかったが、ことアメリカ・インディアンのことになると、そこにはユーモアとか風刺の域をはるかに超えた露骨なまでの冷やかしや嘲りが含まれ、トウェインの嫌悪感さえ感じ取られ、読者を驚かせずにはおかない。奴隷制度をよしとし、マイナーで弱い立場に置かれたものに対する非道なまでのアメリカ政府に対するトウェインの反権力的な姿勢を知る読者にとって、彼のアメリカ・インディアン観はにわかに納得しがたい。

なぜアメリカ・インディアンに対してだけ憎悪の念を持つのか。兄オーリオンの赴任地カーソンシティに到着し、翌六二年三月、トウェインは母ジェイン宛の書簡のなかで、彼が出会ったパイユート族、ワッショ族、ショーショーニ族などのインディアンについて報告している。まず、ネヴァダ準州ではインディアンは「堂々たる森の子」と呼べる代物ではなく、ここでは「悪魔の子」と呼ばれていると報告する（『マーク・トウェイン書簡集』第一巻一七五）。自分のインディアンに関する報告は、ジェイムズ・フェニモア・クーパーの小説から寄せ集めたものなどではなく、個人的観察によるものであり、十分信頼に足るものであることを強調したうえで、ワッショ族酋長（フープ・ディ・ドゥードゥル・ドゥ）について、衣服に泥と油がこびりついてその赤色もくすんでしみだらけになってしまっていること、また強烈な悪臭をあたりにまき散らしていることなど、ほらを交えて報告している。

酋長が外に出たら、そのあとについて、歩いたところに火薬をまいて燃やさないといけないんです。だって、歩いていると体から寄生虫が落ちてくるんですから。その大きさといったら、小麦の粒をごくりと一飲みしたのに、まだおなかが空いているといった感じのばかでかさなんです。酋長は自分から進んで落としているなんて思っちゃいけませんよ。そういうことじゃないんです、お母さん。お母さんにはわからないでしょうが、酋長はちゃんと知っているんです。つまり、寄生虫がおいしいってことを。さてさて、クーパーにそんなことがありますか。たぶんないでしょう。裁判官の前に立って証言してもいいですよ、私の説明は何から何まで正しいってことを。フープじいさんも「うんと、うめかった」っていってくれるでしょうよ。(一七七)

本人としては、自身そうであったように、クーパーの描くインディアンを信じ、買いかぶっている母の目を覚まそうと工夫を凝らしておもしろおかしく表現したつもりであろうが、かなり毒のある辛辣なインディアン評になっている。果たして母がこれをどう読んだかは記録にないが、トウェインの弱者に対する目を養ったのが母であったことを考えると、まさか大口あけて笑ったとは想像しにくい。クーパー流のインディアン観に染まっていた母であってみれば、我が子の報告を読んでただただ唖然としただけだったかもしれないが、一歩進んで、ここまで人を小馬鹿にした二五歳の息子を、まさか叱ることはできまいが、たしなめる気持ちにはなったかもしれない。いずれにしても想像の域を出ないが、クーパー流の「気高き赤色人種」とか、逆に頭皮剥ぎの残虐な野蛮人という目で見られていたインディアンが、実は白人によって土地を奪われ生活の糧を失った虐げられた人々でもあることを知る者にとっては、笑ってすませられる話ではない。

ネヴァダ準州カーソンシティを目指しミズーリ州セントジョーゼフから駅馬車の旅に出て一六日目の八月一〇日、トウェイン一行はユタ準州ソルトレークを過ぎ塩砂漠に突入する。やっとの思いでここを抜け出し、いよいよネヴァダに足を踏み入れるというあたりで、トウェインは彼のインディアン観を決定づける部族に遭遇する。ゴシュート・インディアンである。そのインディアンをトウェインは、西部紀行『苦難を忍びて』（一八七二年）のなかで、「今まで見たなかで最も惨めなタイプの人類」（一二六）と呼ぶ。北米大陸で一番劣った未開人種であり、南米フエゴ島土着インディアンやホッテントットにもかなわず、唯一同レヴェルなのはアフリカ南部のブッシュマンだという（一二六―一二七）。「自らは何も生産せず、集落も持たず、厳密な意味で部族的共同体といったまとまりもなく、住まいといえば、茂みにぼろきれをかけて雪をわずかばかり避けられる程度のものしかない」（一二七）。そういうゴシュート族が、駅舎近辺にたむろし、そこから出るゴミや残りものをあさって暮らしている。

体は小さく、やせこけた「発育不全」の生きもの、肌は普通のアメリカ黒人のようにどす黒く、顔や手には、その持ち主に応じて何か月、何年、いや何世代もの間たまりにたまった汚れがこびりついている。……狩りをする。といってもウサギやコオロギ、バッタのたぐいを殺して食うか、はげたかやコヨーテから屍肉を横取りする程度で、それ以上なんとかしようという覇気がまるでない。……戦闘となるとウサギ並みの連中が、二、三か月駅舎から出る残りものをあさって生きていたかと思うと、何の災いも起こりそうもない闇夜に紛れて建物に放火し、飛び出してくる男たちを待ち伏せして殺してしまう。(一二七)

いつもこそこそとあたりをうかがい、何を考えているのか見当もつかないインディアンにトウェインは嫌悪感を覚え、吐き気を催す。かつては「クーパーの弟子、赤色人種、あの『モヒカン族の最後』の学識ある未開人の崇拝者」であったはずのトウェインは、現実のインディアンの姿に接し、「もしかしたら赤色人種をロマンスの甘い月明かりのなかで見て過大評価していたのではないか」という思いに駆られる(一二八―一二九)。すると、飾りものや塗りものでおめかししたインディアンの化けの皮がはがれ、出てきたインディアンはただの「油断のならない、うす汚くて胸糞が悪くなる連中」(一二九)というわけだ。そして唾棄せんばかりの勢いでまくしたてる。

インディアンといえば、環境や境遇によって多少の違いはあるにしても、結局ゴシュートではないか。哀れみに値する惨めな生きものだ。私だって哀れむのにやぶさかではない。しかしそれは遠く離れていればの話であって、近くにいたら、誰だって哀れむなんて気持ちにはなれまい。（一二九）

トウェインのインディアンへの手厳しいことばは誰憚ることなく続く。カーソンシティの南東約一〇〇マイルのところにモノという名の湖がある。トウェインは鉱脈探しの合間にこの湖を探索している。ユタ、ネヴァダにわたるこの辺一帯の湖と同様、モノ湖はアルカリ成分が多く飲み水には適さない。これが、トウェインの筆にかかると次のようになる。

白人にはモノ湖の水は飲めたものではない。ほとんど混じり気のない灰汁（lye）だからだ。ところがこの周辺のインディアンは時々これを飲むという話だ。なるほどありえない話ではない。だってインディアンは私が会ったなかでも一番混じり気のない嘘つき（liar）だからだ。（『苦難を忍びて』二四七）

インディアンをだしにしたこのような駄洒落で読者をけむに巻いて悦に入る。またモノ湖の風景を見て次のように描写する。

神の摂理に偶然ということはない。ものにはすべて、自然の理法に則ってそれなりに適した用途、役割、場所というものがある。鴨は蝿を食い、蝿は虫を食い、インディアンはそれら全部を食い、山猫はインディアンを食い、白人は山猫を食う。それですべてはめでたしめでたしというわけだ。(二四七)

モノ湖にはアルカリ濃度が高いため魚などの生物は一切生息していないが、野鴨やカモメが湖面を泳いでいる。また時期になると長さ一インチ半ほどの線虫が大量発生し、湖岸近くの湖面を灰白色に染める。湖岸に打ち寄せられた虫を求めて蝿が湖岸を黒い帯となって埋め尽くし、卵を産みつけている。この風景をトウェインは描写しているわけだが、実際パイユート・インディアンは蝿のさなぎを乾燥させて食していたようだから(ウィリアムズ Ⅲ『カリフォルニアとネヴァダでのマーク・トウェインとの旅路』三四)、一概に単なるほら話ともいえないが、この辛辣な食物連鎖にトウェインがつけたインディアンのランクが見えてくる。
カーソンシティの西隣り、カリフォルニア州との州境にタホー湖がある。トウェインは、ヨーロッパ取材旅行の際に立ち寄ったイタリア北部にあるコモ湖とこのタホー湖を比較して『イノセンツ・アブロード』（一八六九年）のなかで次のように述べている。他に類を見ない清澄な水をたたえるタホー湖は、今も昔も静謐・雄大な景観を有し、訪れる者に癒しの空間を提供しているが、トウェインはこれをインディアンと絡めてばっさりと切る。

タホーとはバッタの意味だ。バッタスープという意味だ。これはインディアン語だが、確かにインディアンを連想させる。パイユート語だという者もおるが、たぶんディガー語だろう。ディガー・インディアン〔掘った木の根を糧にしているカリフォルニアのインディアン〕に名付けられたのであれば納得のいくところである。あの退化した野蛮人は、死んだ縁者を焼き、それを人間の脂肪と骨灰をタールと混ぜて、頭や額、耳などに厚く「ぬりたくり」、丘々をワーワーギャーギャー奇声を発して飛び回り、それで喪に服しているというのである。湖の名付け親はこういったやからなのである。

タホーとは、「銀の湖」だとか「清澄なる水」だとか「落ちゆく葉」という意味だなどという者もおる。ばかな！　バッタスープがその意味だ。ディガー・インディアン、パイユート・インディアンの好物のバッタスープではないか。この実利主義のご時世にインディアンの詩について語るなど時間の無駄というものだ。フェニモア・クーパーのインディアンでもあるまいし、そんなものがあったためしはないのだ。（二六三―六四）

一八七〇年の『ギャラクシー』誌に掲載された備忘録「高貴な赤人」がトウェインのアメリカン・インディアン観を決定づけたといっても過言ではなかろう。この備忘録でトウェインは今までのインディアンに対するロマンティックな見方に公然と反旗を翻し、「高貴なる赤色人種」というイメージに踊らされた「人道主義者たち」をこき下ろしている。書物に書かれているインディアンは、「背が高く、肌は黄褐色、筋骨たくましく、立ち居姿も背筋がすっと伸び、堂々たる風采をしている」（四二六）。比喩に満ちた詩的言語を持ち、ロマンティックな愛を知る気高き人、これが書物に描かれた赤色人。ところが実際のインディアンはどうか。トウェインは現地で実際目撃したインディアン像を後ろ盾に、鼻息も荒く弁じ立てる。「ちびでやせこけ、黒くてうす汚く、……どう見ても浅ましく見下げ果てた」連中、「貧乏で汚らわしい裸のごろつきそのもの、こんなやからは絶滅する方が、神から見たらインディアン以上に価値のある昆虫やとかげにとってどんなにありがたいことか。いつも虐げられ、捕まえられては食われてしまっているのだから」(四二七)。そして彼らの暴力性、残虐性に触れ次のように述べ立てる。

野蛮人の支配的な特徴は、貪欲で飽くことを知らぬ利己主義にある。……その心は嘘と裏切り、卑劣な悪魔のごとき本能の汚水溜め。感謝の念などというものは持ち合わせていないのだから、親切なことをしてやっても、決して背を向けたりしてはいけない。親切にしてもらったお礼にいつ矢が飛んでくるかわかったものではない。……臆病者で、こちらが油断しているすきに襲ってくる。夜に紛れて待ち伏せし、こちらがひとりのところを五、六人が束になって襲いかかり、無力な女子供を殺し、男たちの寝首をかくようなまねをする。(四二八)

そして、ドゥ・B・ランドルフ・カイムの『国境地帯のシェリダンの騎兵』(一八七〇年)からの一節(「捕まった白人の子供たちは親の面前で生きたまま焼き殺され、妻は夫の面前で強姦され、夫は手足を切断され、拷問を受けて頭皮を剥がされ、妻はその様子を見ているよう強要された」）を引用して、改めてインディアン全般の残虐性、油断のならない卑怯な振る舞いをあげつらっている（四二八）。そしてこれほどに残忍非道なインディアンについて、なおも勇壮果敢で寛大な性質を云々する東部の「人道主義者」を批判する。「彼らはいつも虐げられたインディアンの視点から物事を見るばかりで、夫を殺され後に残された白人の妻や子供の視点に立つことは決してないではないか」（四二九）。

インディアン問題の複雑さは、ふたつの視点から生じる。アメリカの土地を我がものとして拡大を図り、インディアンはそれを暴力で阻もうとする残虐な悪魔という白人のピューリタン的視点に立つか、白人によって理不尽にも土地を奪われ、それを取り返そうとして暴力には暴力で対抗する被迫害者としてのインディアンの視点に立つかによって、まったく反対の対応を迫られる。さらに問題を複雑にしているのは、単なる善悪の二極化による判断では、物事は一層泥沼化するという現実だが、このことは第二章で検証することにして先を続けよう。

今まで見てきたように、トウェインの視点は一八六〇年代、七〇年代を通じて反インディアンの立場をとってきた。彼の考えは、後のアメリカ二六代大統領セオドア・ローズヴェルトに引き継がれている。ローズヴェルトは当時のセンチメンタルな歴史家たちを槍玉にあげ、彼らは「我々が立ち向かってきた困難や、我々が耐えてきた悪行や挑発には一顧だにせず、我々が当然責任を負わなければならない、嘆かわしくも白人による多くの不正行為をこれ見よがしに誇張しただけだった」（一三四）といって、『不名誉の世紀』（一八八一年）の作者ヘレン・ハント・ジャクソンを「愚かな感傷主義者」のひとりとして非難し、逆にインディアン捕虜記『我らが未開のインディアン――大西部の赤人との三三年間の個人的体験』（一八八二年）を著したリチャード・I・ドッジを、インディアンを公正に描いているとして高く評価している（一三四）。このドッジについては、また第二章で触れることになるが、実はトウェインも彼の記録を高く評価しており、インディアン観を形成するうえで大きな力になったことは間違いない。ドッジの記録が公正であったかどうかはともかく、インディアン駆逐に躍起になっているアメリカ陸軍高級将校の視点から書かれているわけで、敵方の行為を残虐非道に描くことは避けられず、それをトウェインは鵜呑みにし、被害者としての白人の視点を拡大したためか、インディアンの視点を見失った感があることは否めない。「インディアンはなぜ人を殺すか。好きだから」（五二四）とか、「インディアンの残忍性は生まれながらのもので、終生ついて回る」（五三四）とか、「捕虜となった白人女のことを描くとき、クーパーや他の作家はインディアンの性格とか習慣とか何も見えていない」（五二九）といったドッジの言葉は、四〇を過ぎたトウェインの負のインディアン観を強固なものにしたと同時に、あとで触れるように、それに影をさすきっかけを作ったということができよう。

トウェインが「フェニモア・クーパーの文学的犯罪」においてクーパーを批判したのが一八九五年、それより四〇年以上も前に、フランシス・パークマンはクーパーのインディアンに触れ、その人物描写は表面的で事実に即しておらず、彼らの冗長な会話も嘘に満ちているばかりか退屈でさえあると批判し、さらに「長い間アメリカ文学にとってちょっとした害になってきた未開人の英雄や恋する人、賢人などを生み出した責任はクーパーにある」（四三九）とまでいっている。パークマンといえば、『オレゴン・トレイル』（初版は『カリフォルニア・オレゴン・トレイル』一八四九年）の著者であり、トウェインもその著書を『ミシシッピ川の生活』（一八八三年）などの作品に引用し、蔵書として大切に保管していたらしく（ブレア八四）、ドッジとともにインディアンに関してトウェインに大きな影響を与えたひとりであることは間違いない。そのパークマンの『カリフォルニア・オレゴン・トレイル』を匿名ながら書評し、大々的に批判したのがハーマン・メルヴィルであった。一八四九年のことである。『タイピー』（一八四六年）や『オムー』（一八四七年）を発表し、南太平洋の未開人と生活をともにして、原始的無垢を垣間見たメルヴィルにしてみれば、パークマンのインディアン観を黙って見過ごすことはできなかったのであろう。文面は穏やかながら、筆致にはかなり激しいものがある。「本書を読むと、インディアンと生活をともにしたうえで彼らを畜生よりも非常に優れていると考えることは、白人であれば誰であれ無理な相談である、とある」（「パークマンのインディアンに関して」 四三七）とメルヴィルは始める。そして、こう畳み掛ける。「また白人にとってインディアンを殺戮することはバッファローを屠殺することと何ら変わらない、ともある」（四三七）。

ご意見は尊重するが、反対を表明することをお許しいただきたい。

しばしばあることだが、文明人が未開人のところに逗留するとすぐに侮り蔑むようになる。多くの場合この感情はほとんど自然なことではある。しかしながら、弁護できるものではないし、完全に間違っている。……未開人を軽蔑したくなったときは、そうすることによって我々自身の祖先をも中傷していることを肝に銘じるべきだ。彼らもまた未開人だったのだから。……我々はみな、アングロ・サクソンも、【ボルネオ島】ダヤク人も、インディアンも、源はひとつであり、同じ姿形に創られている。今はこの兄弟という間柄を悔やむことはあっても、いずれ将来手を取り合わなければならなくなる。不運は過ちではないし、幸運は価値のあるものではない。未開人は生まれながらにして未開人であり、文明人はその文明を受け継いだに過ぎず、それ以上のものではない。見下すのではなく、哀れむようにしよう。たとえ絞首台からぶら下がっていようとも、神の姿がそこに認められれば、敬意をもって接しよう。（四三七―三八）

同じ文学者でありながら、パークマンに対してトウェインはメルヴィルとはその立場を異にした。メルヴィルの観察は鋭い。トウェインはインディアンを身近にしたとき、まさにメルヴィルの推察通りの反応を示した。すでに見たように、トウェインも哀れむことはやぶさかではなかった。しかしそれはインディアンがどこか遠くにいるときの話であって、身近な存在、同じ人間、兄弟として考えることはできなかった。実はトウェインも後年南太平洋への旅の体験談を書き（『赤道に沿って』一八九七年）、原住民について同情的な姿勢を見せているが、これは後で触れることにして、ここでは六〇年代から七〇年代にかけてのトウェインは、メルヴィルの批判するパークマンと何ら変わるところはなかったというにとどめておこう。

パークマンにしてもドッジにしても、白人を残虐非道なインディアンの犠牲者と見る視点で共通している。トウェインが彼らを読み、インディアンの凶悪性に敏感に反応し、日頃はおとなしく白人集落をうろちょろし、物乞いをして食いつないでいる連中が、突然白人を襲撃し悲劇のどん底に突き落とす、という思いに駆られるのも無理はない。

おとなしく、こそこそして油断のならない風体の人種だ。書物でお目にかかる（かからない）すべての「気高き赤色人種」と同様、いろんなものに密かに目を配っているが、決してそれをおもてには出さない。他のインディアンと同様、怠惰で、常に辛抱強く疲れを知らない。卑屈な乞食だ。インディアンから乞食の本能をとってしまったら、インディアンではなくなる。針を失った時計といっしょだ。腹を空かして、それもしょっちゅう腹を空かして豚が食うものなら何でも拒まず、豚が食おうとしないものでもしばしば口にする。（『苦難を忍びて』一二七）

だから、彼らインディアンを白人社会から閉め出すのは時間の問題であった。スミソニアン研究所のアメリカ民俗学の創設者であり、アメリカ地質調査団の団長でもあったジョン・ウェズリー・パウエルは、ユート族、パイユート族、ゴシュート族、ショーショーニ族に関する特別委員政府報告書（一八七四年）のなかで、文明社会に野蛮人が混在することによって起こる略奪行為や退廃的影響から白人を守るためにはどうしたらよいかと問題提起して、インディアンが白人のなかにいる以上、彼らを保護するか、絶滅させるか、ふたつにひとつしかないと前置きし、インディアンを絶滅から救う道はただひとつ、彼らを保留地に収容することであると提言している（三七八、三八四）。白人による領土拡張に伴い、ますます減少する保留地への囲い込み政策に拍車がかかり、インディアンは住み慣れた土地を追われ、なかば強制的に保留地への移動を余儀なくされた。兄オーリオンがネヴァダ準州秘書官という政府役人であってみれば、その下で働くトウェインも結局政府側の人間ということになるのであろう。事実この時期の発言は一貫して白人の視点からなされたものばかりであった。絶滅が無理であれば、白人はいかに安全に暮らせるか。そのためにはインディアンを白人社会から遠ざけるしかなかった。汚らわしいだけならまだしも、いつ襲ってくるかわからない凶暴で危険なインディアンはなるべく遠くへ、人間の寄りつかないような辺境の荒地へと押しやるしかない。一八六〇年代、七〇年代のトウェインはそのお先棒を担いだひとりであったことは否定できない事実である。

ここで七〇年代のマーク・トウェインの小説をひとつ紹介しておこう。『トム・ソーヤーの冒険』（一八七六年）である。トムたち三人は海賊ごっこに飽きてインディアンごっこを始める。裸になって全身泥を塗りたくってシマウマのようになる。そして全員酋長になって森を駆け抜け、イギリス人入植地を攻撃する。それから三部族に分かれ、待ち伏せしてものすごい鬨の声をあげて互いが互いを襲撃し、殺して頭の皮を剥ぐ。「血みどろの一日だった。だからとっても満ち足りた一日だった」（一三七―三八）。ここに描かれるインディアン像は最もステレオタイプなもので、白人のなかに浸透していた残虐性のみが強調されて描かれている。それ以上に問題なのはインジャン・ジョーに関する語り手の描写だ。いうまでもなくインジャン・ジョーは何人もの人をあやめた凶悪犯だ。おまけにインディアンと黒人の混血ときている。悪いうえにもうひとつ悪い条件が重なった感じだ。その彼が逃走の果て追いつめられて洞窟にさまよい込み、そこで最期を迎える。出口を失い、食うものも底をつき、哀れ餓死の憂き目を見る。洞窟の入り口近くに埋葬され葬式が営まれることになった。ことここに至っては致し方ない。それまでインジャン・ジョー赦免のためにご婦人方が骨折って多くの署名を集めていたが、それも中断された。

嘆願書には多くの人が署名していた。涙もろいおしゃべりな人たちの会合が何度も開かれ、おセンチなご婦人方から委員が任命されて、深き悲しみに打ちひしがれながらも、知事に泣きついて、どうかここはお情けをもってバカになりきり知事としての職責などは踏みつぶしてほしいと嘆願したのである。確かにインジャン・ジョーは村人を五人殺したと思われているが、それがどうした、というわけだ。もし彼がサタンそのものだったとしても、赦免嘆願書に署名し、おまけにその嘆願書に絶えず壊れては漏る水道から涙をぽつりと落とす軟弱な連中はごまんといただろう。（二二一）

語り手は構成上マーク・トウェインということになっている。この語り口にインジャン・ジョーに対するアイロニーはない。あるとしてもそれはインジャン・ジョーのごときやからに涙を流すおセンチな人に対してであって、インジャン・ジョーに対する語り手の筆致はクールなまでに手厳しい。物語に登場するウェールズ人のハックに対する台詞「耳を裂くとか、鼻を削ぐなんて、お前の大げさな作り話だと思ったよ。だって白人はそんなやり方じゃ復讐しないからね。だがインジャンだったら話は別だ。やつならやりかねん」（二〇四）から見て取れるのは、白人の偏見の目がとらえたインディアンの残虐性という固定観念だ。インジャン・ジョーの境遇を同情的に見る白人がいる反面、語り手も含めて、このウェールズ人に代表されるように、インジャンをたちの悪い悪漢の代名詞と見ていた白人が大半であったことは間違いない。インジャンをかわいそうに思うのは「おセンチ」で「軟弱」な連中だけ、というわけだ。

実はインジャン・ジョーにはモデルがいるらしい。らしいというのは、トウェイン自身のいうモデルと一般にいわれているモデルが食い違っているからだ。トウェインは『自叙伝』でハック・フィンのモデルはトム・ブランケンシップであると表明した後で、トウェインがモデルとしているインジャン・ジョーの死について触れている。物語のなかではインジャン・ジョーは洞窟のなかで餓死したが、実際はどこで死んだかは覚えていない、覚えているのは彼の死の知らせを受けたのが嵐のような雷雨の夏夜であったというのである。

私のこれまでの教訓から、どうしてここまで自然が大荒れするのかはっきりわかった。サタンがインジャン・ジョーを捕まえに来たのだ。そのことにみじんの疑いもなかった。インジャン・ジョーのようなやつを地獄に迎えるにはおあつらえむきの夜だった。もしサタンがこれほど壮観に登場して彼を捕まえに来なかったとしたら、きっと、それはおかしいし説明がつかないと思ったことだろう。(『マーク・トウェイン自叙伝』ナイダー編　六八)

ところが、一般にモデルとされている人物は、一九二三年、一〇二歳で死亡ということになっている。トウェインより一三年長生きしている勘定だ。シェリー・フィッシャー・フィシュキンの調査によれば、モデルとされている男はジョー・ダグラスといい、黒人とオセージ・インディアンの混血である。幼いときに人の住まなくなったインディアン・キャンプに捨てられているところを白人（あるいは黒人）に拾われたという。物語のインジャン・ジョーとは大違いで、人柄もよく正直な働き者で、人に危害を加えるような男ではなく、後ろ指をさされることもなく、愛想のよいインディアン・ジョーとして立派に人生を全うしたらしい（四二―四七）。ところがこの男があの残虐な殺人鬼インジャン・ジョーのモデルということになってしまった。トウェインはジョー・ダグラスがインジャン・ジョーだとは一言もいっていないし、ハンニバルの住民が軽薄にもモデルに仕立て上げただけで、ダグラス自身モデル説を否定していたらしいとフィシュキンは見るのだが（四三―四四）、モデルがいたとしたら、どうも状況からしてこのジョー・ダグラスがインジャン・ジョーに最も近いのではないか。トウェインはダグラスをインジャン・ジョーのモデルだとはいっていないといっても、人をあやめたことなどはもちろんなく、正直者で働き者のインディアン・ジョーを悪鬼として描いたとしたら、ジョー・ダグラスがインジャン・ジョーだとは、まさか自分からはいえなかったに違いない。当の本人はハンニバルの一市民としてまだ生きているのだから。トム・ブランケンシップにとってハックのモデルとされることは名誉なことであっても、ダグラスにとってはこれほど迷惑な話はない。ハンニバルにはインジャン・ジョーことジョー・ダグラスの立派な墓石がたてられ観光スポットのひとつになっている。お参りされるのはうれしいだろうが、ダグラスも墓の下でさぞ苦虫をかみつぶしていることであろう。

モデルかモデルでないかという検証はさておき、物語の邪悪なインジャン・ジョーが、実在する善人のインディアン・ジョーを思い起こさせることは紛れもない事実であって、トウェインがインディアン・ジョーを嵐の夜に地獄に追いやってほおかぶりを決め込んで読者をけむに巻いたつもりでも、その事実を消し去ることはできない。問題はこれほどの善良な一市民がどうして悪人に化けたかである。トウェインが西部の六年間の生活で培ったインディアン観は、パークマン、ドッジ、カイムなどの影響と相まって、七〇年代になっても偏見の呪縛から逃れられないでいたのである。インディアンが善良であるわけがない、安心してうっかり背でも向けようものならいつ襲ってくるかわからないような卑怯なやからだ、臆病なくせに凶暴で、油断も隙もあったものではない、この目で見てきたのだから間違いない、というわけだ。当然のことながら、ハック・フィンがそうであるように、インジャン・ジョーは架空の人物である。しかしながら、架空のハックが読者に人間のあるべき真実の姿を指し示しているように、架空のインジャン・ジョーを通して、読者は厳然たる偏見の実態を垣間見るのである。

一八四九年、メルヴィルは、バッファローの屠殺とインディアンの殺戮を同一視したパークマンを否定した。その一二年後、トウェインはパークマンに加担するように西部インディアンを昆虫やトカゲ以下の絶滅に値する存在として唾棄した。この恨みさえ感じとれる強烈な忌避反応はいったいどこから来るのだろうか。マイナーなもの、弱き者に対して確かな目を持っていたはずのトウェインがいったいどうしたというのだろうか。インディアンはマイナーでも弱き者でもなかったのか。一九世紀アメリカにおいて、インディアンが劣等人種の代名詞のように見られていたことは確かである。多くの白人がそのインディアンの虐殺によりこの世を去ったことも事実である。しかし同時に土地を奪われ生活の糧を失ったインディアンに同情の目を向け、白人の暴力を糾弾し、告発した白人が少なからずいたこともまた事実である。その両者の狭間にあって互いの言い分を認識していたはずのトウェインは、結局ローズヴェルトと同じように、インディアンに味方する者を、おセンチで軟弱な感傷主義者として切り捨てた。

ジョゼフ・L・クーロンは、トウェインのインディアン差別の原因を彼の階級意識に求めた。先の見えない西部での暮らしのなかで、目の前の低劣なインディアンを自分よりも下に置くことによって、少なくとも階級のはしごの一番下の横木からは逃れることができたというのである（一〇四—〇五）。西部に来る前、四年半もの間ミシシッピ川の蒸気船パイロットとして月給二五〇ドルという、当時としては破格の高給取りであったトウェインであってみれば（ウィリアムズ Ⅲ『マーク・トウェイン――ネヴァダ準州ヴァージニア・シティでの生活』一〇）、西部の貧乏生活は相当こたえたはずで、クーロンの考えにはうなずかざるをえないが、差別の根拠としての希薄さは免れえない。またエリザベス・I・ハンソンは、トウェインの描くインディアンには一九世紀後半の一般の白人読者層のインディアン蔑視の風潮が反映されていると見た（一二）。インディアンの下等性をほらを交え冗談を飛ばしておもしろおかしく描き出す。読者・観客は我が意を得たりとやんやの喝采を送る。人気者マーク・トウェインのほくそ笑む顔が見えるようだ。フレッド・W・ローチがいうように、ゴシュート・インディアンをあれほどまでに激しい侮蔑的言辞を弄してこき下ろしたのも、「歴史的正確性」よりもむしろ「文学的効果」をねらってのことだったのかもしれぬ（一―二）。「一八七二年、『苦難を忍びて』を出版した頃のマーク・トウェインは、『ありのままの真実』よりも演劇的効果を気づかう文学的ショーマンであった」（二）とするローチの説明は説得力がある。嘘やほらやだましは、西部の新聞記者時代に培ったトウェインのいわばおはこであり、新聞を売るためには平気で事件をでっち上げ、世間を騒がせたのも一度や二度ではない。嘘が発覚して謝罪文まで書かされたことさえある。何とも情けない新聞記者ではあるが、皮肉にもこのだましやほらが文豪マーク・トウェインのいわば生みの親となったのである。

一八六九年、処女作として『イノセンツ・アブロード』を出版し、文学者としてこれからという時期だっただけに、いかに多くの読者を惹きつけるかは彼の大きな関心事であったに違いない。かといって、『苦難を忍びて』に描かれたインディアンが嘘やほらで塗り固められているといっているのではない。多少粉飾されていたり、インディアンの負の面が強調されすぎている点は否めないにしても、他の歴史資料を見ても事実に近い点は確かにある。パトリシア・トレントンとパトリック・T・フーリハンは、その共著のなかで、当時のアメリカ陸軍大佐がゴシュート・インディアンを視察したときの報告書（一八五九年）に基づいて、ウサギ、ネズミ、トカゲ、蛇、昆虫、イグサ、草の種や根を食する「非常に低劣で不潔」な人種として紹介しているし、また政府インディアン局の保護官の公式年次報告（一八五七―五八年）につぶさに目を通し、蛇やトカゲ、草の根などを主食とする「今まで見たこともないような最も悲惨な風体の人間」であることを明らかにしている（二五〇）。

ここに見られるゴシュート・インディアン像は、トウェインが『苦難を忍びて』で描写したものとほぼ重なると見てよい。ただ、先ほど引用したローチは、トレントン、フーリハン同様インディアン保護官の報告書にあたってはいるが、そこでとどまることなく、その後の年次報告書（一八六三―六四年）や内務長官の報告書（一八六六―六七年）にまで目を通し、それまでのゴシュートとは違って友好的で争いを好まず、勤勉、誠実で、土地を耕し自ら生活の糧を得ようと努力しているゴシュートも紹介している（一）。もしトウェインが一八六三年から七〇年の間にこういった公式報告書に目を通していれば、インディアンの置かれている状況（白人入植者の急激な流入、それに伴う生活手段の激減、飢えるしかない不毛な土地への移動）などを認識できたはずで、たまたま見かけたインディアンをあれほどまでに低評価することはなかったのではないか、それを怠ったトウェインは、結局六〇年代、七〇年代を「文学的ショーマン」として生き、東部人が知らないことをいいことに、西部の珍奇な話をどきどきわくわくさせながら、あることないことをおもしろおかしく語って聞かせる「興行師」だったというのがローチの主張である（二）。インディアンはその犠牲者というわけだ。ローチにしてみれば、インディアンがこれほどまでの苦境に陥った理由をトウェインが理解していれば、ということのようであるが、理解はともかく知っていたことはまず間違いない。リン・W・デントンは、ジャーナルや新聞を通して、マーク・トウェインは白人のインディアンに対する不当な扱い、不正行為に関しては知っていたと前置きし、「一九世紀後半の三〇年間、非人道的待遇、饑餓、凍死、インディアン局の行政的腐敗のニュースは、もはや周知の事実であった」

（一一）として、トウェインの事実認識を確認している。トウェインには、インディアンに同情し、インディアンへのむごい仕打ちを恥ずべき行為として糾弾した白人がいることを知ったうえで、白人の犠牲者を無視し、インディアンの目しか持たぬ「人道主義者」を批判した事実がある（「高貴な赤人」）。悪いのはインディアン、インディアンに夫・父親を殺され、後に残された女子供はどうしてくれるのか、というのがトウェインの言い分。これでは、白人により着の身着のまま土地を追われ、食うすべを失ったインディアンの境遇など考えようもなかったというのが、悲しいかな実情であろう。そんなことより彼らを珍奇な変種動物として東部に売り込んだ方が読者も喜ぶ。そういう意味ではゴシュートならびにパイユートは格好の標的であったわけだ。

なぜインディアンを忌み嫌うのか。それを考える前にもう一度『苦難を忍びて』のなかのゴシュート族紹介の箇所を思い起こそう。彼らは駅舎から出る残飯をあさってその日暮らしをしている浅ましい人種のくせに、ある日夜陰に乗じ待ち伏せして白人の寝首をかくような油断のならない卑怯者として紹介されていた。こそこそと辺りをうかがい、おどおどと人の目を気にしながら生きているインディアンのこの突然の凶暴化にトウェインは怯えと同時に怒りを覚える。デイヴィッド・L・ニュークウィストは、トウェインがインディアンを認められなかったのはこの種の暴力ではないかと推測した（六九）。それにしても、白人の側の暴力を無視している点で、トウェインの視点の限界を認めざるをえないが、非暴力的インディアンを考えたとき、果たしてトウェインはこれほどまでに忌避したであろうか、という疑問は確かに成り立つ。ジェイムズ・C・マクナットも暴力説を説くひとりであるが、トウェインがインディアンを「暴力の隠喩」、「非文明的行為の象徴」と見て忌避し、またそれを逆手に取って利用し世間に恐怖を植えつけたことは疑いようがないだろう（二四〇）。インディアンは「小さいときから慣れ親しんだ『ニグロ』とは違うし、恐怖心を持たずに見ることのできた中国人とも違う」（二三七）とマクナットはいう。

インディアンは、トウェインが属する白人文明社会にとって大きな脅威であった。奴隷のニグロであろうが、自由なニグロであろうが、サンフランシスコのスラム街や鉱山の掘っ建て小屋で不自由な生活を送っている中国人であろうが、みな弱く無力であるのに、インディアンは依然として危険な存在であった。（二三七）

アメリカ黒人に対するトウェインのスタンスは、『ハックルベリィ・フィンの冒険』（以後、

『ハック・フィンの冒険』と表記）があり、「本当の話」（一八七四年）があるので、今更説明の必要はないだろう。『苦難を忍びて』にカリフォルニアに移住してきた中国人に関する描写がある。鉱山では働き者であるために白人の職を奪い差別的排斥運動のなかに身をやつしていたが、トウェインはそういう中国人たちを見てどちらかというと同情的な反応を示した。それは彼らがおとなしく、こちらに危険を及ぼす可能性がなかったからかもしれない。

中国人は人畜無害の人種だ。もっとも白人が静かにほっといてやるか、犬並みの扱いをしてやればの話だ。事実全くといっていいほど、害になることはない。どんなに卑劣な侮辱を受けても、どんなにひどい無礼を働かれても憤慨しようなどと考えることはめったにないからだ。おだやかで、おとなしく、従順だ。酒に酔うということは決してなく、日がな一日せっせと働いている。（三六九）

だからトウェインは、世間が排斥運動で沸き返っているさなかに中国人をすんなり受け入れることができた。

ところがインディアンは、「犬並みの扱い」をして親切にしてやってもなつかない。こちらをじっと見張っているようで何を考えているのかわからない。だから怖くて背中は向けられない、とトウェインは考える。だれがこのような態度をとらせたか、残念ながらこの視点がトウェインにはない。少なくとも、西部にわたった六〇年代、そしておそらく七〇年代にも、トウェインにはローズヴェルト同様、北アメリカ大陸はインディアンの独占所有地という考えは微塵もなかったはずだ。ローズヴェルトはいう。

インディアンは土地を所有していなかったし、たとえ所有していたとしても、それはせいぜい我々白人の猟師がしばしば請求するような所有権に過ぎなかったといくら主張しても主張しすぎるということはない。この大陸の無限の大平原と森をインディアンの所有として認めるならば、すなわち、ほんのたまにしか狩りをしないのに、千平方マイルの領地を一ダースほどのむさ苦しい野蛮人の独占所有として考えるならば、すべての白人の猟師、無断居住者、馬どろぼう、遊牧の牛飼いの要求も同じように認めねばならない。（一三二）

政府役人である兄オーリオンのいわば助手として西部に赴くとき、トウェインは我が物顔でネヴァダ準州に乗り込んだはずだ。そしてそこに「よそ者」の薄汚いインディアンがいた。二五歳の若気の至りとはいえ、パークマンを批判したメルヴィルのことを考えると、情けないといえば情けない話だ。もっともメルヴィルが批判したのは三〇歳手前のときで、トウェインの知らない世界をすでに経験しており、その分差し引いて考えてもよいかもしれないが。

ヘレン・L・ハリスは、マーク・トウェインのインディアン観を考えるとき、その根底に「男の最悪の暴虐性」を見た。「男は搾取的、破壊的であるが、その極めつけは疑いもなくインディアンの男」（五〇三）だとトウェインは信じていたという。この暴虐性にトウェインは恐れと怒りを覚え、差別化が生まれたということであろう。ところで、一九二二年ニューメキシコ州を訪れたD・H・ロレンスも恐れを覚えたひとりだ。トウェインと同じように、鼻が曲がるほどの悪臭に悩まされた。しかし彼は、怒りは覚えなかった。アパッチ保留地で初めて耳にするインディアンの笑い声に白人に対する「無意識の憎しみ」、「愚弄の響き」を察知する（『不死鳥』九六）。そして太鼓のリズムに合わせた叫び声、笑い声なのか嘲笑なのか、あるいは悪魔の所業なのか、ただの戯れなのか、いずれとも分かち難く、胃の底から絞り出されるような響きを聞き、「痛いほどの悲しみと郷愁、何ものかへの抑え難きあこがれと魂の病」（九五）を覚える。ロレンスが感じたのは怒りではなかった。悲しみと郷愁、あこがれと魂の病。一九二二年、自らの領地を追われ保留地に囲い込まれたアパッチ・インディアンを前にして、無念のうちに死んで行ったインディアンはあの世で癒されることなく、また「我々白人」とその文明を許すことなく、復讐のために亡霊となって戻ってくるという思いに駆られる。なぜなら「我々白人」が彼らをこの地球上から抹殺したからだ（『アメリカ古典文学研究』四二―四三）。

トウェインには、ゴシュート・インディアンを見ても、パイユート・インディアンと近しくなっても、悲しみもなければ魂の病など感じるはずもなかった。ましてや郷愁やあこがれなどに思いが及ぶわけがなかった。縁もゆかりもないアメリカに渡り、アメリカ白人が行ったインディアンへの残虐行為を我がことのように受け止め、復讐の亡霊におののくロレンスの姿とは対照に、はじけんばかりに膨らんだトウェインの怒りの風船は偏見の悪魔に化けて醜く硬化する。

2　揺れるマーク・トウェイン
――「インディアンのなかのハック・フィンとトム・ソーヤー」を中心に

一八八二年、マーク・トウェインはミシシッピ川探訪の旅に出た。ミシシッピ五千マイル約一ヶ月間の長旅だったが、かつて文芸誌に連載し、一八七六年に出版されていた『ミシシッピ川の古き時代』を改訂し『ミシシッピ川の生活』として完成させるためであった。この船旅でトウェインにとって重要な転機となったと思われるものがふたつある。ひとつは南北戦争後の再建時代をかろうじて生き延びた南部黒人の悲惨な状況とミシシッピ川上流におけるインディアンの物語である。戦後の南部黒人の状況がトウェインに何をもたらしたかという問いに対する答えは『ハック・フィンの冒険』完成までの長い道筋をたどれば自ずと明らかになるが、本論のテーマとは離れることを覚悟のうえで、ここでおさらいをしておいてもあながち無駄ではなかろう。一八七六年『トム・ソーヤーの冒険』を出版、同年トウェインはその続編ともいうべき『ハック・フィンの冒険』執筆に取りかかった。一六章まで書き終え、一七章で新しい局面を迎えるというところで筆が止まった。一六章とは親が天然痘だと嘘をついて筏から追っ手を遠ざけ逃亡奴隷ジムを助けるという前半の山場の章だ。このときから数年間トウェインは『ハック・フィンの冒険』を中断して、ハックを倫理的葛藤のなかに置き去りにしたまま、まるで彼を忘れたかのように、『ヨーロッパ放浪記』（一八八〇年）、『王子と乞食』（一八八一年）、『ミシシッピ川の生活』（一八八三年）を出版している。そして七年の歳月を経て『ハック・

フィンの冒険』擱筆に至り、一八八四年一二月イギリスで、翌八五年二月アメリカで出版する運びとなったのである。先ほど『ハック・フィンの冒険』を中断してといったが、一八八〇年『王子と乞食』執筆中にも決して忘れていたわけでも、無視していたわけでもなく、ハックの行く末を気にかけ、合間合間に原稿に目を通していたようであるが（パワーズ 四七三）、トウェインの心の揺らぎを押さえ、ハックの地獄行きの決断に至るまでには、ハックがジムをからかい、逆にそれを諫められ、黒人奴隷に頭を下げるのに一五分もかかったように（『ハック・フィンの冒険』一五章）、七年の歳月は欠かせなかったのかもしれない。奴隷解放宣言はすでに発布されているとはいえ、戦後再建時代の人種的混乱状態のなかにあって、逃亡奴隷を幇助することの意味を考えずにはいられなかったに違いない。その間お茶を濁すかのようにヨーロッパ旅行記を書き、また児童文学執筆に憂き身をやつしていたのであろう。そういうさなかにあって、一八八二年の南部への旅は、トウェインの目を否が応でも南部の現実社会に向けさせる結果となり、『ハック・フィンの冒険』最大のテーマである人種問題に正面から取り組む大きなきっかけのひとつとなったことはいうまでもない。つまり、南北戦争後の南部社会のなかであえぐ黒人の奴隷的状況が作家マーク・トウェインの筆を動かしたということだ。南部への旅が問題の所在を一層明確にし、トウェインの虐げられた人々に対するもうひとつの目を養ったのである（フィシュキン 九七）。

さてトウェインが注目したもうひとつの問題はミシシッピ川上流にあった。一八八二年のミシシッピの旅の最終目的地はミネソタ州セントポールであった。ミズーリ州セントルイスを出発点として一路ニューオーリンズを目指す。取って返して北上しセントルイス、故郷ハンニバルを通ってアイオワ州キーオカックに入る。バーリントン、マスカティーンと来れば、ダヴェンポート、ダビュークは目と鼻の先だ。紀行『ミシシッピ川の生活』も終盤にさしかかり、いよいよ五八、五九、六〇章を残すのみ。ここで彼が出会うのがインディアンの物語や伝説だ。ソーク族酋長キーオカックとの覇権争いのなかで、政府に反旗を翻し潔くも敗れ去ったソーク族並びにフォックス族指導者ブラック・ホークの勇壮な生き様が紹介される。さらに船は進み、ウィスコンシン州ラクロスに入り、ウィノーナに向かう。この辺一帯はインディアンの伝承や物語の宝庫として紹介される。ラクロスから乗り込んだ老紳士からインディアンの伝説をいくつか聞かさせる。そのなかのひとつ、インディアン娘ウィノーナの恋の話に心奪われる。同じ部族の恋仲の男を親が気に入らず、別の立派な戦士に嫁がせようとするが、どうあっても惚れた男が忘れられず、ウィノーナは「乙女の岩」から下にいる親めがけて身を投げ、親は激突死、自分は運良く助かり、ふたり仲良く添い遂げるという、娘の強い恋心を描きながらもどこかやるせない恋話。老紳士によれば、「実に悲劇的で痛ましい話、ミシシッピ川のすべての伝説のなかでも最も有名ではあるが、同時に哀れを誘う話」（五七七）なのだそうだ。いずれにしてもトウェインはその男の話に聞き惚れている。同じ男から聞いた、ヘンリー・ワズワース・ロングフェローの『ハイアワサの歌』（一八五五年）のオリジナルである「ピボーンとシーグワン」の逸話をわざわざ本編に収録までしている。「『ハイアワサ』に使われているが、オリジナル版で読む価値はある。詩の韻律やリズムの助けや恩恵をこうむらなくても、本物の詩がいかに効果的かがわかればの話だが」（五八〇）とトウェインはいう。また、最終第六〇章、最終目的地セントポールに入って、「白熊の湖」というインディアンの伝説を、ばかばかしいといいながらもわざわざ収録している。気に入っていたのであろう。白熊に襲われたインディアン娘を恋人である勇敢なインディアン戦士が救い出すという話である。「『白熊の湖』にまつわるなんとも馬鹿げたインディアンの伝説がある。できることならそれをここに収録する誘惑に抗したかったのだが、私の力ではそれはかなわなかった」（五八九）。か弱きインディアン娘とそれを思いやる気高きインディアン、この構図が気に入ったのだろうか。インディアンにまつわる伝承、物語の紹介はこれで終わりではなく、付録としてもうひとつ付け加えるという念の入りようである。よほど気に入っていたに違いない。それは「不死の首」という話で、体は朽ち果てようとも、首だけは生き延び、化け物のような熊から我が妹を助け、よそから来たインディアンも助けるという奇想天外な話だが、トウェインは多分空々しいとも思わず、死して首だけとなっても人を助けるその心意気に感服していたのかもしれない。

『ミシシッピ川の生活』の最後の三章とその後の付録で取り上げられたインディアンの物語は、男女の恋の話、男の勇壮果敢な物語であった。かつてトウェインが何といっていたか思い起こそう。タホー湖を「銀の湖」とか「清澄な水」とか「落ちゆく葉」などといっている人間がいるが、とんでもないと彼はいった。「タホー」とはディガー・インディアン、パイユート・インディアンの好物の「バッタスープ」ではないか。このご時世に「インディアンの詩について語るなど時間の無駄というものだ」。一八六九年のことだ。『ミシシッピ川の生活』の最後の三章を詩的なインディアン伝承で締めくくったのが一八八三年。ミシシッピの旅の前半、アメリカ南部の現実社会を見聞し、人間を見る目、虐げられた人々に対する目が肥えて、勢いインディアンを複数の視点から見られるようになったといえなくもない。しかしトウェインのインディアン観の変化のきっかけとなったのは、どうもそれ以前にあるようだ。

一八八一年といえば、先ほどおさらいしたように、『ハック・フィンの冒険』執筆を中断している時期で、ちょうど『王子と乞食』を出版した年だ。『ハック・フィンの冒険』執筆に行き詰まり、子供相手のお話にうつつを抜かしていたわけでもないようだ。その年の一二月、トウェインはフィラデルフィアのニューイングランド協会の晩餐会に招かれ講演している。晩餐会は一六二〇年のピルグリム・ファーザーズのプリマスへの上陸を祝うものであった。その席でトウェインは、そこに居合わせた名士たちが拍子抜けするような講演をした。「このピルグリムの何を祝いたいのでしょうか。……一二月二二日のプリマス・ロックへの上陸を祝うとしても、そのどこに注目に値するようなものがあるのか知りたいものです」(「プリマス・ロックとピルグリムズ」九四)と挑戦的に始める。私の祖先はピルグリムではないとトウェインはいう。

私の最初のアメリカの祖先は、紳士諸君、インディアン、それも初期のインディアンであります。あなたがたの祖先はそのインディアンの頭の皮を生きたまま剥ぎました。そういうわけで私は孤児なのです。もう今ではインディアンの血管には、私の血は一滴も流れていません。私は祖先をなくしてたったひとり、頼る者もなくここに立っています。あの者らが私の祖先の頭の皮を剥いだのです！　毛皮が必要だからそうしたのなら、反対はしません。しかしそうではなく、生きたまま、紳士諸君、生きたままですよ！

あの者らは生きたまま頭の皮を剥いだのです。それも公衆の面前で！　それが私は腹立たしいのです。（九五）

そして「インディアンの立場に立って考えてもらえないだろうか。どうぞお願いします。遅まきながら、正義の行為としてそうするようお願いしたい」（九六）と頭を下げている。そしてトウェインは、迫害されたクエーカー教徒を私の祖先と呼び、セイラムの魔女を私の祖先と呼び、あなたがたのご先祖がアフリカから最初にニューイングランドにつれてきた奴隷を私の祖先と呼び、だから私は混血児だと訴える（九七）。街の主立った名士を前にして四六歳のトウェインは相当思い切った講演をしたものだが、これで問題になって批判の矢面に立たされて窮地に追い込まれるということがないから不思議である。正義を振りかざし白人至上主義に凝り固まった偏狭なピルグリム嫌いは今に始まったことではない。ピルグリムだけではない。中西部の自然に囲まれた田舎に育ったトムやハックがそうであったように、早い時期から大勢《たいせい》に行儀よく収まることをよしとせず、権勢をほしいままにしてふんぞり返ったやからに組することを嫌う偏屈なまでの自由人であった。そこは聴衆も百も承知であえて人気者マーク・トウェインにひとつ刺激的で辛辣な講演をしてもらい、笑ってこらえて元気を出そうという魂胆があったのかもしれない。重要なのは、クエーカー教徒やセイラムの魔女、黒人奴隷という虐げられた者たちの側にインディアンがおり、彼らを自分の身内として、彼らの側に我が身を置いて考えている点である。

六〇年代、七〇年代のトウェインを考えると想像もできない視点の転換であるが、ニュークウィストは、この時期のトウェインはインディアンに対する初期の偏見と無知を乗り越え、インディアンの視点から物事を見つめ心動かされていたようだといっているが（七〇）、八〇年代の他の作品を見ると、にわかには信じがたい変わり身の早さではある。「プリマス・ロックとピルグリムズ」を読む限り、八一年の時点でインディアンの視点を持つようになっていることは間違いない。しかし、あれほどまでに忌み嫌っていたインディアンに対する差別的偏見を払拭したといわれると、首をかしげざるをえない。後で述べるように否定的な事例がいくつかあるからだ。むしろ、デントンやマクナットが指摘しているように、インディアン批判の目がピューリタンの伝統を受け継ぐ白人文明に向けられるようになったと見る方が妥当かもしれない（デントン 一一、マクナット 一二三一）。マクナットはトウェインの態度の変化を「狭量な人種的固定観念」から「文化相対主義」への転換と呼んでいるが（一二三一）、この相対的視点から、旧来のエリート志向のピューリタン社会の偏狭な排他的陋習が幻滅となって顕在化し、それに反比例するようにゴシュート族やパイユート族に対する偏見は後景化したのだろう。
一九〇六年、マーク・トウェインは、アメリカを代表する各界の大物たちが参列する晩餐会に出席したときのことを『自叙伝』で回想している。出席者は全員がアングロ・サクソン系である。高級将校であった退役軍人の議長が声も高らかに口火を切った。「私たちはアングロ・サクソン民族の出です。アングロ・サクソン人は、欲しいものがあったらただ奪取するのみでありますす」。場内からは拍手喝采の嵐。調子に乗った議長。「イギリス人もアメリカ人も泥棒であり、追い剥ぎであり、海賊であります。そしてまたその結合体であることを誇りに思うものであります」（『マーク・トウェイン自叙伝』ナイダー編 三四六）。さて、その場に居合わせたトウェインの反応を見てみよう。

その場にいたすべてのイギリス人、アメリカ人のなかで、潔く立ち上がって、アングロ・サクソンであることを恥ずかしく思う、人類の一員であることを恥ずかしく思うと表明する者は誰ひとりいなかった。なぜなら、人類はアングロ・サクソンの汚名に染まることがあっても、その汚名の下にとどまらなければならないからだ。私にはそのような努めを果たすことはできなかった。かんしゃくを起こし、ひとりいい子になって大見得を切り、自分の優れた道徳観を誇示してこの幼稚な連中にきちんとその基本を教えようなどという気にもなれなかった。彼らにはそれを把握し、理解することなどできるはずもなかったからだ。（三四六）

一八八一年のフィラデルフィアでの講演のときの勢いはもはや感じられないが、アメリカを我が物顔でのし歩くアングロ・サクソンへの苛立ちと諦め、自らが白人であることへのやるせない思いが伝わってくる。白人社会の「帝国主義」、「愛国主義」はもはやマーク・トウェインという時代の寵児をも置き去りにして、アメリカを鷲掴みにし、その醜き翼で世界を覆った。トウェインの憤怒と憎悪の矛先は、一八八〇年代を境にして、アメリカ・インディアンから、鷲になったピューリタン、アングロ・サクソンへと向けられたが、二〇世紀に入ってその矛は鷲の嘴を前に鋭さを失っていった。しかし、鋭さを失ったとはいえ、一九一〇年この世を去るまでその矛先が鷲からそれることはなく、睨みを利かせ続けたことは注目に値する。

一九〇五年のトウェインの七〇回目の誕生日（一一月三〇日）は、ちょうど感謝祭の日（一一月第四木曜日）と重なっていた。そこでトウェインは、冗談か本気か、ある出版社の社長に働きかけて大統領に感謝祭を一年延期させようとした。この一年間許しがたい不道徳な事件はあっても、感謝しなければならないことは何も起こらなかったから、というのがトウェインの理由だ。国の祝日を個人の誕生日のために変更させようとは何という思い上がりかと思えなくもないが、トウェインの感謝祭の解釈がふるっている。感謝祭はもともと隣人であったインディアンを皆殺しにし、なんとか生き延びたことを感謝するものであったという。今では白人を脅かすインディアンはいないし、もはや感謝する理由もなくなったのに、ただの習慣として残っているだけ（『マーク・トウェイン自叙伝』ペイン編 二九一―九三）。これがトウェインの感謝祭だ。理不尽にもひとつの人種を絶滅に追いやり、ありがたいと思う白人の厚顔無恥さにあきれたトウェインの痛烈な皮肉がここにある。ピルグリムたちはインディアンのおかげで生き延びたのではなかったか。

自分が白人でありながら、図らずもその白人を否定するような言説は、トウェインを徐々に絶望に陥れた。しかしながら、それでインディアンへの偏見が消えたことにはならない。一八八〇年代、トウェインのインディアン忌避の姿勢は、白人文明への強烈な批判に押されてかつての勢いを失い、白人とインディアンの間で揺れ動き混迷の度を深めながらも崩れることはなかった。

そこで、インディアン問題を考えるとき八〇年代の最大の問題作ともいうべき「インディアンのなかのハック・フィンとトム・ソーヤー」（一八八四年頃執筆）をまずあげなければならないが、その前に同じ八〇年代のふたつの大作『ハック・フィンの冒険』、と『アーサー王宮廷のコネティカット・ヤンキー』（一八八九年）においてインディアンがどういう風に触れられているかを知ることは、トウェインのアメリカ・インディアン観の変遷を知る上で参考になるだろう。一八八三年出版の『ミシシッピ川の生活』は、すでに取り上げたように、アメリカ・インディアンに関する記述に事欠かないが、どういうわけか『ハック・フィンの冒険』にはほとんどといってよいほどない。一か所、二一章において、一六歳の一人娘を持つ人の好いボッグズじいさんがインディアンに例えられる程度だ。酔っぱらうと手に負えなくなり、悪態をついては大騒ぎを起こすが、決して嫌われ者ではなく事は穏便に収まっていた。それがよりによってシャーバン大佐に楯突いた。相手が悪かった。いくら酔っぱらって悪態をつくことはあっても、決して人を傷つけるような仕儀に及ばないことは街の知るところであるが、シャーバンにはそれが通用しない。酔っぱらって街を馬で乗り回し、「インジャンのようにワーワーギャーギャーわめき散らして」（一八四）、おいシャーバン、出て来いと、かなうはずもない相手を挑発した。案の定ボッグズは射殺され、哀れこの世の荒波も知らない娘ひとりが残される。街の者はボッグズに同情し、シャーバンをリンチにしようとするが、シャーバンの剣幕に恐れをなし情けなくもすごすごと退散するという章であるが、酒を飲んでは威張り散らし騒ぎを起こすお人好しの好々爺、これが屈強な男にいともたやすく撃ち殺される。この哀れなボッグズとインディアンの姿が重なって描かれているあたり、六〇年代、七〇年代とは違ったトウェインのインディアン観を垣間見ることができるかもしれない。しかし、一八八九年の『コネティカット・ヤンキー』を見ると、また六〇年代に逆戻りしたような印象を受ける。一六世紀のアーサー王宮廷に囚われの身となった主人公ヤンキーは、かつては権勢を振るっていた者たちも収監されていることに気づく。拷問を受けて、手ひどい傷を負っているにもかかわらず、うめき声ひとつあげず、不平をいうでもなく、静かに耐えている。それを見てヤンキーが侮蔑を込めて述懐する。

「悪党どもめ、**やつらは**自分たちが権勢をほしいままにしていたときは囚人に同じような扱いをしていたものだから、立場が逆転して今度は自分たちが囚人になってもそれ以上の扱いなんか期待もしていないのだ。あの平然とした態度は精神的訓練とか知的強靭さの結果でも論理的帰結でもない。ただの動物的訓練にすぎない。やつらは白いインディアンだ。」（四〇）

ここでは地に落ちたかつての権力者を本能で動く動物として貶め、白いインディアンとして侮蔑している。

八〇年代のインディアン関係の資料は乏しいものの、このふたつのインディアンのイメージを見ても、視点が、あるときは右にまたあるときは左に揺れ動き、一定の方向を示していないことがわかるだろう。これがトウェインの八〇年代のインディアン観といってもさしつかえない。

さて、以上を前置きとして肝心の「インディアンのなかのハック・フィンとトム・ソーヤー」を見てみよう。八〇年代のインディアン像の揺れ動きが一層鮮明になるはずだ。この作品は未完ではあるが、インディアン問題を解く鍵となる極めて重要な作品として位置づけられる。また『ハック・フィンの冒険』の後日譚として読むこともできよう。トムとハック、そして自由の身となったジムの三人は、インディアン・カントリーを目指して冒険の旅に出る。トムがふたりを誘ったのだが、ハックもジムも最初乗り気ではなかった。インジャンは卑劣だからとジムがいう。するとトムが卑劣だなんてとんでもない、世界で一番高貴な人間で、勇気があり寛大でしみったれたところがこれっぽっちもないと諭す。

「彼らは恐ろしく強くて、情熱があり、雄弁できれいな衣を身にまとってるんだ。いくさ化粧をしてモカシンをはき、全面ビーズのついた服を着て、それで一年中毎日戦いに行って頭の皮を剥いで高貴なときを過ごすんだ。日曜日は別だけどね。それに友好的な白人が好きで、しかも熱愛している。彼らのためならどんな努力も惜しまないんだ。彼らを傷つけるくらいなら死んだ方がましだと思ってるんだね。ニガーも他の人間と全く同じだと考えているんだ。」(三六)

トムにこれほどまでいわれては、もはや断る理由はない。トムを信じたふたりは納得し、三人仲良く出立とあいなる。二日目にオレゴンを目指すミルズ一家と出会い、総勢一〇人で旅を続ける。二週間ほどして合衆国を離れ、目的のインディアン・カントリーに入ったところで待望のインディアン五人と遭遇する。トムがいった通り愛想のよいインディアンで早速仲よくなる。が、あることをきっかけにして、にわかに彼らの様子に変化が現れ、七歳フラクシーと一七歳ペギーの娘ふたりを残してミルズ一家を惨殺するという暴挙に出る。トムとハックは、いち早く危険を察知したトムの機転で九死に一生を得るが、ジムは娘ふたりとともにインディアンに連れ去られてしまう。トムの話とはだいぶ違う展開になってしまい、ハックがトムに尋ねる。「トム、インジャンのことどこで習ったんだ。高貴だとかなんとかさ」（五〇）。するとトムは、しょげ返って、クーパーの小説だと答える。気まずい雰囲気がふたりを包む。さて、ジムと娘たちを取り戻そうとインディアンの跡を追うが、途中一七歳の娘ペギーのものとおぼしき血のりのついた服の切れ端を見つける。あたりを探すと白人女の靴跡を発見、さらに地面に四本のくいが打ち込まれている現場に出くわす。インディアンの仕業による拷問とおぼしき跡だ。そしてかすかな希望を胸にさらにインディアンを追跡する、というところで物語はぷつりと終わってしまうのだ。つまり未完ということなのだか、なんとも後味の悪い幕切れだ。

ところで、愛想のよいインディアンの様子が変わったきっかけとは、こういうことだ。一七歳の娘にはブレイス・ジョンソンという恋人がいて、もうすぐ一行に追いつき同行することになっていたのだが、ハックは何を思ったか、インディアンにその娘の友だちが七人もやって来ると嘘をついた。これでインディアンたちの様子がおかしくなり、なにやら慌ただしい動きを見せる。インディアンのこのきな臭い態度にいち早く気づいたトムの機転で、ふたりはインディアンたちから離れることに成功し、命拾いしたというわけだ。このブレイス・ジョンソンという男は、あとでトムとハックに加わり、ジムと娘たちを探してインディアンの跡を追うことになるが、ハンサムな上に六フィートを超す屈強の男で、インディアン・カントリーの地理に明るく、インディアンを獣としか見ない白人男性として紹介されている（六〇—〇一）。ということは、インディアンが蛮行に及ばず、白人家族とともにいるところをジョンソンに見られたら、と想像すると、また違う恐ろしい展開が予想されるが、トウェインはあえてこの展開を避けたと考えるとおもしろい推測が成り立つ。つまりインディアンをバッファロー並みの獣と見て殺戮に胸を痛めない白人とインディアンが対峙するという構図になり、まさにアメリカ・インディアン虐殺史の縮図がここに出現するわけで、これでは悲惨な歴史の繰り返しにすぎない。こういう展開にはしたくないとトウェインは考えたのかもしれない。ただ逆に、ハックの嘘は文字通りきっかけでしかなく、いわばスプリングボードであって、インディアンの目的は最初から娘ペギーとフラクシーふたり、敵意がないように見せかけて白人に近づき、隙を見計らって襲いかかる、まさにトウェインが六〇年代に見聞した、あの油断も隙もない卑怯な裏切り者としてのインディアンの再現という構図も成り立つ。このアンビヴァレントな構図のなかにあってはっきりしていることは、この物語は白人によってインディアンが殲滅されるという話ではなく、トウェインの憎むインディアンの暴力によって白人家族が惨殺され、しかも悲惨なことに、一七歳の娘があたかもインディアンの拷問を受け暴行されたかのように描かれ、生きているのか死んでいるのかさえわからないまま中断され、そのあとどう読むかは読者がハックとトムそしてブレイス・ジョンソンの跡を追いかけて判断するしかない、そういう物語であるということだ。

トウェインはかつて『ハック・フィンの冒険』を中断し七年後に執筆を再開したという前歴がある。この物語はその『ハック・フィンの冒険』完成の年の夏ごろに書かれたといわれているのであるから、時期的にもその後の成り行きを書く時間はいくらでもあり、物語を完成させることはできたはずなのに、なぜ投げ出してしまったのか。『ハック・フィンの冒険』には中断せざるをえないそれなりの理由があった。また執筆再開にもそれなりの理由があった。恐らく「インディアンのなかのハック・フィンとトム・ソーヤー」にも中断せざるをえない理由があり、『ハック・フィンの冒険』と違って再開できない理由があったのであろう。一九六九年、ウォルター・ブレアは、カリフォルニア大学版『マーク・トウェイン・ペーパーズ』のなかの一巻『マーク・トウェインのハンニバル、ハックとトム』のなかに収められた「インディアンのなかのハック・フィンとトム・ソーヤー」の注釈で、トウェインがこの小説の重要なテーマを描き切っていないことに不満をもらしているが（九〇―九一）、そこに批判的論調は感じられない。というのは、すでに紹介したように、そこで扱われているのは、ひとことでいえば、インディアンの暴力行為であって、なんの罪もないミルズ夫妻と息子三人を惨殺し、連れ去った娘のひとりに暴行を加えたということになると、トウェインとしてはもうそれ以上のことは小説に書き留めることはできず、「もうこれ以上のことは書けませんという終わり方にしたのもわからなくはない」（ブレア 九一）という考えが根底にあるからだろう。四本のくいが地面に打ち付けられていることは、そこで間違いなくインディアンによる捕縛ないし拷問が行われた、そしてその近辺に白人女性の足跡や血のりのついたペギーの服の切れ端があったということは、暴行を受けたのはペギーだったかもしれず、ペギーが一七の生娘であったことを考えると……。だから筆が止まったとブレアは考える。しかしペギーだというはっきりした証拠もなく、拷問を受けたのは他の女か男の可能性も残されており、ペギーは何事もなく無事発見される、こういう「ハッピー・エンディング」もトウェインの頭にあったのではないかというのである（九一）。

ブレアは、トウェインがこの作品を書くにあたって、インディアン関係の書物をいくつか資料として読んでいたと注釈のなかで指摘し、紹介している。「高貴な赤人」のなかでも触れられていたカイム、そしてパークマン、ドッジ、それからバッファロー・ビルとして有名なウィリアム・F・コーディの自叙伝『高名な猟師、斥候、ガイド、バッファロー・ビルことウィリアム・F・コーディ閣下の生涯』（一八七九年）などを紹介し、なかでもドッジの『我らが未開のインディアン』からのインディアン関係の情報が作品の至るところに散見できることを突き止めた（八七―八八）。特に物語の終盤の拷問が行われたとおぼしき場面に出てくる四本のくい。この場面はほとんどドッジの本から取られたものであり、被拷問者は四本のくいに手足を縛られなぶり殺しにされるというものだが、そばにあったペギーの服の血のついた切れ端、白人女の靴跡などからして、この被拷問者はペギーと断定してもよさそうだが（八木 一〇六―一〇七）、それにしても決め手に欠ける。ドッジの説明では、この拷問を受けるのは男であって女ではない。それにそのことを示す図版も被拷問者は男で、インディアンがよってたかって男をなぶり殺しにする様子が描かれている（五二七）。捕えられたなかにジムがいたが、しかし、彼は黒人で拷問にあうことはまず考えられない。インディアンの敵ではないからだ。もっともペギーたちを助けようと敵対行為をとれば拷問される可能性はなくはないが、それを連想させる描写は一切ない。いずれにしても、最後の拷問とおぼしき場面は曖昧の域を出ない。ドッジがインディアンによる白人男性への拷問と白人女性への暴行を同じページに段落を変えただけで続けて説明しているので（五二九）、ややもすると白人女性が四本のくいに手足を縛られ、暴行を受けたような印象を読者に与えるということはありえないことではなく、もしかしたらドッジもそれを狙っていたかもしれない。現にトウェインが、ペギーが拷問を受け暴行されたことをにおわせる思わせぶりなサインを送っているということは、彼の単なる誤読か、あるいはその曖昧性を確信犯的に利用して女性への暴行と拷問を一緒くたにして読者の目を眩ますという、トウェイン一流の空とぼけた芸当をしたのかもしれない。いずれにしても、ペギーが拷問されると同時に暴行を受けた可能性は高いとしかいいようがないのかもしれないが、しかしそこで筆を止めてしまって、読者を宙ぶらりんにしてしまったのであるから、ブレアならずとも、人違いの可能性も期待したくなるような、どっちつかずの終わり方になっているともいえるのである。それにしても、ドッジの説明によると、四本のくいの拷問の後、その犠牲者はそのまま放置されることがほとんどであるようだから（五二九）、なぜ放置されていなかったかを考えると、やはりこれは男ではなく、ペギーであったかというようなよからぬ想像も駆け巡ってしまう。ここでひとつ確かなことは、ブレアや八木敏雄がいうように、もしトウェインがドッジの『我らが未開のインディアン』を忠実に引用（援用）したのであれば、捕虜になった白人女性は例外なくインディアンの餌食になるのであるから、ペギーがインディアンから暴行を受けたことは間違いないことになるし、またトウェインもそういう意図を持って描こうとしたのだろう。しかし重要なことは、四本のくいによる拷問との絡みで、トウェインが事実を曖昧に、あるいは両義的にぼかした節があることだ。ドッジに忠実に従っているようで、実は密かに転覆を図っていたのではないか、と筆者は考えている。拷問が怪しいとすると（ドッジの説明にもある通り、拷問されるのは普通男である）、肝心の暴行も疑いたくなる。トウェインの思わせぶりも、なにやらきな臭いにおいがしてくる。ドッジは、インディアンに捕まった白人女性は一〇人が一〇人暴行を受けるといってはばからず（五二九）、トウェインはその記述を熟知しながら、その問題を、ひいてはインディアン問題を闇の奥にしまい込み、沈黙を決め込んだ。さてこの八〇年代の沈黙については、もう少し検証する必要がありそうだ。

ブレアに遅れること二七年、八木はブレアが検証した「インディアンのなかのハック・フィンとトム・ソーヤー」とドッジの『我らが未開のインディアン』との関係を丹念に調べ直し、その影響の大きさに注目した。そして「トウェインは自分がインディアンについて書きたいようなことが、ことごとくそこに書かれてしまっていたので、自分の『インディアンもの』を書けなくなった、あるいは途中で放棄せざるをえなくなった、と私はほとんど信じかけている」（一〇八）といって、未完のわけを解き明かしている。トウェインは、ドッジの本に相当数の書き込みをしていたようだから（八木 一〇八、ブレア 八五）、ドッジにはかなり入れ込んでいたのだろう。当代屈指のストーリー・テラーが、インディアンを語ることに関しては自らドッジに軍配をあげ、看板をおろしたということはあり得なくはない。しかしこれではそれこそ作家が完全に作品を投げ出し、後はドッジに任せたからインディアンについてはドッジを読めということになるが、もしそうだとしたらこれ以上の議論は全くの徒労ということになる。いずれにしても真相は藪のなかなので、この解釈はとりあえず置いておくことにして、先を書けなくなった（書かなかった）わけをもう少し考えてみよう。

読者の判断を停滞させる中途半端な結末がマーク・トウェインのやむを得ぬ選択だったのか、あるいはもしかしたら「やむを得ぬ選択」そのものがトウェイン流のしたたかな戦略的問題提起だったと考えるとどうなるだろう。インディアンは白人を無残にも殺した。これは間違いない。しかしこの呼び水となったのはハックのいらぬ嘘であった。現れた男は、インディアンを畜生同然と見る屈強な白人。この男にインディアンは徐々に追いつめられる。これだけ物語の事実を並べて見えてくるものは……。なぜインディアンは野蛮としかいいようのない行為に及んだのか。非は、平気で人を殺す極悪非道のインディアンにあるのか、それとも人の土地に土足で踏み込む無神経な白人にあるのか。このように疑問を単純化してみても、答は単純化するどころか矛盾迷宮のなかに深くはまり込んでいく気さえしてくる。恐らくこれが八〇年代のトウェインの偽らざる心境だったのではないか、というのが筆者の考えである。だから答は読者にも、トウェイン自身にも見えるようで見えないのである。『ハック・フィンの冒険』には、七年の中断と再開の繰り返しを経てハックの地獄行きの決断に辿り着き、ジム救出という物語の結末が用意された（拙論「自由な人間を自由にすること――*Adventures of Huckleberry Finn* における『だまし』の構図」『西南学院大学英語英文学論集』第三五巻第一・二・三合併号一九九六年参照）。しかし、「インディアンのなかのハック・フィンとトム・ソーヤー」に結末が用意されることはついぞなかった。トウェインは、インディアンと白人のどっちつかずの視点の揺らぎのなかで、焦点を失い、あるいはぼかし、ぶれた視線を読者に送って判断を鈍らせながらも、インディアン問題に立ち入りその所在を明らかにすることを強要する。

フォレスト・G・ロビンソンはその著『道はふたつある』（*Having It Both Ways*）（一九九三年）において、優れた文学作品には相矛盾したふたつの視点ないし考え方が同時に存在すると提言した。"have it both ways" とは両方の道を同時にとること、どっちもありということだ。ふたつにひとつを取捨選択するのではなく、ふたつの共存を許すという考え方だ。一方に公共の理想があれば、他方にその理想を裏切る現実がある。その状況のなかで人間はどう生きるか。これがロビンソンの最大関心事だ。理想をとるのか、現実を取るのか、ふたつにひとつではなく、両方の間でどちらをも否定することなく生きる。様々な「すり抜け、フェイント、はぐらかし、折り合い」を重ねながら、ときには知っていることを隠し、隠されていることを知りながら、現実を生き、また理想に生きるということだ（二）。だから人は、社会的政治的理想とその理想からの逸脱との摩擦のなかで起こる不安定な妥協を余儀なくされる。この矛盾、葛藤をロビンソンは「自己破壊的傾向」（三）と呼んだ。かつて彼は「欺瞞」（bad faith）という切り口でトム・ソーヤーを読み解いたが（『欺瞞のなかで——マーク・トウェインのアメリカにおけるだましの力学』一九八六年）、ほぼこれと同じものと考えてよいだろう。ジェイムズ・H・ジャスタスのいう、人種問題を扱う際キャノン作家が持つ「物語の解決を揺るがすほどの不安」（二〇七）も結局ロビンソンのいう「自己破壊的傾向」に基づいているといえるだろう。

一八八〇年代のトウェインが六〇年代七〇年代と明らかに違うのは、インディアンと白人のふたつの視点を持つに至ったということだ。インディアンの言い分はわかる。しかしそれをそのまま認めれば、白人としての自分を否定することにつながり、アメリカという居場所を失う。この否定と肯定の葛藤のなかで自己破壊的衝動に駆られながらも、トウェインは、ときにはインディアンの視点に立ち、またときには白人の視点を振りかざし、その揺らぎのなかに身を任せた。「インディアンのなかのハック・フィンとトム・ソーヤー」は彼のその生き方の証として位置づけることができるのではないだろうか。そういう意味で、未完が彼の唯一の解決策であり、結論であったといえるだろう。ふたつにひとつという、一方を切り捨てるような結末は書けなかったし、書かなかったということである。

この議論の確証のひとつとして「修道者と無礼なよそ者」（一九〇二年）を紹介しよう。まずダム建設に関してふたつの考え方が紹介される。砂漠の大平原がある。近くの川にダムを建設しそこに水を引いて緑の平原にする。そこに食うや食わずの人々を入植させ土地を開墾させればみな豊かになり幸福になる。しかしインディアンにしてみれば、ダム建設はインディアンが住む土地から水を奪い、土地を枯らし、その結果飢餓をもたらす。トウェインにしてみれば、川をせき止める（dam）ことは川を地獄に追いやる（damn）ことにもなるのであろう（五八八―八九）。コロンブスの新世界発見はどうか。ヨーロッパの貧しき者、土地を持たぬ者に広大な土地を用意し幸福にした。その際何が起こったか。「その土地のもともとの使用者を動物のように狩り出し、蹂躙し、略奪し、家から追い出してひもじい思いをさせ、あげくの果てにはひとり残らず皆殺しにした」（五八九）。世の中には善い衝動と悪い衝動、善意と悪意しかなく、善行、悪行はその結果でしかない、と対話者のひとりがいう。善意から発したものでも善い結果が生まれもすれば悪い結果が生まれもする。これが先ほどのダムとコロンブスの例だ。善かれと思ってしたことが、視点を変えれば善行にも悪行にもなるということだ。善かれと思ってしたこと。ダム建設も、新世界進出も。そして文明は人間を着実に進歩させたはずだった。しかし、その文明が世界に悲劇をもたらすという現実の不合理。この不合理にトウェインの足場は揺らぎ、絶望の淵に立たされた。ハリスがいうように、トウェインは、インディアンに対する白人の過ちを認めそれを明らかにして正していくのか、あるいは獲得した土地も富も保持したまま白人の行為を正当化し、インディアンを自分の土地を持つ価値のない、従って土地を取り上げられても当然の人種として情け容赦なく切り捨てるのか、このふたつの間でどっちつかずのジレンマに陥り（五〇四）、結局その先は沈黙を押し通すしかなかったのかもしれない。しかしこのまま沈黙を続けていては白人の不正行為を暗黙のうちに了解したことになるというハリスの指摘は正しい（五〇五）。また善意からとはいえ不正が見えてもトウェインはもはやそれ以上関わらなかったというハンソンの指摘も正しい（一二）。しかしそのことはトウェイン自身百も承知だった。この掌編「修道者と無礼なよそ者」でトウェインはふたつの視点を提示した。どちらの言い分ももっともなことのように思えるし、トウェインはそれ以上立ち入らず二者択一的な解決は一切しない。だからトウェインは両者の言い分を認めている、善の名において悪を行ったことを了解している、ととられても致し方ないのかもしれない。しかしながら、ここで重要なことは、悪意から生まれた悪行は論外として、（白人の）善意から生まれた（白人のための）善行でも、視点を変えれば悪行に早変わりすることをトウェインが読者に（願わくは白人読者に）知らしめたという事実だ。「欲しいものがあったら取るだけだ」といってはばからないアングロ・サクソンの驕れる政治的無意識という透かしの仕掛けを露呈させたといってもよい。

このことは『赤道に沿って』（一八九七年）を読めばなお一層はっきりする。「修道者と無礼なよそ者」の五年前に出版されたものだ。白人の善意により南洋の先住民に何が起こったのか見てみよう。一八九五年、トウェインはハワイ、オーストラレーシア地域を経由してインド、南アフリカに至る長旅に出た。問題の場所はオーストラリア南東のタスマニアだ。そこの先住民の絶滅の経緯について書き記している。彼らは白人の入植に伴い先祖の土地を追われ、近隣の島々に移された。先住民の安全のため、彼らの生活がこれ以上脅かされないようにするため、という白人の「善意」が彼らを動かした。

白人は常に善かれと思って、海から人間という魚を陸に出してやる。そして体を乾かし暖めて、鶏小屋で幸福に快適に過ごせるようにしてやろうという。しかし、頼りの白人がどんなに心優しくとも、未開人の扱いには適任でないことを自ら証明するだけだ。

立場を逆にして、自分の方が善意の未開人によって家や教会から閉め出され、衣服も本も上等の食べ物もなく、砂と岩と雪と氷とみぞれと嵐と灼熱の太陽しかない荒野に連れて行かれたら、雨露をしのぐ屋根もなければベッドもなく、家族の裸の体をおおうものなどあるはずもなく、食べるものといったら蛇と地虫と屍肉しかない、そのような忌まわしい場所に移動させられたらどんな思いがするか想像もできないのだ。このようなことになったら白人にとっては地獄であろう。そしてもしその白人に分別というものがあれば、白人の文明そのものが未開人にとって地獄であることくらいわかりそうなものだ。しかしそれがわからない。わかったためしがない。それがわからないから、これ以上の善意はないと思い込んで、想像を絶する文明地獄に哀れ先住民を閉じ込めるという罪を犯し、その責め苦で彼らが衰弱するのを眺めて、ちょっと心配そうな、悲しそうな目で見つめては、いったい何がどうしたというのかしらねえ、などということがいえるのだ。

（二六七）

せっかく快適な場所に移してやったのにどうして衰弱し死亡に至るのか。思案の末、理論的に考え出された白人の結論はこうだ。「**神の怒りに触れたのだ。神を恐れぬ罪深い人間に対する**

天のお告げだ」（二六七）。これで一件落着と考えて能天気に一安心する白人に対するトウェインの小気味よい皮肉は、独善的な侵略者の厚顔無恥を暴き出す。「人間は唯一恥を知る（あるいは恥を知る必要がある）動物である」（二五六）とは、このタスマニアの章の冒頭に掲げられた「まぬけのウィルソンの新カレンダー」の箴言である。場所がアメリカではなく、対象がアメリカ・インディアンでないことを差し引くにしても、滅びゆく弱小民族に対するマーク・トウェインの目は限りなく優しい。それはすでに六〇年代、七〇年代の露骨な偏見を経て、八〇年代の視点の定まらぬ斜視的状態を脱却し、一九世紀も終りに近づく頃、徐々にその視線は注視点に向かい始めた。そしてその視線の先にはアメリカ・インディアンがいた。

3　インディアンのなかのマーク・トウェイン
――「ストームフィールド船長の天国訪問記抄」を中心に

一九〇七年、マーク・トウェインは、亡くなる三年前に「ストームフィールド船長の天国訪問記抄」をものした。老骨にむち打ち世界を飛び回った旅行作家トウェインは、いわば身代りのストームフィールド船長を天国に遣わした。トウェインの最期場への旅路だ。三〇年の船旅の末、ようやく天国らしきところに辿り着くが、自分の所属すべき場所がなかなか見つからない。天国が出身地ごとに区分けされている上に、その出身地の地球が天国から見たら芥子粒のような存在でしかないからだ。地球は天国では「いぼ」（五七一）と呼ばれている。その「いぼ」のなかの小さなアメリカ、さらに小さなカリフォルニアに行き着き、天国の居場所で一息つく。そこで最初に会った地球人は顔見知りのインディアンであった。

トゥーレアリ郡で知合いだったパイユート・インジャンだった。ものすごくいいやつだった。あいつの葬式に参列したのを思い出した。といってもあいつを火葬にし、その灰を他のインジャンたちが顔に塗りたくり、汚い顔をして山猫みたいに吠え立てるといった葬式だった。あいつは私を見てものすごく喜んだ。私もあいつに会って同じように喜び、やっとのことで天国の自分の居場所に辿り着いたと感じたことはいうまでもない。（五七三）

三〇年かけてようやく辿り着いた天国で顔見知りのインディアンを見て小躍りし、自分の所属すべき場所はここだと確信する。よくよくあたりを見れば、インディアンだらけではないか。「白い天使」(五九一)はほとんど見かけない。ひとりの「白い天使」を見かけるたびに一億もの「銅色の天使《あかがねいろ》」(五九一)に出くわす。天国で知合いになったサンディという七二歳の老人にそのわけを訊いて見ると(トゥェインはこの年、つまり一九〇七年、七二歳)、天国のアメリカ・コーナーではどこに行っても結果は同じ、「天使はうじゃうじゃいるが、ひとりとして白い天使を見かけたことはない」(五九一)と教えてくれた。「アメリカは、白人が足を踏み入れる前は、一〇億年以上もの間インジャンとかアステカといったような人たちが占有していたんだ。コロンブスのアメリカ発見から最初の三〇〇年間は、全部合わせたってせいぜい一回の講演に集まるくらいの白人しかいなかったんだからね」(五九一)。サンディじいさんによると、天国の他の地区から見学に来た学者たちは、アメリカを説明するのに五行程度ですませてしまうらしい。

「彼らは、この荒野には数百兆もの赤い天使が点々と住んでいる、そのなかには時々奇妙な皮膚の色をした病気にかかった天使が混じっていることがあるというんだ。いいかい、我々白人と時折見かけるニガーは、癩病か何かにかかって、そう、何とも恥知らずな罪を犯して、皮膚を完全に漂白されてしまったインジャン、あるいは黒くされてしまったインジャンだと思っているんだよ。」（五九二）

これが、ストームフィールドが天国で見た郷里アメリカだ。しかしサンディじいさんの説明を聞いてもこれといって幻滅を覚えるわけではなく、むしろそこに住むことを喜んでいるようだ。

「亡くなった知合いがいっぱいいるし、彼らを捜し出して友のことやら昔のことやら、あれこれおしゃべりをして、住んでみて天国はどうなのか訊いてみようと思っていたんですよ。家内はカリフォルニア地域に腰を落ちつけたいんじゃないかな。天国に先に行った人々はほとんどみなそこにいるだろうし、知っている人たちと一緒にいるのが好きな人だからね。」（五九二―九三）

これを聞いたサンディじいさんは、カリフォルニア地方はやめた方がいい、「間抜けで泥色をした浅ましい天使がわんさかいる上に、一番近い白人の隣人でも百万マイルも離れているんだから」（五九三）というが、そのサンディでさえ、白人が多くいるヨーロッパ地域に行く気はさらさらない。同じ白人でもドイツ人もイタリア人もフランス人も話が通じないし、イギリス人にしても言葉の通じる相手はめったにいないからだという（五九三）。それで結局インディアンのはびこるアメリカにいるというわけだ。

マックスウェル・ガイスマーは、西部インディアンに対する初期の根深い偏見という、トウェインに取り憑いた悪魔は、「ストームフィールド船長の天国訪問記抄」をもって祓われたといった（二八五）。若い頃のインディアンへの偏見から数十年の長き年月を経て、トウェインはアメリカ白人文明への幻滅を表明するとともに、北アメリカ全土をインディアンに返還したともいった（二八七）。ストームフィールドが天国に辿り着き自分の居場所を探し出すのに三〇年かかったように、トウェインはそれ以上の年月の間、この世の偏見の悪魔に取り憑かれ、自ら政治的無意識という名の病に侵されて、暗黙のうちに白人の悪行を見て見ぬ振りをしてきた。そしてストームフィールド以上の年月をかけて、白人であることの矜持と恍惚を乗り越え、葛藤と不安と恐怖の果てに偏見の悪魔を払い除ける唯一の場を探し出した。ガイスマー同様、マクナットも、「ストームフィールド船長の天国訪問記抄」をもって、トウェインは土地を追われたインディアンをアメリカの後継者として描いたことを認めた（二四〇）。マクナットによれば、トウェインの天国は無限の時間と空間を持ち、人種的・文化的関係などは遥か彼方の遠景でしかない(二四〇)。ストームフィールド船長が知合いのインディアンに会い安堵するのも無理はないのである。かつてメルヴィルは、インディアンをバッファロー並みに見るパークマンに楯突いて、「たとえ絞首台からぶらさがっていようとも、神の姿がそこに認められれば、敬意をもって接しよう」といった。そのパークマンを評価し同じ立場からインディアンを見ていたトウェインは、およそ五〇年を経て今度はメルヴィルの立場に立った。そして「不運は過ちではないし、幸運は価値のあるものではない。未開人は生まれながらにして未開人であり、文明人はその文明を受け継いだに過ぎず、それ以上のものではない」というメルヴィルの言葉は、トウェインの言葉になった。

それにしても土地返還の場所が天国であることを考えると、トウェインのインディアン復権の仕掛けに安堵しながらも、その安堵を半ばに押さえる現実のインディアン問題の厳しさに思いは至る。土地を奪われ、惨殺されたインディアンの魂が癒されぬまま土地の悪魔となり復讐の亡霊となって、恨めしい白人にのしかかるといったのはロレンスであったが、彼はインディアンと白人との和解にはかなり否定的であった。インディアンの恨みが強いからだが、しかし白人の罪滅ぼしがあれば、人間としての和解は不可能でも、魂の和解は可能かもしれないともいっている(『アメリカ古典文学研究』四三—四四)。「罪滅ぼし。かくして合一(oneing)」

（四四）。しかしロレンスには白人が罪滅ぼしをするとは思えなかった。許すことのできぬ白人への恨みが募り復讐の鬼と化して土地をさまようインディアンの亡霊に恐れおののきながらも、イギリスという白人階級社会を捨て、インディアンやアステカに並々ならぬ思いを抱いて大洋を渡って来たことを思えば、羨望と絶望のせめぎ合いのなかで身を忍ぶしかなかったのだろう。

意識的にせよ、無意識的にせよ、間接的にインディアン迫害に関わったトウェインに罪滅ぼしの表明はない。だからロレンスにいわせれば、和解も合一もない。しかしトウェインはフィクションの世界で白人による醜い迫害を描き、その文明を揶揄した。ロレンスがイギリスを捨てたように、少なくとも一九世紀末のトウェインはアメリカを捨てた。なぜなら白人が闊歩する帝国主義むき出しのアメリカに憤怒したからである。一八九八年、「ゲームの達人」アメリカは強欲な陣取りゲームに参加し、スペインと戦争、プエルトリコ、グアムを占領・併合、キューバを保護領とし、それでも懲りずに「フィリピンの誘惑」に負け、フィリピン独立を大義名分としてスペインと戦い勝利するも、姑息にもマッキンリー政権は独立の約束を反故にしてフィリピンを強奪、植民地化して占領・併合するという「とんでもないヘマ」をしでかす（「暗闇に座せる人へ」一九〇一年 六九）。トウェインは、この「アメリカのゲーム」に反対を表明し、当時主立った文学者・学識者とともに「アメリカ反帝国主義連盟（American Anti-

Imperialist League)」に参加したのも故なきことではなかったのである。

そもそもアメリカはインディアンのものではなかったか。しかしいくら自分ひとりがアメリカを捨てインディアンに返すといっても、依然としてアメリカは白人のものだ。かくなるうえは、死んだインディアンのおびただしい数にものをいわせて、インディアンにアメリカを占有させよう。これがトウェイン流の罪滅ぼしだ。この世で無理なら、死のファンタジーの世界で白人の悪霊を追い払い、インディアンの精霊を跋扈させる。「アメリカを見つけたことは素晴らしかった。しかし見落としていたら、もっと素晴らしかった」(三〇〇)とは『まぬけのウィルソンの悲劇』の中の「まぬけのウィルソンのカレンダー」の箴言である。これは物語上黒人奴隷問題に関してウィルソンが記したものではあるが、インディアン問題にもそのまま当てはまる。コロンブスがアメリカに渡って何が起こったか。すでに「修道者と無礼なよそ者」のなかで触れられていたが、不条理にも善意の文明が地獄をもたらすこともあるのである。

一九〇七年六月、齢七〇を超え、もはや大西洋を渡ることはあるまいと心に決めていたのに、トウェインは子供のように喜び勇んでイギリス行きの船に乗り込んだ。オックスフォード大学から名誉博士号が授与されるからだ。すでにイェール大学やミズーリ大学から学位をもらってはいたが、高等教育を受けていないトウェインにしてみれば、オックスフォードの学位は別格だったのかもしれない。いつも通り白衣に身を包み、肩に真紅の布をあしらったガウンをまとってすっくと立つおじいさんの喜びようを見てみよう。

私は新しく学位がもらえるというのなら、インジャンが新しく頭の皮を剥いだときと同じように、大人気なく大喜びもしよう。インジャンだったら喜びを隠すなどということはしない。私だって喜びを隠すなどという面倒はまっぴらご免こうむる。(『マーク・トウェイン自叙伝』ナイダー編　三四八)

トム・ソーヤーは仲間ふたりとインディアンごっこに興じたことがあった。裸になってインディアンごっこをし、頭の皮を剥ぎ虐殺する子供たちがいた。そこには、子供の遊びとはいえ、インディアンの残虐性を浮き彫りにしようとするマーク・トウェインの意図が見え隠れした。しかし七一歳になったトウェインに、インディアンを野蛮人として見下し、その蛮行を非難して、オックスフォードから学位をもらうほどの文明人である自分の優秀さをことさら際立たせようなどという意図がないことはいうまでもない。無邪気にインディアンになりきり、インディアンとともに喜ぶトウェインがここにいる。自分がインディアンと同じであることを隠す必要がどこにあろう。ロレンスはインディアンとひとつになることの不可能性を嘆いた。一方トウェインは、死国という夢幻の世界で、天国の祓魔師となって罪を滅ぼし、偏見の悪魔を払い除け、白いアメリカを捨て赤いアメリカを然るべき我が居場所とした。

＊本論文は、『西南学院大学英語英文学論集』第四八巻第一・二合併号、二〇〇七年掲載の「天国の悪魔払い——マーク・トウェインとアメリカ・インディアン——」に加筆・修正を施したものである。

引用文献

Blair, Walter. Annotation. "Huck Finn and Tom Sawyer among the Indians." *Mark Twain's Hannibal, Huck & Tom*. By Mark Twain. Berkeley: U of California P, 1969. 81–91. Vol. 5 of *The Mark Twain Papers*. 12 vols to date.1967–.

Coulombe, Joseph L. *Mark Twain and the American West*. Columbia: U of Missouri P, 2003.

Denton, Lynn W. "Mark Twain and the American Indian." *The Mark Twain Journal* 16.1 (1971-72): 1–2.

Dodge, Richard Irving. *Our Wild Indians: Thirty-Three Years' Personal Experience Among the Red Men of the Great West*.

Hartford: A. D. Worthington. 1882.

Fishkin, Shelley Fisher. *Lighting Out for the Territory*. Oxford: Oxford UP, 1996.

Geismar, Maxwell. *Mark Twain: An American Prophet*. Boston: Houghton Mifflin, 1970.

Hanson, Elizabeth I. "Mark Twain's Indians Reexamined." *The Mark Twain Journal* 20.4 (1981): 11–12.

Harris, Helen L. "Mark Twain's Response to the Native American." *American Literature* 46.4 (1975): 495–505.

Justus, James H. *Fetching the Old Southwest: Humorous Writing from Longstreet to Twain*. Columbia: U of Missouri P, 2004.

Lawrence, D. H. *Phoenix: The Posthumous Papers of D. H. Lawrence*. Ed. Edward D. McDonald. New York: Viking P, 1936.

———. *Studies in Classic American Literature*. Final Version. 1923. *The Cambridge Edition of the Works of D. H. Lawrence*. Cambridge: Cambridge UP, 2003. 39 vols. to date. 1981–.

Lorch, Fred W. "Mark Twain's Early Views on Western Indians." *The Twainian* 4.7 (1945): 1–2.

McNutt, James C. "Mark Twain and the American Indian: Earthly Realism and Heavenly Idealism." *American Indian Quarterly* 4.3 (1978): 223–42.

Melville, Herman. "Melville on Parkman's Indians." Document 102. The Anonymous Rev. of Parkman's *The California and Oregon Trail*. Washburn 437–38. Rpt. of *The Literary World*. Vol. IV 31 March 1849: 291.

Newquist, David L. "Mark Twain Among the Indians." *MidAmerica: The Yearbook of the Society for the Study of Midwestern Literature* 21 (1994): 59–72.

Parkman, Francis. "Parkman on Cooper's Indians." Document 103. Washburn 439-41. Rpt. of *North American Review*. Vol. LXXIV (1852): 150–52.

Powell, J. W. "From Warpath to Reservation." Document 89. Washburn 377-85. Rpt. of *Report of Special Commissioners J. W. Powell and G. W. Ingalls on the Condition of the Ute Indians of Utah; the Pai-Utes of Utah, Northern Arizona, Southern Nevada, and Southeastern California; the Go-si Utes of Utah and Nevada; the Northwestern Shoshones of Idaho and Utah; and the Western Shoshones of Nevada*. Washington: Government Printing Office, 1874. 23–26.

Powers, Ron. *Mark Twain: A Life*. New York: Free P, 2005.

Robinson, Forrest G. *Having It Both Ways: Self-Subversion in Western Popular Classics*. Albuquerque: U of New Mexico P, 1993.

Roosevelt, Theodore. "'These Foolish Sentimentalists . . .'" Document 34. Washburn 129-36. Rpt. of *The Winning of the West*. Vol. I. New York: G. P. Putnam's Sons, 1889–96. 331–35.

Shelden, Michael. Prologue. *Mark Twain: Man in White: The Grand Adventure of His Final Years*. By Shelden. New York: Random House, 2010. xvii–xxxix.

Trenton, Patricia, and Patrick T. Houlihan. *Native Americans: Five Centuries of Changing Images*. New York: Harry N. Abrams, 1989.

Twain, Mark. *Adventures of Huckleberry Finn: Tom Sawyer's Comrade*. Ed. Victor Fischer and Lin Salamo. Berkeley: U of California P, 2001. Vol. 6 of *The Mark Twain Library*. 9 vols. to date. 1982–.

———. *The Adventures of Tom Sawyer, Tom Sawyer Abroad, Tom Sawyer, Detective*. Ed. John C. Gerber, Paul Baender, and Terry Firkins. Berkeley: U of California P, 1980. Vol. 4 of *The Works of Mark Twain*. 8 vols. to date. 1972–.

———. *The Autobiography of Mark Twain*. Ed. Charles Neider. New York: Harper & Row, 1959.

———. *A Connecticut Yankee in King Arthur's Court*. Ed. Shelley Fisher Fishkin. Oxford: Oxford UP, 1996. Vol. 11 of *The Oxford Mark Twain*. 29 vols.

———. "The Dervish and the Offensive Stranger." *The Complete Essays of Mark Twain*. Ed. Charles Neider. Garden City: Doubleday, 1963. 587–90.

———. "Extract from Captain Stormfield's Visit to Heaven." *The Complete Short Stories of Mark Twain*. Ed. Charles Neider. Garden City, NY: Doubleday, 1957. 564–97.

———. *Following the Equator and Anti-imperialist Essays*. Vol. 20 of *The Oxford Mark Twain*.

———. "Huck Finn and Tom Sawyer among the Indians." *Huck Finn and Tom Sawyer among the Indians and Other Unfinished Stories*. Foreword and notes by Dahlia Armon and Walter Blair. 1989. 33–81. Vol. 7 of *The Mark Twain Library*.

———. *The Innocents Abroad or the New Pilgrims' Progress*. Vol. 1. New York: Harper & Brothers, 1897. Vol. 2 of *The Writings of Mark Twain*. Author's National Edition. 25 vols.

———. *Life on the Mississippi*. Vol. 9 of *The Oxford Mark Twain*.

———. *Mark Twain's Autobiography*. Vol. 1. Ed. Albert Bigelow Paine. New York: Harper & Brothers, 1924.

———. *Mark Twain's Letters*. Vol. 1. 1853–1866. Ed. Edgar Marquess Branch, Michael B. Frank, and Kenneth M. Sanderson. Berkeley: U of California P, 1988. Vol. 9 of *The Mark Twain Papers*. 12 vols to date. 1967–.

———. "The Noble Red Man." *The Galaxy*. 10 (Jul. 1870–Jan. 1871): 426–29.

———. "Plymouth Rock and the Pilgrims." *Plymouth Rock and the Pilgrims and Other Salutary Platform Opinions*. Ed. Charles Neider. New York: Harper & Row, 1984. 94–98.

———. *Roughing It*. Ed. Harriet Elinor Smith and Edgar Marquess Branch. 1993. Vol. 2 of *The Works of Mark Twain*.

———. "To the Person Sitting in Darkness." *A Pen Warmed-up in Hell: Mark Twain in Protest*. Ed. Frederick Anderson. New York: Harper & Row, 1972. 59–76.

———. *The Tragedy of Pudd'nhead Wilson and the Comedy Those Extraordinary Twins*. Vol. 16 of *The Oxford Mark Twain*.

Washburn, Wilcomb E., ed. *The Indian and the White Man*. New York: New York UP, 1964.

Williams III., George J. *Mark Twain: His Life in Virginia City, Nevada*. Dayton, Nev.: Tree By The River P, 1986.

———. *On the Road with Mark Twain in California and Nevada*. Dayton, Nev.: Tree By The River P, 1993.

八木敏雄「なぜマーク・トウェインはインディアンがかけないか」『ユリイカ』七月号（一九九六年）、一〇〇—〇九。

あとがき

ホワイトネスを可視化する

マイナーなアメリカ小説を研究するという名目で、西南学院大学を拠点として、福岡アメリカ小説研究会を立ち上げてから、今年二〇一六年で三一年となる。当初は研究会で読んだ小説について論文を書き、刊行することなど考えてもいなかったが、立ち上げから一〇年を過ぎたころから、ただ読みおくだけでは単なる読書会になってしまう、という考えが芽生え始め、形を残そうということになった。そして最初の本『60年代アメリカ小説論』が上梓されたのは、発足より一六年も経った二〇〇一年のことだった。二冊目『ポストモダン・アメリカ――一九八〇年代のアメリカ小説』の出版が二〇〇九年。そして今回ホワイトネスという視点から作品を論じた論文集『ホワイトネスとアメリカ文学』を世に問うことになった。

実は『ポストモダン・アメリカ』出版後の研究会の当初のテーマは「アメリカ文学と人種」だった。気持ちも新たに研究会を再開し、会員もだいぶ若返った。多民族国家アメリカにおける人種といえば、アフリカ系は当然のこととして、アメリカ先住民、いわゆるインディアンも欠かすわけにはいかない。そのほか、ユダヤ系、イタリア系、アイルランド系など、メンバーの専門分野の関係で限界を抱えながらも、二〇一〇年以降、人種問題に焦点を絞って読み進めてきた。

その限界が幸いしたのかもしれない。一四年にはいって、同じ人種問題でも、視点を変えて、ホワイトネス（白人性）研究に舵を切ろうということになった。見えない無標の「白人」を客体化し、「白人」の可視化を目指した。「白人」とは一体何かという初歩的な問題からそれまで読んだ小説を会員それぞれが読み直す作業に入った。時期を同じくして、ホワイトネス関連の研究書を入門書から読み始め、ホワイトネス理解を深めた。一九九一年出版のデイヴィッド・R・ローディガーの『アメリカにおける白人意識の構築』をはじめとして、トニ・モリスンの『白さと想像力』（一九九二年）、ヴァレリー・バブの『見えるホワイトネス』（一九九八年）、ビルギット・ブランダー・ラスムッセン他編の『ホワイトネスの形成と崩壊』（二〇〇一年）等々、そして日本人研究者たちの集大成ともいうべき、藤川隆男氏編の『白人とは何か？』

（二〇〇五年）も大いに参考にさせていただいた。

　ここに載せた八編の論文はその成果である。白人という、色は白くても透明人間のような存在を研究対象とし、主体としてではなく客体として可能な限り可視化して作品を論じたつもりではあるが、ある程度の瑕疵は避けられなかったかもしれない。読者諸氏のご意見、ご叱責を賜れれば幸いである。実をいうと、フィリップ・ロスの『アメリカン・パストラル』（一九九七年）や『ヒューマン・ステイン』（二〇〇〇年）、シャーマン・アレクシーの『インディアン・キラー』（一九九六年）なども研究会で読み議論を重ねた作品だったので、論文集に入れたかったのだが、残念ながら掲載に至らなかった。ヘンリー・デイヴィッド・ソローやハーマン・メルヴィルなども候補にあがったが、割愛せざるを得なかった。そういうこともあり、包括的なホワイトネス研究書とは言い難いが、微力ながらも本書が今後のアメリカ文学研究、ホワイトネス研究の一助になれれば幸いである。

　最後になったが、研究会の出版物としてはこれで三度目となり、今回も開文社出版にお世話になった。安居洋一社長には、出版の大幅な遅れにもかかわらず無理をきいていただき、多大なご迷惑をおかけし、お詫びのことばもない。また編集スタッフの方々にはひとかたならぬお世話になり、心よりお礼申し上げる。

二〇一六年一〇月

田部井孝次

執筆者一覧

内田　水生　　元九州情報大学講師（非常勤）
岡裏　浩美　　福岡大学講師（非常勤）
高橋　美知子　福岡大学准教授
銅堂　恵美子　福岡大学専任講師
田部井　孝次　西南学院大学名誉教授
永尾　悟　　　熊本大学准教授
藤野　功一　　西南学院大学教授
安河内　英光　西南学院大学名誉教授

索引（五十音順）

［ア］

アーヴィング、ジョン　John Irving　3

アードリック、ルイーズ　Louise Erdrich　3

アサンテ、モレフィ・K　Molefi Kete Asante　16, 31–35

アッシュクロフト、ビル　Bill Ashcroft　21

アドルノ、テオドール・W　Theodor W. Adorno　11, 55, 65

アメリカ反帝国主義連盟　333

アメリカ南部　17, 24, 54, 203–27, 302

アリギ、ジョヴァンニ　Giovanni Arrighi　18

アルメンゴル＝カレラ、ジョーゼプ・M　Josep M. Armengol-Carrera　125

アレクシー、シャーマン　Sherman Alexie　343

『インディアン・キラー』 *Indian Killer*　343

［イ］

異種混淆性《ハイブリディティ》　38–41

今村楯夫　125

移民排斥　140–44, 147, 294

［ウ］

ヴァレンティノ、ルドルフ　Rudolph Valentino　148–50, 152–53, 168, 189–90

ウィリアムズ Ⅲ、ジョージ・J　George J. Williams Ⅲ　272, 289

『カリフォルニアとネヴァダでのマーク・トウェインとの旅路』 *On the Road with Mark Twain in Calfornia and Nevada*　272

『マーク・トゥエイン―ネヴァダ準州ヴァージニア・シティでの生活』 *Mark Twain: His Life in Virginia City, Nevada*　289

ウェア、ヴロン　Vron Ware　9, 42

ウェスト、コーネル　Cornel West　234

『哲学を回避するアメリカ知識人』 *The American Evasion of Philosophy*　234

ウォーカー、アリス　Alice Walker　3

ウォラースティン、イマニュエル

Immanuel Wallerstein　18–19
ヴォネガット・ジュニア、カート Kurt Vonnegut, Jr.　2
ウッド、ゴードン・S　Gordon S. Wood　56–57

［エ］

エキゾティシズム　147–48, 150
エリオット、アイラ Ira Elliot 107
エリス、イーストン　Bret Easton Ellis　3
エリスン、ラルフ　Ralph Ellison 59, 63–64
エリクソン、スティーヴ　Steve Erickson　3

［オ］

オースター、ポール　Paul Auster 3, 36

［カ］

カーヴァー、レイモンド Raymond Carver　3–4
カービィ、ヘイゼル・V　Hazel V. Carby　249
ガイスマー、マックスウェル Maxwell Geismar　331
カイム、ドゥ・B・ランドルフ　De B. Randolph Keim　275, 287, 316
『国境地帯のシェリダンの騎兵』*Sheridan's Troopers on the Borders: A Winter Campaign on the Plains*　275
カプラン、シドニー　Sidney Kaplan　57
カムリー、ナンシー・R　Nancy R. Comley　102, 104–05, 123, 127
間主観的関係性　15, 65

［キ］

キージー、ケン　Ken Kesey　2
ギトリン、トッド　Todd Gitlin 26
欺瞞　60, 322
ギャス、ウィリアム　William Gass 2
ギャラガー、チャールズ　Charles Gallagher　9
共和主義（共和制）　55–59

［ク］

クーロン、ジョゼフ・L　Joseph L. Coulombe　288–89
グラント、マディソン　Madison Grant　141, 166
クリステヴァ、ジュリア　Julia Kristeva　65
グリフィス、ガレス　Gareth Griffiths　21

［ケ］

ゲイツ・ジュニア、ヘンリー・ルイス　Henry Louis Gates, Jr.　25,

37–38, 40, 44, 46, 64, 211
啓蒙思想（主義） 2, 4, 6, 10, 17–20, 23–24, 45–46, 51–53, 55–56, 59

［コ］

合一（oneing） 332–33
抗議小説 208–09, 225
公民権運動 2, 17, 24, 205
コーディ、ウィリアム・F William F. Cody 316–17
『高名な猟師、斥候、ガイド、バッファロー・ビルことウィリアム・F・コーディ閣下の生涯』 *The Life of Hon. William F. Cody, Known as Buffalo Bill, the Famous Hunter, Scout and Guide* 316–17
コールハース、レム Rem Koolhaas 13
『錯乱のニューヨーク』*Delirious New York* 13
黒人の二重意識 40, 254–55
ゴシュート（ゴシュート・インディアン、ゴシュート族） 269, 271, 281, 289–92, 297, 306
コジンスキー、ジャージ Jerzy Kosinski 2
骨相学 83, 143

［サ］

サイード、エドワード・W Edward W. Said 23, 40–41, 64
斎藤眞 56

［シ］

ジェイコブソン、マシュー・F Matthew Frye Jacobson 44, 53, 58
ジェイムズ、ウィリアム William James 8, 233–35, 238–41, 243, 246, 251–55, 258–59
「隠された自己」 "The Hidden Self" 252–55, 260
『心理学』 *Psychology* 238, 251, 258
『心理学原理』 *The Principles of Psychology* 233, 238
『プラグマティズム』 *Pragmatism* 8, 233–34, 240, 258
ジェイムソン、フレドリック Fredric Jameson 20–21
ジェニングス、フランシス Francis Jennings 49
ジェファソン、トマス Thomas Jefferson 45–46
シェルデン、マイケル Michael Shelden 263–64
『マーク・トウェイン—白衣の人』 *Mark Twain: Man in White: The Grand Adventure of His Final Years* 264
自己破壊的傾向 322
社会進化論 8, 232–34, 240–41, 243–44, 257, 259

ジャクソン、ヘレン・ハント Helen Hunt Jackson　277
『不名誉の世紀』 *A Century of Dishonor*　277
ジャスタス、ジェイムズ・H James H. Justus　322
シュレジンジャー・ジュニア、アーサー　Arthur Schlesinger, Jr.　16, 27–30, 32–33, 35
ジョーダン、ウィンスロップ・D Winthrop D. Jordan　53
植民地主義　10, 20–24, 46, 51–52, 59, 62, 214
所有　6, 73–79, 88, 90–98, 110–11, 295
人種意識　47, 105–06, 113, 125, 142, 210, 215
人種主義（レイシズム）　7, 35, 48, 50–51, 109–10, 112–13, 123, 141, 147, 161, 208, 218
人種多元発生説　45
人種単一起源説　43

［ス］

スコールズ、ロバート・E Robert E. Scholes　102, 104–05, 123, 127
ストロング、エイミー・L Amy L. Strong　112, 117, 127
スペンサー、ハーバート　Herbert Spencer　8, 232–35, 238–41, 243–44, 246, 257, 259
『社会学研究』 *The Study of Sociology*　232, 239, 244
『生物学原理』 *The Principles of Biology*　232

［セ］

セジウィック、イヴ・K　Eve Kosofsky Sedgwick　188
積極的差別是正措置（アファーマティヴ・アクション）　24, 27, 30–31, 37
窃視狂　186, 191

［ソ］

ソロー、ヘンリー・デイヴィッド Henry David Thoreau　1, 11, 343
『日記　1837–47』 *Journal 1837–47*　1
ソロモン、バーバラ・プロブスト Barbara Probst Solomon　101

［タ］

ダイアー、リチャード　Richard Dyer　184, 193
竹沢泰子　44
多重人格(者)　252, 255
多文化主義(者)　3–4, 15–16, 25, 27–29, 31, 38
田村恵理　132

［テ］

帝国主義　51, 62, 125–26, 133–34,

307, 333
ティフィン、ヘレン　Helen Tiffin 21
テイラー、エレノア　Eleanor Tayleur　242–43
「黒人女性—社会的で道徳的な堕落」“The Negro Woman: Social and Moral Decadence” 242
適者生存　232
デュボイス、W・E・B　W.E.B. Du Bois　40, 234–36, 254–55
「黒人の奮闘」“Strivings of the Negro People”　254
デリーロ、ドン　Don DeLillo　3
デントン、リン・W　Lynn W. Denton　291, 305

［ト］

トゥーマー、ジーン　Jean Toomer 214–15
『砂糖きび』 *Cane*　214
トウェイン、マーク　Mark Twain 6, 8, 263–336
『アーサー王宮廷のコネティカット・ヤンキー』 *A Connecticut Yankee in King Arthur's Court*　309–10
『イノセンツ・アブロード』 *The Innocents Abroad*　273, 290
「インディアンのなかのハック・フィンとトム・ソーヤー」“Huck Finn and Tom Sawyer among the Indians”　297, 308–09, 311, 315, 319, 321–22
『苦難を忍びて』 *Roughing It* 265, 269, 271, 281, 289–90, 292, 294
「暗闇に座せる人へ」“To the Person Sitting in Darkness”　333
「高貴な赤人」“The Noble Red Man”　274, 292, 316
「修道者と無礼なよそ者」“The Dervish and the Offensive Stranger”　323–25, 334
「ストームフィールド船長の天国訪問記抄」“Extract from Captain Stormfield's Visit to Heaven”　327, 331
『赤道に沿って』 *Following the Equator*　280, 325
『トム・ソーヤーの冒険』 *The Adventures of Tom Sawyer*　282, 298
『ハックルベリィ・フィンの冒険』 *Adventures of Huckleberry Finn*　113, 293–94, 298–99, 302, 309, 311, 315, 321
「フェニモア・クーパーの文学的犯罪」“Fenimore Cooper's Literary Offenses”　278
「プリマス・ロックとピルグリムズ」“Plymouth Rock and the Pilgrims”　303, 305

「本当の話」 "A True Story"　294
『マーク・トウェイン書簡集』第一巻　*Mark Twain's Letters* Vol. 1　267
『マーク・トウェイン自叙伝』(ナイダー編)　*The Autobiography of Mark Twain* (Neider ed.)　285, 306, 335
『マーク・トウェイン自叙伝』(ペイン編)　*Mark Twain's Autobiography* (Paine ed.)　308
『まぬけのウィルソンの悲劇』　*The Tragedy of Pudd'nhead Wilson*　334
『ミシシッピ川の生活』　*Life on the Mississippi*　278, 298, 300, 302, 309
同性愛　2, 7, 27, 107, 181–83, 185–93, 210, 216, 220–23, 226
同性愛嫌悪《ホモフォビア》　187–88
徳永恂　49
独立宣言　16, 34–35, 45, 56, 58, 64, 78
ドッジ、リチャード・I　Richard I. Dodge　277–78, 280, 287, 316–20
『我らが未開のインディアン――大西部の赤人との33年間の個人的な体験』　*Our Wild Indians: Thirty-Three Years' Personal Experience Among the Red Men of the Great West*　277, 317–19
奴隷制度　6, 55, 57, 74–75, 79–98, 214, 266
トレントン、パトリシア　Patricia Trenton　290
トワイン、フランス・W　France W. Twine　9

[ニ]

二重性　35, 37, 39–41
ニュークウィスト、デイヴィッド・L　David L. Newquist　292, 305

[ノ]

ノルディシズム　139–40, 166

[ハ]

バーウェル、ローズ・マリー　Rose Marie Burwell　101, 127–28, 131
パークマン、フランシス　Francis Parkman　278–80, 287–88, 296, 316, 332
『オレゴン・トレイル』　*The Oregon Trail: Sketches of Prairie and Rocky-Mountain Life*　278
バース、ジョン　John Barth　2
ハーストン、ゾラ・ニール　Zora Neale Hurston　226
『スワニー河の天使』　*Seraph on the Suwanee*　226
バートレット、ロバート　Robert Bartlett　48–50

バーバ、ホミ・K　Homi K. Bhabha 38–40, 64
ハーパー、フランシス・E・W Frances E.W. Harper　6, 8, 231–60
『アイオラ・リロイ』 *Iola Leroy* 7–8, 231–60
「啓蒙された母親」 "Enlightened Motherhood"　241
『様々な主題の詩集』 *Poems on Miscellaneous Subjects*　236
「フィラデルフィアの救い手たちへの呼びかけ」 "An Appeal for the Philadelphia Rescuers" 234
「ミニーの犠牲」 "Minnie's Sacrifice"　236
「私達は皆結びつかなくてはならない」 "We Are All Bound up Together"　251
ハーバーマス、ユルゲン　Jürgen Habermas　65
バーラント、ローレン Lauren Berlant　238
ハウ、アーヴィング　Irving Howe 211
パウエル、ジョン・ウェズリー John Wesley Powell　281
白人中心主義（白人優越主義・白人至上主義） 4–5, 15–16, 43, 46, 55, 58–60, 116, 209, 238, 242, 254, 257, 265, 304
バブ、ヴァレリー　Valerie Babb 342
『見えるホワイトネス』 *Whiteness Visible: The Meaning of Whiteness in American Literature and Culture*　342
ハリス、ヘレン・L　Helen L. Harris　296, 324
ハリス、シェリル・I　Cheryl I. Harris　9, 42, 53, 75–78, 81, 89
パワーズ、リチャード　Richard Powers　3
ハンソン、エリザベス・I Elizabeth I. Hanson　289, 324
ハンター、ジェイムズ・D　James D. Hunter　27

［ヒ］

ピーターズ、K・J　K. J. Peters 101
ヒギンボーサム、リオン・A Leon A. Higginbotham　78, 80, 98
非ホワイトネス　5, 8–9, 21, 37, 42, 61–62, 66
ピンカー、スティーヴン　Steven Pinker　44–45
ピンチョン、トマス　Thomas Pynchon　2

［フ］

ファノン、フランツ　Frantz Fanon

1, 11, 22–23, 39
『黒い皮膚・白い仮面』 *Peau Noire, Masques Blanc*　1, 39
フィールド、コリーン・T　Corinne T. Field　251
フィシュキン、シェリー・フィッシャー　Shelley Fisher Fishkin　285–86, 300
フィッツジェラルド、F・スコット　F. Scott Fitzgerald　6, 139–68
『グレート・ギャッツビー』 *The Great Gatsby*　139, 162, 166
「父の死」 "The Death of My Father"　140
『夜はやさし』 *Tender Is the Night*　7, 139–68
フーリハン、パトリック・T　Patrick T. Houlihan　290
フェアバンクス香織　103, 135
フェリー、リュック　Luc Ferry　19–20
フォード、リチャード　Richard Ford　3
フォスター、フランシス・スミス　Frances Smith Foster　236
藤川隆男　113, 115, 144, 168, 193, 342
フックス、ベル　bell hooks　9, 62
野獣のような黒人《ブラック・ビースト》　214–17, 223
ブラックネス（黒人性）　62, 226
フランケンバーグ、ルース　Ruth Frankenberg　14, 43, 75, 142, 193
ブルーアー、メアリー・F　Mary F. Brewer　178
ブルーム、アラン　Alan Bloom　16, 27, 34–35
ブレア、ウォルター　Walter Blair　278, 315–16, 318–19
フレイザー、ゴードン　Gordon Fraser　254, 260
フレドリクソン、ジョージ・M　George M. Fredrickson　48, 50–51
文化戦争　3–4, 6, 13–17, 20, 24, 26–27, 42
文化相対主義　35, 305
文明と野蛮　51, 53–54

［へ］

ベイ、ミア　Mia Bay　241
ベイカー・ジュニア、ヒューストン・A　Houston A. Baker, Jr.　225
ヘイズ・コード（プロダクション・コード）　141
ヘイニー＝ロペス、イアン・F　Ian F. Haney-López　75
ヘミングウェイ、アーネスト　Ernest Hemingway　6–7, 101–35
『エデンの園』 *The Garden of Eden*　7, 101–35
『キリマンジャロの麓で』 *Under Kilimanjaro*　106, 124–32
ヘラー、ジョセフ　Joseph Heller

2
ベンサム、ジェレミ　Jeremy Bentham　76

［ホ］

法（法制化）　6, 9, 28, 30–31, 37, 51, 57, 75–97, 141, 178, 194–95
ボールドウィン、ジェイムズ James Baldwin　6–7, 63, 203–27
「ああ、かわいそうなリチャード」“Alas, Poor Richard”　209
『ジョヴァンニの部屋』*Giovanni's Room*　210, 226
「誰も私の名前を知らない」“Nobody Knows My Name: A Letter from the South”　206
「出会いの前夜」“Going to Meet the Man”　216
『通りに名はない』 *No Name in the Street*　204–05
「万人の抗議小説」“Everybody's Protest Novel”　209, 225
『もう一つの国』 *Another Country* 7, 203–27
ホスキンス、リナス・A　Linus A. Hoskins　16, 33, 35
ホプキンス、テレンス　Terence K. Hopkins　18
ホプキンズ、ポーリーン　Pauline Hopkins　253, 260
『血筋―あるいは隠された自己』*Of One Blood; or, The Hidden Self* 253, 260
ホフスタター、リチャード Richard Hofstadter　232, 235, 239–40, 260
『アメリカの社会進化思想』*Social Darwinism in American Thought*　240
ポリアコフ、レオン　Léon Poliakov 52
ホルクハイマー、マックス　Max Horkheimer　55, 65
ホワイト・エスニック　145, 147, 167, 175, 178–79, 183–84, 193, 197
ホワイトネス（白人性）　4–10, 14–16, 20, 37, 41–43, 46, 51, 55, 58–62, 66, 75, 108, 134, 142–45, 147, 154, 156, 161, 163–64, 167, 175, 179–80, 182–85, 190, 192–94, 196–97, 207, 219, 341–43
ホワイトライフ・ノベル　210, 226

［マ］

マクナット、ジェイムズ・C James C. McNutt　293, 305, 331
マクファーソン、C・B　C. B. Macpherson　76
マルヴィ、ローラ　Laura Mulvey 176–77, 186
マルコムX　Malcolm X　17, 24, 62

[ミ]

ミラー、アーサー　Arthur Miller　6, 173–99
　『橋からの眺め』　*A View from the Bridge*　7, 173–74
ミラー、ヘンリー　Henry Miller　14
　『冷房装置の悪夢』　*The Air-Conditioned Nightmare*　14
ミンストレル・ショー　113–19

[メ]

メイソン、ボビー・アン　Bobbie Ann Mason　3
メッセンジャー、クリス　Chris Messenger　148, 156, 159, 167
メルヴィル、ハーマン　Herman Melville　36, 59–61, 278–80, 288, 296, 332, 343
　『オムー』　*Omoo*　278
　『タイピー』　*Typee*　278
　『白鯨』　*Moby-Dick*　59–61

[モ]

モデルモグ、デブラ　Debra Moddelmog　103, 106, 111, 118
モリス、トマス・D　Thomas D. Morris　74
モリスン、トニ　Toni Morrison　6, 73–98, 104–05, 109–10, 342
　『ビラヴド』　*Beloved*　6, 73–98

[ヤ]

八木敏雄　317–19
山田史郎　141, 143, 145, 167

[ラ]

ライト、リチャード　Richard Wright　204, 207–09, 211, 214, 225–26
　『アメリカの息子』　*Native Son*　209, 226
ラヴィッチ、ダイアン　Diane Ravitch　16, 34–35
ラスムッセン、ビルギット・ブランダー　Birgit Brander Rasmussen　108, 342
ラッシュ、ベンジャミン　Benjamin Rush　56

[リ]

リー、ステファニー　Stephanie Li　210, 226
リンカーン、エイブラハム　Abraham Lincoln　46
リンチ　213–15, 226, 309

[ル]

ルーンバ、アーニャ　Ania Loomba　21
ルノー、アラン　Alain Renaut　19–20

[ロ]

ロス、フィリップ Philip Roth 343
『アメリカン・パストラル』 *American Pastoral* 343
『ヒューマン・ステイン』 *The Human Stain* 343
ローズヴェルト、セオドア Theodore Roosevelt 276, 288, 295
ローチ、フレッド・W Fred W. Lorch 289–91
ローディガー、ディヴィッド・R David R. Roediger 114–18, 146, 167, 342
ローレン、ポール・G Paul G. Lauren 47–48, 54
ロック、ジョン John Locke 56, 78
ロット、エリック Eric Lott 113
ロビンソン、フォレスト・G Forrest G. Robinson 321–22
『欺瞞のなかで——マーク・トウェインのアメリカにおけるだましの力学』 *In Bad Faith: The Dynamics of Deception in Mark Twain's America* 322
『道はふたつある』 *Having It Both Ways: Self-Subversion in Western Popular Classics* 321
ロペス、アルフレッド・J Alfred J. López 10, 15, 42
ロレンス、D・H D. H. Lawrence 296–97, 332–33, 336
『アメリカ古典文学研究』 *Studies in Classic American Literature* 297, 332
『不死鳥』 *Phoenix* 296
ロングフェロー、ヘンリー・ワズワース Henry Wadsworth Longfellow 301
『ハイアワサの歌』 *The Song of Hiawatha* 301

[ワ]

WASP 145–46, 160, 179–80

編者紹介

安河内 英光（やすこうち　ひでみつ）

西南学院大学名誉教授。九州大学大学院修士課程修了、ハーヴァード大学客員研究員（1981–82, 1994–95）。著書に『アメリカ文学とバートルビー現象』（開文社出版）、編著書に『60年代アメリカ小説論』（開文社出版）、『ポストモダン・アメリカ――一九八〇年代のアメリカ小説』（開文社出版）、共著に『アメリカ文学ミレニアムⅠ』（南雲堂）、論文に「*Light in August* の構造―Joe Christmas と共同体の関係について」、「メルヴィルの『バートルビー』― 近代世界の闇を見つめて」、「アメリカの60年代と文化戦争」など。

田部井 孝次（たべい　こうじ）

西南学院大学名誉教授。東洋大学大学院博士後期課程満期退学。カリフォルニア大学バークレー校客員研究員（1993–94）。スタンフォード大学客員研究員（2006–07）。共著に『60年代アメリカ小説論』（開文社出版）、共訳にローバート・ボイヤーズ『暴虐と忘却― 1945年以降の政治小説』（法政大学出版局）、論文に「自由な人間を自由にすること― *Adventures of Huckleberry Finn* における『だまし』の構図」、「言語のインフレーションのなかで― George Steiner の *The Portage to San Cristobal of A. H.* を読む」、「遅れて来たアダム― Harold Frederic の *The Damnation of Theron Ware* の世界」など。

ホワイトネスとアメリカ文学　（検印廃止）

2016年10月5日　初版発行

編著者　安河内英光
　　　　田部井孝次
発行者　安居洋一
印刷・製本　創栄図書印刷

〒162-0065　東京都新宿区住吉町 8-9
発行所　開文社出版株式会社
電話 03-3358-6288　FAX 03-3358-6287
www.kaibunsha.co.jp

ISBN 978-4-87571-087-5　C3098